中國語言文字研究輯刊

二六編

第 **3** 冊

訓詁續筆（下）

富金壁 著

花木蘭文化事業有限公司

國家圖書館出版品預行編目資料

訓詁續筆（下）／富金壁 著 -- 初版 -- 新北市：花木蘭文化
事業有限公司，2024〔民 113〕
目 2+184 面；21×29.7 公分
（中國語言文字研究輯刊 二六編；第 3 冊）
ISBN 978-626-344-599-4（精裝）
1.CST：訓詁學
802.08   112022484

ISBN-978-626-344-599-4

9 786263 445994

中國語言文字研究輯刊
二六編　第三冊　　　　　　　　ISBN：978-626-344-599-4

訓詁續筆（下）

作　　者　富金壁
總 編 輯　杜潔祥
副總編輯　楊嘉樂
編輯主任　許郁翎
編　　輯　潘玟靜、蔡正宣　美術編輯　陳逸婷
出　　版　花木蘭文化事業有限公司
發 行 人　高小娟
聯絡地址　235 新北市中和區中安街七二號十三樓
　　　　　電話：02-2923-1455／傳真：02-2923-1452
網　　址　http://www.huamulan.tw 信箱 service@huamulans.com
印　　刷　普羅文化出版廣告事業
初　　版　2024 年 3 月
定　　價　二六編 16 冊（精裝）新台幣 55,000 元

訓詁續筆（下）

富金壁 著

目次

點金成石——錢文忠整理
《尚書古文疏證》失誤千處

　　欲讀《尚書》，避不開今古文《尚書》之爭。而閻若璩《尚書古文疏證》是清人研究古文《尚書》真偽之重要著作，體現了清人卓越的學術水平。此書既出，則《尚書》研究者靡然向風，古文《尚書》真偽問題遂幾成定讞。故研讀《尚書》者又不可不讀此書，而今人整理閻書之作亦陸續面世。筆者借助於電子版「中華經典古籍庫」（中華書局）閱讀閻書，乃得今學者錢文忠之整理本（上海書店出版社，2012.7），遂發現其整理之錯訛文句六百餘條。於是撰寫《錢文忠整理〈尚書古文疏證〉失誤舉例》（刊《內江師範學院學報》，2022.9，「古代小說研究」公眾號 2022.10.08），例舉其疏失文句一百餘條。而有讀者欲窺其全豹，余遂復將其書爬羅剔抉一過（原僅讀序及正文，今並其他附錄亦通讀之），又得二百餘條，通前者已近九百條矣。而近來乘整理文集之機，又稍稍讀之，則發現錢文忠整理文字之疏誤，真如秋風落葉，儘掃儘有，不覺又得百餘條，通前者已近千條矣。而每條之中，或其誤不止一處，而有多達五七處者，故雖列文句九百八十餘條，其實際錯誤則遠不啻千條矣。此類疏誤，小大不一，有些則匪夷所思；影響閱讀，造成誤解。究其致誤之由，愚以為無它，一曰乏功力，二曰欠缺認真精神而已。則古籍整理，若非有才力者悉心為之，必致點金成石，欲益反損。今將筆者所發現之疏誤臚列如次，其疑義則願相與分析之。

黃宗羲序

1. 又云康成傳其孫小同，小同與鄭沖同事高貴鄉公沖，以古文《尚書》教授。

　　按，高貴鄉公名髦，魏文帝曹丕之孫；沖即鄭沖，晉時學者：二人非同名。「沖以古文《尚書》教授」是另一句。《晉書·鄭沖列傳》：「鄭沖字文和，滎陽開封人也。……及高貴鄉公講《尚書》，沖執經親授，與侍中鄭小同俱被賞賜。」

2. 皆足以袪後儒之蔽。如此方可謂之窮經其原。夷族禍始於《泰誓》，短喪作俑於《太甲》，錯解《金縢》而陷周公於不弟。

　　按，「如此方可謂之窮經」是總結上文（古人講究「窮經」），「其原」領起下文。故當為：「皆足以袪後儒之蔽：如此方可謂之窮經。其原夷族禍始於《泰誓》，短喪作俑於《太甲》，錯解《金縢》而陷周公於不弟。」清張穆《閻若璩年譜》即如此讀黃序：「如此方可謂之窮經。」

卷一

第二

3. 是及漢室中興，衛宏著訓旨於前，賈逵撰古文同異於後……東萊張霸以所造百兩篇應，

　　按，《後漢書·衛宏列傳》：「後從大司空杜林更受古文《尚書》，為作《訓旨》。」又《賈逵列傳》：「詔令撰《〈歐陽〉〈大小夏侯尚書〉古文同異》，逵集為三卷。」是二人所撰者皆當標書名號，《百兩篇》亦為偽《尚書》名。下文亦有，不贅。

第三

4. 霸辭受父，父有弟子樊，並詔存其書。後樊並謀反，乃卒黜之。

　　按，樊並，人名。《漢書·成帝紀》：「（三年）十一月，尉氏男子樊並等十三人謀反。」「詔存其書」當單獨成句。

5. 若張霸百兩篇甫出而即敗已,著於人耳目者,王充淺識,亦知未可信,而馬、鄭諸儒識顧出王充下耶?

按,「甫出而即敗」為句,「已」字當屬下。

6. 然則《汨作》《九共》二十四篇必得之於孔壁,而非採左氏按書敘者之所能作也。

按,「左氏」即《左傳》,為書名;「書敘」依例亦當加書名號。而錢書「左氏」漏標書名號者亦比比是矣。

7. 而《王莽傳》有引《書》逸《嘉禾篇》曰,「周公奉鬯立於阼階,延登贊曰,

按,「延登」即請其登,「贊曰」是執禮者說,故「延登」後宜點斷。《漢書·王莽傳》:「太皇太后立於前殿,延登,親詔之曰。」

第四

8. 《五子之歌》十八、《胤征》十九、是為《虞夏書》《湯誓》二十、《典寶》二十一、《湯誥》二十二、《咸有一德》二十三、《伊訓》二十四、《肆命》二十五、《原命》二十六、《盤庚》三篇二十九、《高宗肜日》三十、《西伯戡黎》三十一、《微子》三十二、是為《商書》;偽《泰誓》三篇三十五、《牧誓》三十六、《洪範》三十七、《旅獒》三十八、《金縢》三十九、《大誥》四十、《康誥》四十一、《酒誥》四十二、《梓材》四十三、《召誥》四十四、《洛誥》四十五、《多士》四十六、《無逸》四十七、《君奭》四十八、《多方》四十九、《立政》五十、《顧命》五十一、《康王之誥》五十二、《冏命》五十三、《費誓》五十四、《呂刑》五十五、《文侯之命》五十六、《秦誓》五十七、是為《周書》。

按,「是為《虞夏書》」是閻君對以上十九篇《尚書》的總結,故其前不應為頓號,可用逗號,其後可加分號。下文「《西伯戡黎》三十一、《微子》三十二、是為《商書》」亦如此,則「《微子》三十二」後之頓號當改為逗號。又下文「《秦誓》五十七、是為《周書》」,亦當然。

第五

9. 古者天子出征，所謂類帝宜社，諸祭要亦不過數日間。即遍及豈得拘
　祭不欲數，遂曠日持久，坐失兵機耶？

　按，類、帝、宜、社，皆古代祭名。當為：所謂類、帝、宜、社諸祭，要亦
不過數日間即遍及，豈得拘祭不欲數……？

10. 余至此始悟晚出《武成》改丁未祀周廟者欲合柔日，改庚戌柴望，
　不似《漢志》庚戌辛亥連日者，避祭不欲數之文也。

　按，《禮記・曲禮上》：「外事以剛日，內事以柔日。」「祭不欲數」，《禮記・
祭義》文。當為：余至此始悟：晚出《武成》改丁未祀周廟者，欲合柔日；改
庚戌柴望，不似《漢志》庚戌辛亥連日者，避「祭不欲數」之文也。

第六

11. 鄭康成注《書序》，《典寶》引《伊訓》曰「載孚在亳」，又曰「征是
　三朡」

　按，「夏師敗績，湯遂從之，遂伐三朡」，是《尚書・典寶》之序，鄭玄注此
序引《伊訓》曰：「載孚在亳。」又曰：「征是三朡。」若按錢氏標點，則是「《典
寶》引《伊訓》曰」，句義大謬。當標點為：鄭康成注《書序・典寶》，引《伊
訓》曰……

12. 《論語》又有「無求備於一人，有侮聖人」之言……《左傳》有「上
　天降災，有天禍許國而假手於我寡人」

　按，「無求備於一人」，出《論語・微子》；「侮聖人之言」出《季氏》；「上
天降災」《左傳・僖公十五年》之文；「天禍許國……而假手於我寡人」，《隱公
十一年》之文。故當為：《論語》又有「無求備於一人」、有「侮聖人之言」……
《左傳》有「上天降災」，有「天禍許國，而假手於我寡人」。

13. 《墨子》有引《商書》曰：「嗚呼……」有引先王之書「《距年》之言
　也」。

　按，「《商書》曰」「先王之書」分別在《墨子・明鬼下》及《尚賢中》文中，
故當為：《墨子》有引「《商書》曰：『嗚呼……』」，有引「先王之書《距年》之
言也」。

14. 有引「先王之書《湯之官刑》有之，曰其桓舞于官，是謂巫風。其刑君子，出絲二衛否，小人似二伯黃徑，乃言曰嗚呼，

按，這一段引自《墨子·非樂上》，據《墨子閒詁》，當為：有引「先王之書《湯之官刑》有之，曰：『其恒舞于宮，是謂巫風。其刑，君子出絲二衛，小人否。』似二伯黃徑。乃言曰：嗚呼，

第七

15. 《國語》引《泰誓》曰「朕夢，協朕卜，襲於休祥，戎商必克」。

按，當為「朕夢協朕卜」。

16. 故墨子《尚同篇》有引《大誓》曰：「小人見奸巧，乃聞不言也，發罪鈞。」墨子又從而釋之曰：「此言見淫辟，不以告者其罪，亦猶淫辟者也。」

按，此語出於《墨子·尚同下》。鈞，乃「鈞」之誤字，謂事發則與其罪均等也。當作：故《墨子·尚同篇》有引《大誓》曰：「小人見奸巧，乃聞不言也，發，罪鈞。」《墨子》又從而釋之曰：「此言見淫辟不以告者，其罪亦猶淫辟者也。」

17. 杜預注左氏於成二年傳「《大誓》所謂商兆民離周，十人同者眾也」

按，今《泰誓中》文「受有億兆夷人，離心離德；予有亂臣十人，同心同德。」故《左傳·成公二年》文為：「《大誓》所謂『商兆民離，周十人同』者，眾也。」

18. 則偽《泰誓》所剽竊有「商兆」、「民離」二語，而無「民之所欲紂有億兆夷人」六語可知矣。

按，閻君其上文論定：偽《泰誓》所剽竊，有「商兆民離，周十人同」語；於襄三十一年傳《大誓》云「民之所欲，天必從之」，云今《尚書·大誓》無此文；於昭二十四年傳《大誓》曰「紂有億兆夷人，亦有離德，余有亂臣十人，同心同德」，云今《大誓》無此語。則當為：則偽《泰誓》所剽竊有「商兆民離」二語，而無「民之所欲」「紂有億兆夷人」六語可知矣。

19. 亦知剽竊「紂夷處不肯事上帝，鬼神禍厥先神，禔不祀」

按，夷處，猶驕倨。《墨子·非命中》：「紂夷之居，而不肯事上帝，棄闕其

先神而不祀也。」《呂氏春秋‧順民》:「使上帝鬼神傷民之命。』」《漢書‧郊祀志》:「皆嘗䭰亨上帝鬼神。」「上帝鬼神」皆連說。「神禔」即「神祇」。故當作:亦知剽竊「紂夷處,不肯事上帝鬼神,禍厥先神禔不祀」

20. 蓋作偽書者,不能張空眷冒白刃,與直自吐其中之所有,故必依託往籍以為之,主摹擬聲口以為之役,而後足以售吾之欺也。

按,「主」與「役」相對。薛瑞兆《金代藝文敘錄》:「王若虛……贊同『以意為主,字語為之役』。」《荀子簡釋‧哀公》「五鑿為正,心從而壞」梁啟雄《簡釋》引王懋竑曰:「正與政同,言五鑿為主而心為之役也。」當作:故必依託往籍以為之主,摹擬聲口以為之役……

第八

21. 左氏昭十七年夏六月甲戌朔,日有食之,祝史請所用幣禮也。平子不知而止之曰:

按,「夏六月甲戌朔,日有食之,祝史請所用幣」是《左傳》原文,「禮也」是閻君對此事之評論,故不可不斷。

22. 考之《周禮》小宰之職,正歲帥治官之屬而觀治象之法,徇以木鐸曰不用法者,國有常刑。

按,當作:考之《周禮‧小宰》之職:「正歲,帥治官之屬而觀治象之法,徇以木鐸,曰:『不用法者,國有常刑。』」

23. 十月之交,朔日、辛卯日有食之,詩人以為亦孔之醜是也。

按,《毛詩‧小雅‧十月之交》:「十月之交,朔日辛卯,日有食之,亦孔之醜。」故當作:「十月之交,朔日辛卯,日有食之」,詩人以為「亦孔之醜」是也。

24. 其說皆與左互相發,

按,「左氏」,是指《左傳》,整理者未加書名號,此處「左」亦然,混同一般文字。當作:其說皆與《左》互相發,

25. 「殲厥渠魁,脅從罔治」,此出《易‧離卦》上九《爻辭》曰,「王用出征,有嘉折首,獲匪其醜,无咎」,是仁乃見於易也。

按,「曰」後用冒號。後句當作:是仁乃見於《易》也。

26. 自鄭箋十月之交,云周之十月,夏之八月,

按,《十月之交》,《毛詩・小雅》篇名,當加書名號。

第九

27. 然左氏莊八年夏「師及齊,師圍郕,郕降于齊師。仲慶父請伐齊師,
公曰:不可。我實不德,齊師何罪?罪我之由。《夏書》曰:『皋陶
邁種德,德乃降。』姑務修德以待時乎。

按,當讀為「師及齊師圍郕」。又,閻君要證明者,即古文《大禹謨》「皋
陶邁種德德乃降」中,「德乃降」乃魯莊公語,作偽者誤以「德乃降」闌入古
文《大禹謨》中。若按此標點,「德乃降」正誤為《大禹謨》文。而閻君明明
已說明:「杜預注『皋陶邁種德』一句曰:『《夏書》,逸《書》也。』注『德乃
降』一句曰:『言苟有德,乃為人所降服也。』」故當作:然《左氏・莊八年》:
夏,師及齊師圍郕,郕降于齊師。仲慶父請伐齊師,公曰:「不可。我實不德,
齊師何罪?罪我之由。《夏書》曰:『皋陶邁種德。』德乃降。姑務修德以待時
乎!」

28. 宣十二年君子引《詩》曰「亂離瘼矣,爰其適歸」,歸於怙亂者也
夫。襄三十一年北宮文子引《詩》云「靡不有初,鮮克有終」,終
之實難。昭十年臧武仲引《詩》曰「德音孔昭,視民不佻」,佻之
謂甚矣。皆其例也。

按,此段閻君謂《左傳》引《詩》句而附以評論之語,以證明「德乃降」
乃《左傳》引逸《書》句而附之評論語。而如錢君之標點:歸於怙亂者也夫、
終之實難、佻之謂甚矣,不熟知《左傳》之讀者,孰知此乃《左傳》作者之評
論語,而非閻君之語哉?筆者估計,極有可能是標點者於閻君用意亦不甚了
了,故糊塗點斷如此。然點斷亦委實不易,如此可否:

《宣十二年》君子引《詩》曰:「『亂離瘼矣,爰其適歸』,歸於怙亂者也
夫!」《襄三十一年》北宮文子引《詩》云「『靡不有初,鮮克有終』,終之實
難。」《昭十年》臧武仲引《詩》曰「『德音孔昭,視民不佻』,佻之謂甚矣!」
皆其例也。

29.《中庸》卒章引《詩》日「德輶如毛」，

按，「日」為「曰」之誤字。整理者自誤。

30. 今竄入《五子之歌》中，曰「鬱陶乎，予心顏厚，有忸怩」。

按，《五子之歌》歷來如此讀：「鬱陶乎予心，顏厚有忸怩。」

31.「王曰：無畏寧爾也，非敵百姓也」，此武王之辭。

按，趙岐注：「武王令殷人曰：『無驚畏，我來安止爾也。』」則當為：「王曰：『無畏，寧爾也，非敵百姓也。』」

32.「若崩」、「厥角」、「稽首」則敘事之辭。

按，《孟子・盡心下》「若崩厥角稽首」歷來作一句讀。

第十

33. 又嫌太突，不便接君陳，特裝上「惟爾令德孝恭」一語，為贊下方泛論孝之理必友于兄弟，能施有政，「令」即以本題「尹茲東郊」，

按，《君陳》篇首曰：王若曰：「君陳，惟爾令德孝恭……」，閻君說偽造古文者如何上下弭縫，故當標點為：又嫌太突，不便接「君陳」，特裝上「惟爾令德孝恭」一語為贊，下方泛論孝之理必「友于兄弟，能施有政令」，即以本題「尹茲東郊」（按「友于兄弟，能施有政令」是偽孔傳語）。

第十一

34.《孟子》齊人取燕章：「《書》曰：『徯我后，后來其蘇。』」宋小國章「《書》曰：『徯我后，后來其無罰』」是也。

按，「齊人取燕章」是《孟子・梁惠王下》「齊人伐燕……或謂寡人取之」一段的約略語，「宋小國章」是《滕文公下》以「宋，小國也」句為開頭的一段。故當標點為：「齊人取燕」章、「宋，小國」章

35. 觀兩處上文其辭皆同，而又首引「《書》曰」。湯一征自葛始，他日引之，輒易「一」為「始」，易「始」為「載」。

按，此說「兩處」，即指《孟子・梁惠王下》「齊人取燕章」與《滕文公下》「宋小國」章。前者有句「《書》曰『湯一征自葛始』」，於後者則改為「《書》

曰『湯始征自葛載』」（所謂「他日引之」）。閻君即就此立論：「此乃古人文章不拘之處」，兩句實出一書。錢氏既於《孟子》不熟，又懶於考求，遂不解文義，不知「湯一征自葛始」乃逸《書》之文。該句當為：而又首引「《書》曰『湯一征自葛始』」，他日引之……

36. 此乃古人文章不拘之處。亦何得疑其出於兩書耶？不得疑出於兩書。而奈何后來「其蘇」既竄入《仲虺之誥》中，「后來其無罰」復竄入《太甲》中篇中耶？

按，此一節閻君論述《孟子》引逸《書》「徯我后，后來其蘇」與「徯我后，后來其無罰」本出一《書》，而作偽者遂將此二句竄入兩《書》。錢氏蓋不知「后來其蘇」之「后」當「王」講，因而致誤。故當作：此乃古人文章不拘之處，亦何得疑其出於兩《書》耶？不得疑出於兩《書》，而奈何「后來其蘇」既竄入《仲虺之誥》中，「后來其無罰」復竄入《太甲中》篇中耶？

37. 噫，作偽者之用心如此究將誰欺乎？

按，「如此」之後必加逗號。

第十二

38.《天志》中篇云：「紂越厥夷居，不肯事上帝，棄厥先神，祇不祀。」

按，一般作「《天志中》篇云」。「祗」為「祇」之誤字。當作：「棄厥先神祇不祀。」「神祇」一詞。

39.《非命》上篇云：「紂夷處，不肯事上帝，鬼神禍厥先神，禔不祀。」

按，一般作「《非命上》篇云」。又，當作「不肯事上帝鬼神，禍厥先神禔不祀。」此條與上條皆於「神祗」「神禔」（即神祇）處誤斷，而不遠處之下文卻正確標點為「棄厥先神祇不祀」，亦不知其所以。

40. 又按《仲虺之誥》又有四語兩見引《左傳》。雖間倒置，辭則相合者。襄十四年「亡者侮之，亂者取之，推亡固存，國之道也」。襄三十年「亂者取之，亡者侮之，推亡固存，國之利也」。是也。

按，此一節濫用句號，使辭氣不順；又《左傳》之某公某年，為小節標題，以標出為好。故當為：又按《仲虺之誥》又有四語兩見引《左傳》，雖間倒置，辭則相合者：《襄十四年》「亡者侮之，亂者取之，推亡固存，國之道也」、《襄

三十年》「亂者取之，亡者侮之，推亡固存，國之利也」是也。

41. 晚出古文止緣上有，「佑賢輔德，顯忠遂良」，

按，「有」後逗號多餘。

42. 又按宣十二年「隨武子曰：『兼弱攻昧，武之善經也。』」云云，仲虺有言曰：「取亂、侮亡、兼弱」也。汋曰于鑠「王師遵養，時晦耆昧」也。上引「兼弱攻昧」成語，次即引《書》《詩》語以條釋之，

按，此一節謬誤甚多：一、「仲虺有言曰」亦隨武子之語，而錢氏不知，誤以為閻君之語；二、不知隨武子引仲虺之言「取亂侮亡」，是為了解釋「兼弱攻昧」成語中的「兼弱」；三、《汋》，《毛詩·周頌》篇名，今本作《酌》，「於鑠王師，遵養時晦」是首二句。隨武子引之，是為了解釋「兼弱攻昧」成語中的「攻昧」，也即「耆昧」（杜預注為「耆，致也。致討於昧」），不當闌入《毛詩》；四、「於」是歎詞，音 wū，不得簡化為「于」。故當作：又按《宣十二年》隨武子曰「兼弱攻昧，武之善經也」云云，「仲虺有言曰『取亂侮亡』，兼弱也；《汋》曰『於鑠王師，遵養時晦』，耆昧也。」上引「兼弱攻昧」成語，次即引《書》《詩》語以條釋之，

43. 今文《立政》篇「帝欽罰之，乃伻，我有夏式，商受命奄甸萬姓」。

按，偽孔傳為：「天以紂惡，故敬罰之。乃使我周家王有華夏，得用商所受天命，同治萬姓。」閻君下文已有解釋：「是言我周用商所受之命而奄甸萬姓焉。」故當作：帝欽罰之，乃伻我有夏，式商受命，奄甸萬姓。

44. 是言我周用商所受之命而奄甸萬姓焉，非若《仲虺之誥》竟貼上帝言用商受王命一代商興一商興，其相反又有如此者。

按，閻君之意，謂仲虺之言「式商受命」，意為「我周用商所受之命而奄甸萬姓」，是「代商興」；而偽古文《仲虺之誥》竟然謂「式商受命」為「用商受王命」，是「商興」——意思截然相反。錢氏不求甚解，而不加標點，使成葫蘆提語而蒙混之。故後句當標點為：非若《仲虺之誥》竟貼上帝言「用商受王命」，一代商興，一商興，其相反又有如此者！

第十三

45. 按杜注《左傳》「《夏訓》有之」曰：「亦云《夏訓》《夏書》。」

按，此謂《左傳・襄公四年》「魏絳曰：……《夏訓》有之曰」杜注：「《夏訓》，《夏書》。」。標點者未查《左傳》，不知一、「《夏訓》有之曰」為魏絳語，非杜預注；二、「亦云」乃閻君語，非杜注語；三、依今標點，「《夏訓》《夏書》」，二者是並列關係；而依杜注，二者是主謂關係。閻君已謂：「偽作者正以《夏訓》為《夏書》也。」故當標點為：按杜注《左傳》「《夏訓》有之曰」亦云：「《夏訓》，《夏書》。」

46. 胡不思《離騷》曰：「啟九辯與九歌兮，夏康娛以自縱。不顧難以圖後兮，五子用失乎家弄。」蓋以淫樂失其國者，不援以為據而輒妄及左氏，何哉？

按，《九辯》《九歌》皆夏樂曲名。又，「蓋以淫樂失其國者」，總結上文，故當以標點體現與上句之聯繫：胡不思《離騷》曰「啟《九辯》與《九歌》兮，夏康娛以自縱。不顧難以圖後兮，五子用失乎家弄」，蓋以淫樂失其國者。不援以為據，而輒妄及《左氏》，何哉？

47. 群臣之辭未畢，周公歎息言，曰：美矣此官，

按，「周公歎息言，曰」，一般不如此讀，「言曰」中間不宜加逗號。

48. 至漢《霍光傳》，尚書令讀群臣奏，至掖庭令敢泄言要斬太后，曰「止為人臣子，當悖亂如是邪」？王離席伏。

按，此《漢書・霍光傳》文，選入王力先生主編之高校中文系通用教材《古代漢語》，而標點者不曉。是尚書令宣讀群臣所奏昌邑王登位後種種罪惡劣跡，讀至昌邑王下令，若掖庭令敢對外洩露其作惡之事，則腰斬之。按此標點，則成了「要斬太后」，是何等語！又「止為人臣子」句不成義。是太后聽到此處，氣憤難耐，故命令「止」，讓尚書令暫停宣讀，她要發表議論。一個怒不可遏的「止」字，不啻一聲斷喝，太后當時之盛怒情狀便惟妙惟肖。故當標點為：至《漢・霍光傳》尚書令讀群臣奏，至「掖庭令敢泄言，要斬」，太后曰：「止！為人臣子，當悖亂如是邪？」王離席伏。

第十四

49. 至「天降下民」為《書》辭，玩其文義，似應至「武王恥之」止。今截至「曷敢有越厥志」，趙歧讀其助「上帝寵之」為句。

按，此討論《孟子‧梁惠王下》一段引逸《書》起訖。「其助上帝寵之」是原句。又，趙歧，當作趙岐。

50.「綏厥士女」下復出「惟其士女，紹我周王，見休」一句，變作「昭我周王，天休震動」二句。

按，《孟子‧滕文公下》：「有攸不惟臣，東征。綏厥士女，篚厥玄黃。紹我周王見休。」而《古文尚書‧武成》作：「綏厥士女。惟其士女，篚厥玄黃，昭我周王。天休震動。」故當作：「綏厥士女」下復出「惟其士女」；「紹我周王見休」一句，變作「昭我周王，天休震動」二句。

51. 豈孟子逆知百餘年後《書》分今文、古文，而於古文特多所改竄？抑孟子當日引《書》原未嘗改竄，故今以真書校之，祇覺其合？而晚作偽書者，必須多方改竄，以與己一類而遂不顧後，有以《孟子》校者之不合耶？此又一大破綻也。

按，此閻若璩之是非問，前句非而後句是，以質問為偽書辯護者。當作：豈孟子逆知百餘年後《書》分今文、古文，而於古文特多所改竄；抑孟子當日引《書》原未嘗改竄，故今以真書校之，祇覺其合，而晚作偽書者，必須多方改竄，以與己一類，而遂不顧後有以《孟子》校者之不合耶？此又一大破綻也。

52. 又云今觀《孟子》引享多儀出自《洛誥》

按，「享多儀」是作者引《孟子‧告子下》所引《書》原文，依本書體例，當加引號。此類事全書甚多，整理者或加引號或否，未能一致。

53. 顏注漢號為班氏忠臣，

按，「漢」指《漢書》，加書名號。且最好斷為兩句：顏注《漢》，號為班氏忠臣，

54. 朱子於古文言壁藏，今文則言暗記，亦是受校人之欺論。正與定遠合。

按，「校人之欺」是成語，本書第十亦有「某嘗謂朱子固受校人之欺」句。

「論」當屬下句。當為：朱子於古文言「壁藏」，今文則言「暗記」，亦是受校人之欺，論正與定遠合。

第十五

55. 其終為逸《書》者，僅昭十四年《夏書》曰：「昏墨賊殺皋陶之刑也」一則而已。

按，《左傳・昭公十四年》：「己惡而掠美為昏，貪以敗官為墨，殺人不忌為賊。夏書曰：『昏墨賊，殺。』皋陶之刑也。」故後句當作：僅《昭十四年》「《夏書》曰『昏墨賊，殺』，皋陶之刑也」一則而已。

第十六

56. 吉，當為告。告，古文誥字之誤也。尹告伊尹之誥也。

按，末句當為：《尹告》，伊尹之誥也。

57. 其確指如此，果爾「惟尹躬及湯咸有壹德」既竄入《咸有一德》中，何「惟尹躬天見于西邑夏自周有終相亦惟終」均為尹吉曰，而竄入《太甲》上篇中耶，

按，「果爾」，果然如此也，是假設複句的一個分句，故應加逗號。又，「天」為「先」之誤字，「吉」為「告」之誤字，整理者失校。後之引語又不點斷，當為：「惟尹躬先見于西邑夏，自周有終，相亦惟終」。又，後一分句為問句（有「何」字），故當以問號結尾。

58. 按鄭注，《兌命》《君陳》皆云今亡。注《狸首詩》云：今逸。蓋以《射義》曾孫侯氏八語為即狸首。

按，《狸首》為逸《詩》名，故「狸首詩」「狸首」皆當加書名號。《禮記・檀弓下》：「孔子之故人曰原壤，其母死，夫子助之沐槨。原壤登木曰：『久矣，予之不託於音也。』歌曰：『狸首之班然，執女手之卷然。』」蓋此即《狸首》句。又，此節閻君分辨鄭注「今亡」「今逸」之區別，故其標點亦當前後對照：按鄭注《兌命》《君陳》皆云「今亡」，注《狸首詩》云「今逸」：蓋以《射義》曾孫侯氏八語為即《狸首》。

59. 又按鄭注《緇衣》《君奭》云：今博士讀為「厥亂勸寧王之德」。

按，《緇衣》《君奭》只能讓人理解為兩種並列的典籍。那麼鄭玄之所注，《緇衣》乎，《君奭》乎？原來，《禮記‧緇衣》引逸《書‧君奭》文，而鄭玄為之注。則必須如此標點：又按鄭注《緇衣》「《君奭》」云：「今博士讀為『厥亂勸寧王之德』。」下文「如鄭注《鄉飲酒禮》《關雎》《鵲巢》《鹿鳴》《四牡》之等，皆取《詩序》為義」，亦指鄭玄注《儀禮‧鄉飲酒禮》所引諸詩。此等例錢書中所在多有，讀者心知其意可也。

60.《小雅》都人士首章章六句二十四字，惟毛氏有之。

按，《都人士》，《詩‧小雅》篇名；「毛氏」這裡指《毛詩》。故當標點為：《小雅‧都人士》首章章六句二十四字，惟《毛氏》有之。

卷二

第十七

61. 康成雖云受之張恭祖，然其書《贊》曰

按，《書贊》，典籍多以為鄭玄書名。本章下文「又按鄭康成《書贊》曰」，亦標為書名。

62. 今有人焉，循循然無疵也，且斌斌然敦《詩》《書》也，說《禮》《樂》也，而冒吾之姓以為宗黨，其不足以辱吾之族也明矣。然而有識者之惡之尤甚，於吾族之有敗類，何也？吾族之有敗類，猶吾之一脈也。乃若斯人，固循循然，固斌斌然，而終非吾之族類也。吾恐吾祖宗之不血食也。

按，此說「冒吾之姓以為宗黨」尤為可惡之故，故中間句當為：然而有識者之惡之，尤甚於吾族之有敗類，何也？

63. 竊以康成則必指所注《禮記》也；岐，《孟子》也；昭，《國語》也；預，左氏也；若肅所注《宋藝文志》僅《周易傳》十一卷，餘不傳。

按，此分說鄭玄、趙岐，韋昭、杜預、王肅所注何書。若「肅所注《宋藝文志》」，則為荒唐。當為：竊以康成，則必指所注《禮記》也；岐，《孟子》也；

昭,《國語》也;預,《左氏》也;若肅所注,《宋・藝文志》僅《周易傳》十一卷,餘不傳。

64. 又按,余嘗著《孔氏二冤辯》……其略曰:世傳孔氏三世出妻,子思有兄,必非适子,此二冤也。三世出妻說皆緣於《檀弓》。昔者,子之先君子喪,出母乎?伯魚之母死,則孔子出妻也。子上之母死而不喪,則子思出妻也。子思之母死於衛赴於子思,則伯魚妻嫁,亦為出也。

按,此段標點不妥處有三:一、不明「此二冤」為何。二、不明作者為何說「三世出妻說皆緣於《檀弓》」。若把《檀弓》後句號改為冒號,自「昔者」以下皆為《檀弓》所述,則明白矣。三、不明「世傳孔氏三世出妻」,為哪三世?據《禮記・檀弓上》:「子上之母死而不喪,門人問諸子思曰:『昔者子之先君子喪出母乎?』曰:『然。』」子上是孔子曾孫,子思伋之子,名白。其母出,則孔子之孫子思伋出其妻;子思之母死於衛而赴於子思(見於《檀弓下》),則孔子之子伯魚出其妻;門人問子思曰:『昔者子之先君子(按,指孔鯉)喪出母乎?』則是孔子出其妻:故曰「孔氏三世出妻」。故門人問子思之語「昔者子之先君子喪出母乎」,中間實不當點斷;「子思之母死於衛赴於子思」中間倒應該加一逗點。加之《檀弓》原文用引號、各事間用分號即可:世傳「孔氏三世出妻」,「子思有兄必非適子」:此二冤也。三世出妻,說皆緣於《檀弓》:「昔者子之先君子喪出母乎?」伯魚之母死,則孔子出妻也;「子上之母死而不喪」,則子思出妻也;「子思之母死於衛,赴於子思」,則伯魚妻嫁,亦為出也。

又,「适子」,文不成義,此簡化字之過:「适」,本當作「適」,方能通「嫡」;只有作「適子」,人方可理解為「嫡子」。再說「适」,自有音 kuò,本義為「速疾」,常用作人名,本不宜用為「適」之簡化字。該書下文「适子、适媵、立适、适孫」,實際皆不妥當,「适」皆應為「適」字。這說明,以簡化字整理古籍,多有難處。

65. 雖魯委巷之婦,未至是。而謂孔門之冢婦名賢之因母為之耶?

按,兩者對比,句式亦宜一致;且中間不宜用句號。宜作:雖魯委巷之婦未至是,而謂孔門之冢婦、名賢之因母為之耶?

66. 害禮誨淫，污衊實甚，此事既冤。則孔子之妻與子思之妻之被出也，抑又可知矣。

按，「害禮誨淫，污衊實甚」句總結上文，「此事既冤」句引起下文，故不當用句號。當作：害禮誨淫，污衊實甚。此事既冤，則孔子之妻與子思之妻之被出也，抑又可知矣。

67. 子思有兄，必非适子說，亦緣於《檀弓》，而成於鄭小同所撰《鄭志》。

按，「說」字宜屬下，當作：子思有兄，必非適子，說亦緣於《檀弓》，以照應上文「三世出妻，說皆緣於《檀弓》」。下文「子思有兄，生於子思有嫂」亦證閻若璩行文之習慣如此。适子，參 64.

68. 子思有兄生，於子思有嫂。子思有嫂生，於《檀弓》誤解子思之哭嫂也。為位，婦人倡踊。

按，此論「子思有兄」之說之緣起，故「生」字當屬下讀。又「子思之哭嫂也為位，婦人倡踊」為《檀弓上》原文，「哭嫂也」後不當施句號。故當為：子思有兄，生於子思有嫂；子思有嫂，生於《檀弓》誤解「子思之哭嫂也為位，婦人倡踊」。

69. 又按《漢書・藝文志》，石渠議奏凡四家。

按，《石渠議奏》，書名，已逸。下文「蓋《喪服傳》論宗法之常，石渠議則宗法之變」「愚於漢石渠議亦云」，「石渠議」「漢石渠議」亦當加書名號。而此整理本亦偶有加書名號者。不能一以貫之，亦無條例可言也。

70. 因歎《禮經》之文誠有闕略，不無待於後人，向使無鄭康成，則此事終未有斷，決不可直謂古經定制一字，不可增損。善哉言也。

按，此說朱熹之門人有疑朱子因權宜而改經典者，朱子未有以折之。後久之，此人讀《儀禮疏》備載《鄭志》諸侯父有廢疾云云，方知鄭康成說不誤，朱子亦不誤，因而慨歎不可泥於經典。故後半當為：決不可直謂古經定制，一字不可增損。善哉言也！

第十八

71. 《史記》載慎徽五典至四罪而天下咸服於《堯本紀》不於《舜本紀》。

按，此種以不整理為「整理」，其書中尚有多處，實不可取。當為：《史記》載「慎徽五典」至「四罪而天下咸服」於《堯本紀》，不於《舜本紀》。

72. 林氏引司馬、蘇氏、程子而歷折之，不具述。只以帝使其子九男節，有為不順於父母語天下大悅，而將歸己節，有不得乎親語。

按，此論林氏謂《孟子》文某節有某等語：《孟子·萬章上》：「帝使其子九男二女，百官、牛羊、倉廩備，以事舜於畎畝之中，天下之士多就之者。帝將胥天下而遷之焉，為不順於父母，如窮人無所歸。」《孟子·離婁上》：「孟子曰：天下大悅而將歸己。視天下悅而歸己，猶草芥也，惟舜為然。不得乎親，不可以為人；不順乎親，不可以為子。」故後半當為：只以「帝使其子九男」節，有「為不順於父母」語；「天下大悅而將歸己」節，有「不得乎親」語。

73. 堯之欲妻舜，舜不告而娶，以為告則不得娶，是子不能得之於文也。堯亦知告焉，則不得妻是君並不能得之於臣也。

按，「於文」，「文」當為「父」之訛字，此整理致誤。閻君乃用《史記·外戚世家》「妃匹之愛，君不能得之於臣，父不能得之於子」文。當為：堯之欲妻舜，舜不告而娶，以為告則不得娶，是子不能得之於父也；堯亦知告焉則不得妻，是君並不能得之於臣也。

74. 其頑至此。則既娶之後，猶復欲殺之而分其室。

按，「其頑至此」是說舜父瞽瞍，非概其上文，乃引起下文，故其後不能用句號，只能用逗號。

75. 不格奸者，林氏謂但能使之不陷於刑戮。

按，此「不格奸」，乃節引今《尚書·堯典》文「克諧以孝，烝烝乂，不格奸」文。整理者理當以引號標出引文。錢書此類事多，不能一一。

76. 不格奸者，在舜為庶人之時；亦「允若」者，在舜為天子往朝瞽瞍之日。

按，「亦允若」，出古文《尚書·大禹謨》：「負罪引慝，祗載見瞽瞍，夔夔齋慄，瞽亦允若。」

77. 《史記》所載舜格親次第，正自不誣。不然人誣瞽瞍以朝舜，孟子則辨其必無誣。舜以放象，孟子則辨其未嘗有。

按，如說「必無誣」，則謂瞽瞍朝舜是實，與孟子意正相反。後句當為：不然，人誣瞽瞍以朝舜，孟子則辨其必無；誣舜以放象，孟子則辨其未嘗有。

78. 獨孔穎達謂肅始竊見梅氏之《書》，其注《尚書》多是。孔《傳》疑肅見古文，匿之而不言。

按，此條閻若璩說，獨孔穎達謂魏王肅曾竊見梅賾所獻之古文《尚書》，故其注《尚書》多肯定孔《傳》，因而懷疑王肅曾見古文，故意隱瞞而不言。故當為：獨孔穎達謂肅始竊見梅氏之《書》，其注《尚書》多是孔《傳》，疑肅見古文，匿之而不言。

79. 蓋偽作此《書》者不能備知三代典禮，既以崩年改元，衰季不祥之事上加盛世，又以祥禪共月，後儒短喪之制上視古人，蓋至是而其偽愈不可掩矣。

按，兩「以」字，前者賓語是「事」，後者賓語是「制」，而介詞與其賓語之間，隔以逗號，文氣不暢而易生誤會。改為頓號或逕連之亦可：既以崩年改元、衰季不祥之事上加盛世，又以祥禪共月、後儒短喪之制上視古人，

80. 又按《舊唐書·經籍志》，古文《尚書》十卷，王肅注。《新唐書·藝文志》，鄭康成注，古文《尚書》九卷。

按，前事則明白，後一事，於「鄭康成注」後加一逗號，至使人疑《新唐書·藝文志》為鄭康成注，則此逗號為蛇足。

81. 孔《疏》云：賈逵、馬、鄭所注《尚書》皆題曰古文，而篇數與伏生所傳正同，但經字多異。如《堯典》「宅嵎夷，為宅嵎」，鐵昧谷為柳谷之類是也。

按，《虞書》孔穎達疏：「夏侯等《書》，『宅嵎夷』為『宅嵎鐵』，『昧谷』曰『柳谷』。」則當為：如《堯典》「宅嵎夷」為「宅嵎鐵」，「昧谷」為「柳谷」之類是也。

82. 又按宋玉《九辯》「豈不鬱陶而思君兮，君之門以九重」，此則純用《象》語，不似《五子之歌》雜以敘事辭。

按，《九辯》「鬱陶而思君」，是用《孟子·萬章上》所載舜之弟象語：「象往入舜宮，舜在床琴，象曰：『鬱陶思君爾。』忸怩。」今整理者見下文有《五

子之歌》，遂加「象」以書名號，而不知「象」為何書。

第十九

83. 又從來訓故家於兩書之辭相同者，皆各為詮釋。雖小有同異，不至
懸絕。今安國於《論語》「周親仁人」之文則引管蔡、微箕以釋之。
而周之才不如商，於《尚書》「周親仁人」之文則釋曰：「周，至也。
言紂至親雖多，不如周家之少仁人。」而商之才，又不如周，其相
懸絕如是。是豈一人之手筆乎？

按，此閻若璩說，訓詁家於兩書之辭相同者，皆各為詮釋，雖可能小有不
同但不至懸殊。今安國於《論語·堯曰》「周親仁人」之文，則謂周之才不如商；
而於《尚書·泰誓中》「周親仁人」之文，則謂商之才又不如周，解釋如此相差
懸殊，證明《論語》與《尚書》「周親仁人」注非出於孔安國一人之手筆。而整
理者濫用逗號、句號，又不用分號，導致句意不明。故當為：今安國於《論語》
「周親仁人」之文，則引管蔡、微箕以釋之，而周之才不如商；於《尚書》「周
親仁人」之文，則釋曰「周，至也，言紂至親雖多，不如周家之少仁人」，而商
之才又不如周：其相懸絕如是，是豈一人之手筆乎？

84. 安國於裨諶、子產、臧武、仲齊、桓公凡事涉《左傳》者，無不覼
縷陳之於《注》，

按，裨諶、子產、臧武仲、齊桓公，皆《左傳》《論語》中之名人。

85.《國語》「單襄公決陳必亡」一篇有引「先王之令曰」：「『天道賞善而
罰淫。故凡我造國，無從非彝，無即慆淫，各守爾典，以承天休。』
今陳侯不念」云云，「是又犯『先王之令』也。」解曰：先王之令，
文武之教也。

按，慆，音 kǎn，《說文·心部》：「慆，憂困也。」不合文意。閻公原文本
應作「慆」，同「叨」，貪也。又，據下文「先王之令，文武之教也」，則「先王
之令」不必加引號，何況「曰」。且如此標點，「今陳侯不念」這句單襄公評論
之語，也包括於「先王之令曰」中，不合文意。「解曰」後之諸語，是韋昭注，
當加引號，反而不加──此類例錢文中亦不可勝數。此段當為：《國語》「單襄

公決陳必亡」一篇，有引先王之令曰「天道賞善而罰淫。故凡我造國，無從非彝，無即慆淫，各守爾典，以承天休」，「今陳侯不念」云云，「是又犯先王之令也」。解曰：「先王之令，文武之教也。」

86. 司馬遷親從安國問古文，故撰《殷本紀》曰：既絀夏命，還亳，作《湯誥》「維三月，王自至於東郊。告諸侯群后：『毋不有功於民，勤力乃事。予乃大罰殛女，毋予怨。』」

按，「既絀夏命，還亳，作《湯誥》」乃至《湯誥》文字，皆《殷本紀》語，不得不加引號，即使以下語中有語，引號繁複，亦無可奈何（當然其中可適當省略）。當為：司馬遷親從安國問古文，故撰《殷本紀》曰：「既絀夏命，還亳，作《湯誥》：『維三月，王自至於東郊。告諸侯群后：毋不有功於民，勤力乃事。予乃大罰殛女，毋予怨。』」

87. 南軒《綱目前編》於成湯十八年乙未書，王誓師伐夏。又書，王至東郊。

按，當作：南軒《綱目前編》於成湯十八年乙未，書「王誓師伐夏」，又書「王至東郊」。

第二十

88. 予尤愛桓譚作。於建武以前，《武成》篇尚存，故不曰五十七，曰五十八。

按，「作」後句號當去。

第二十一

89. 《禮記注》有《中霤禮》《王居明堂禮》《別有奔喪禮》。皆逸篇之文。

按，「別有」當是閻若璩敘事語，不當闌入書名。當作：……別有《奔喪禮》：皆逸篇之文。

90. 按《藝文志》，「《禮》古經者，出於魯淹中。及孔氏學七十，篇文相似，多三十九篇。」劉氏曰：孔氏即安國，所得壁中書也。「學七十」當作「與十七」，

按，魯淹中，顏師古注引蘇林曰：「里名也。」孔氏即安國家。又，既然「學七十」當作「與十七」，則當為：《禮》古經者，出於魯淹中及孔氏，學七十篇文相似，多三十九篇。

91. 而孔穎達《禮記疏》載康成云：《漢志》始於魯淹中得古《禮》五十七篇，

按，依該書體例，《漢志》，即相當於「《漢·藝文志》」，後必當有逗號，以免有在句中做主語之嫌疑。故當為：《漢志》，始於魯淹中得古《禮》五十七篇，

92.《中霤禮》云：以功布為道，布屬於几。

按，《周禮·春官宗伯·司巫》：「祭祀則共匰主及道布及蒩館。」鄭玄注：「玄謂道布者，為神所設巾。《中霤禮》曰：『以功布為道布，屬於几也』。」功布為細麻布，道布為祭祀時墊在几上的巾。故當標點為：以功布為道布，屬於几。

93. 又《中霤禮》云：凡祭五祀於廟，用特牲，有主有尸，皆先設席于奧祀戶之禮。南面設主，于戶內之西乃制脾及腎為俎，奠于主。北又設盛于俎，西祭黍稷。祭肉、祭醴皆三祭肉，脾一，腎再。

按，此說祭五祀之禮，即祭祀住宅內外的五種神。《禮記·月令》「〔孟冬之月〕……臘先祖五祀」鄭玄注：「五祀，門、戶、中霤、灶、行也。」這裡重點講祀戶之禮。奧，室內西南隅，古時祭祀設神主或尊長居坐之處。盛（chéng），即粢盛，祭祀用的黍稷。整理者不知祭五祀之禮，又不知「奧、盛」為何物，主、祭品之位置亦不明，因而致誤。《禮記·月令》「孟春之月……其祀戶，祭先脾」鄭玄注於此全同。故當為：凡祭五祀於廟，用特牲，有主有尸，皆先設席于奧。祀戶之禮，南面設主于戶內之西，乃制脾及腎為俎，奠于主北，又設盛于俎西。祭黍稷、祭肉、祭醴，皆三；祭肉，脾一、腎再。

94.《王居明堂禮》云：出十五里迎歲。又云：帶以弓韣，禮之祿，下其子，必得天材。

按，《禮記·月令》：「仲春之月……后妃帥九嬪御，乃禮天子所御，帶以弓韣，授以弓矢，于高禖之前。」鄭玄注：「天子所御，謂今有娠者。於祠，

大祝酌酒，飲於高媒之庭，以神惠顯之也。帶以弓韣，授以弓矢，求男之祥也。《王居明堂禮》曰：『帶以弓韣，禮之祺下，其子必得天材。』」是說，於仲春之月，后妃帥懷孕之嬪御，帶上弓套弓矢（生男孩的標誌），祭祀高禖（保佑生子的神。高，通郊）之下，必生高材貴子。鄭注所引，即此逸禮《王居明堂禮》。則「亏韣」當是「弓韣」的誤字。故當為：《王居明堂禮》云：「出十五里迎歲。」又云：「帶以弓韣，禮之祺下，其子必得天材。」

95. 又《中霤禮》云：祀灶之禮，先席於門之奧。東面設主於灶陘。乃制肺及心、肝為俎，奠於主。西又設盛於俎。南亦祭黍。三祭。肺、心、肝各一，祭醴二。

按，《禮記·月令》「孟夏之月……其祀灶，祭先肺」鄭玄注：「祀灶之禮，先席於門之奧，東面設主于灶陘，乃制肺及心肝為俎，奠于主西；又設盛于俎南，亦祭黍三，祭肺心肝各一，祭醴三。」正合此《中霤禮》文。故後半當為：乃制肺及心、肝為俎，奠於主西；又設盛於俎南，亦祭黍三，祭肺、心、肝各一，祭醴二。

96. 祀門之禮，北面設主於門左樞。乃制肝及肺、心為俎，奠于主。南又設盛于俎。東其他皆如祭灶之禮。

按，主，所祀門神的牌位。主人面向北，在門左樞處設其牌位（門神的牌位朝南）。把裝肝、肺、心的俎，置於門神牌位之南，像其食之狀；再設粢盛於俎東（與俎並排），即為祭祀門神之禮。故當為：祀門之禮，北面設主於門左樞，乃制肝及肺、心為俎，奠于主南；又設盛于俎東。其他皆如祭灶之禮。

97. 又《王居明堂禮》云：仲秋九門磔，攘以發陳氣，禦止疾疫。

按，磔，古代祭祀時分裂牲畜肢體。攘，通「禳」，古代除邪消災的祭祀。「磔攘」即「磔禳」。《禮記·月令》：「〔季春之月〕九門磔攘。」孫希旦集解：「磔，磔裂牲體也……磔牲以祭國門之神，欲其攘除凶災，禦止疫鬼，勿使復入也。」故當為：仲秋，九門磔攘，以發陳氣，禦止疾疫。

98. 又《中霤禮》云：祀行之禮，北面設主于軷上。乃制腎及脾為俎，奠于主。南又設盛于俎，東祭肉，腎一脾再。

按，行，是道路神。古代出行時祭路神謂之「軷」，也指祭道路神的土壇。

北面，指祭神的人面向北。這樣路神的牌位必然面朝南。把盛腎、脾的俎置於路神牌位之南，像供食之狀；再設盛裝黍稷的容器（粢盛）於俎東。祭肉時，腎祭一次，脾祭兩次。故當為：又《中霤禮》云：「祀行之禮，北面設主于軷上，乃制腎及脾為俎，奠于主南；又設盛于俎東。祭肉，腎一、脾再。」

99. 又《王居明堂禮》云：孟冬之月，命農畢積聚繫收牛馬。

按，積聚，指積聚糧食柴草等，與「繫收牛馬」是兩件事，故必點斷。

100.《逸奔喪禮》云：不及殯日於又哭，猶括髮即位，不袒告事。畢者五哭而不復哭也。

按，這裡記不傳世的《奔喪禮》，所以只可記為「逸《奔喪禮》」。據今《禮記·奔喪》，「奔喪之禮，始聞親喪，以哭答使者」，一哭也；「問故又哭」，又哭也；「過國至竟哭」，三哭也；「至於家，入門，左升自西階殯東，西面坐哭，盡哀，括髮，袒」，四哭也；「降堂東即位西鄉哭成踊」，五哭也。「於又哭，括髮、袒、成踊；於三哭，猶括髮、袒、成踊」，「三日成服。於五哭，相者告事畢」。括髮、袒，即「袒免」，袒衣免冠，脫上衣左袖，露左臂，脫冠。即位，弔者向西跪對靈柩，最後哭別。成踊，即頓足，俗謂之跳腳。「告事畢」，是喪禮的「相者」宣布「喪事已經結束」。故當為：逸《奔喪禮》云：「不及殯日，於又哭，猶括髮，即位不袒。告事畢者，五哭而不復哭也。」

101. 哭父族與母黨於廟，妻之黨於寢，朋友於寢門外，壹哭而已。不踊。

按，此一節說兩事：哭不同親族之地點、哭法，故標點亦應有所體現：哭父族與母黨於廟，妻之黨於寢，朋友於寢門外；壹哭而已，不踊。

102. 凡拜吉喪皆尚左手。

按，古禮分吉、凶、賓、軍、嘉，皆須拜。此處僅說吉、喪（凶）。尚左手，左手在上。故當標點為：凡拜，吉、喪皆尚左手。

103.《禮》《樂》之書，稍稍廢棄。孔子時，在者已重複，雜亂又惡能存其亡者乎？

按，惡，何也。故當為：在者已重複雜亂，又惡能存其亡者乎？

104. 所以奔喪投壺。康成親見其在《逸禮》內者，亦標首曰《奔喪之禮》《投壺之禮》。

按，《奔喪》《投壺》，皆為逸《禮》名目，則其後必為逗號。

105. 《周官》大史祭之日，執書以次，位常諸侯。將幣之日，執書以詔王。

按，《周禮・春官宗伯・大史》：「祭之日，執書以次位常。」鄭玄注：「謂校呼之，教其所當居之處。」賈公彥疏：「言執書者，謂執行祭禮之書，若今儀注。以次位常者，各居所掌位次常者。此禮一定常行不改，故云常也。」「及將幣之日，執書以詔王。」「將幣」是諸侯之事，故必屬之於「諸侯」也。故當為：《周官・大史》：「祭之日，執書以次位常；諸侯將幣之日，執書以詔王。」

106. 有不在《儀禮》內，則若今《曲禮》《少儀》《內則》《玉藻》。弟子職篇所記。

按，《弟子職》為《管子》篇名，故必當加書名號。且與前所列書並列，故當為：則若今《曲禮》《少儀》《內則》《玉藻》《弟子職》篇所記。

第二十二

107. 《益稷》「刊槎其木賡續也」

按，「刊，槎其木」，為《古文尚書・益稷》「隨山刊木」孔傳文，「賡，續也」為該篇「乃賡載歌」孔傳文，故當分別之：《益稷》「刊，槎其木」「賡，續也」

108. 《伊訓》「湯有功，烈之祖故稱焉」，

按，此句乃《伊訓》「伊尹乃明言烈祖之德」之孔傳。「功烈」，功勳業績。一詞，不可分也。《左傳・襄公十九年》：「銘其功烈，以示子孫。」故其文當標點為：《伊訓》，「湯，有功烈之祖，故稱焉。」

109. 《泰誓》上中二篇「澤障曰陂，冢，土社也，周至也」，

依訓詁體式，此為三事：當為：「澤障曰陂。冢，土社也。周，至也。」

110. 如劉向受《穀梁》，子歆以左氏難向，向不能非間也，然猶自持其《穀梁》義。歆欲建左氏等於學官。

按，「左氏」，指《左傳》，故當加書名號。

111. 以至《關雎》之詩，一謂佩玉晏鳴，歎康王之后者，杜欽說也，聞者可知其為魯；謂后夫人之行，侔乎天地者，匡衡說也，聞者可知其為齊。《商頌》不謂作於商，而謂美襄公之世，司馬遷說也，聞者可知其為韓。《魯頌》不謂作於史克，而謂公子奚斯作，揚雄說也，聞者可亦知其韓。其各有流派，號為家法如此。今安國舍魯而從毛，其不循家法者耶？

按，以上之「魯、齊、韓、毛」，非為國名或姓氏，乃《詩》之分派，《魯詩》《齊詩》《韓詩》《毛詩》也。整理者若能以書名號點明，不唯符合閻君之意，於讀者亦一提示也。

112. 按《毛詩》東漢未立。范書《儒林傳序》自相矛盾。前云光武立五經博士凡十四。《易》，施、孟、梁丘、京氏；《尚書》，歐陽、大小夏侯；《詩》，齊、魯、韓、毛；《禮》，大小戴；《春秋》，嚴、顏。細數之卻十五。疑有衍文。後云：古文《尚書》《毛詩》《穀梁》《左氏春秋》不立學官，則所衍者，蓋《毛詩》參以《百官志》，博士果十四人。《詩》三，魯、齊、韓氏。

按，「前云」之後無標點，「後云」之後有冒號，是前後不能相照也。又，「十四」後之句號，顯然不當：因下文隨即說「十四」之細目。改為冒號、逗號皆可。又，閻若璩推論判定，所衍者蓋《毛詩》，「《毛詩》」之後當斷。故當為：前云光武立五經博士凡十四：《易》，《施》、《孟》、《梁丘》、《京氏》；《尚書》，《歐陽》、《大小夏侯》；《詩》，《齊》、《魯》、《韓》、《毛》；《禮》，《大小戴》；《春秋》，《嚴》、《顏》。細數之卻十五，疑有衍文。後云「古文《尚書》《毛詩》《穀梁》《左氏春秋》不立學官」，則所衍者蓋《毛詩》。參以《百官志》，博士果十四人。《詩》三，《魯》、《齊》、《韓氏》。

113. 以知《孔僖傳》云：自安國以下，世傳古文《尚書》。《毛詩》毛亦衍文。何則？安國未聞受《毛詩》，疑《魯詩》之訛。不然，孔僖以上有別受《毛詩》，因傳安國古文《尚書》，遂連類及之，亦古人文字之常。

按，「《毛詩》毛亦衍文」，此語何意？查《後漢書·孔僖傳》：「自安國以下，世傳古文《尚書》、《毛詩》。」而閻若璩辨安國未聞受《毛詩》，而疑為《魯詩》

之訛；不然則是孔僖以上有別受《毛詩》者，因傳安國古文《尚書》，遂連類及之，亦古人文字之常也。此證閻若璩讀書之細，思慮之密，有他人不能及者。整理者縱不能引讀者悟於此理，何忍鹵莽滅裂，致原文亦不通乎？實當為：以知《孔僖傳》云「自安國以下，世傳古文《尚書》《毛詩》」，「毛」亦衍文。

114. 又按叟者，蜀夷別名。後漢中始見。故邛都夷傳蘇祈叟二百餘人。《董卓傳》，呂布軍有叟兵。《劉焉傳》，遣叟兵五千。

按，「後漢」必加書名號，否則就表示朝代了。「邛都夷傳」亦然。《後漢書·南蠻西南夷列傳》中正有《邛都》。

115. 當時中國無復四夷。見江統《徙戎論》。蓋西晉時先識遠量者，特闡明其事。兩漢人未之及。僅班書《西域傳序》一及，未詳。今安國《傳》，淮夷徐戎也卻同，得毋魏晉間有是議論乎？

按，「淮夷徐戎也卻同」，語義不明。「安國《傳》」之「傳」當是動詞，「解說，注釋」，如所謂「史遷之傳曾參」「史遷之傳貨殖」，閻書下文亦曰「今傳《禹貢》曰」。「安國傳淮夷徐戎」，指孔安國於《費誓》「徂茲淮夷，徐戎並興」注：「今往征此淮浦之夷，徐州之戎並起為寇。此戎夷帝王所羈縻統敘，故錯居九州之內，秦始皇逐出之。」故閻若璩懷疑孔傳為偽，因漢武帝時尚無此稱。故當為：今安國傳「淮夷徐戎」也卻同，得毋魏晉間有是議論乎？

116. 又按《魯詩》亡於西晉，近代復出。申公培《詩說》，己未在京師，

按，余嘉錫《四庫提要辯證》謂周廣業《目治偶抄》卷一載《申公培詩說》一卷，朱彝尊《經義考》謂嘉靖中出自鄞人豐坊家，為偽撰。「己未在京師」屬下文。故當為：又按《魯詩》亡於西晉，近代復出申公培《詩說》。己未在京師，

117. 班書《杜欽傳》，《關雎》為歎康王之后。

按，班書，指《漢書》，猶《太史公書》之為《史記》也。故當標為：《班書·杜欽傳》，

118.《禮坊記》「先君之思，以畜寡人」，鄭康成注記時尚未得《毛傳》，

按，《禮坊記》，禮，指《禮記》；記，亦指《禮記》。故當標為：《禮·坊記》……鄭康成注《記》……

119. 作《傳》者於「陂」字既用《毛傳》「澤障曰陂」，又於「池」字用
　　　鄭箋「停水曰池」若以自實其語，

按，「停水曰池」後當有逗號，否則連詞「既」「又」失照。

第二十三

120. 今晚出孔《書》「宅嵎夷」，鄭曰：「宅嵎，鐵昧谷。」鄭曰：「柳
　　　谷。」

按，如此則「鐵」字無著落，且「柳谷」前無被注語。當為：今晚出孔《書》
「宅嵎夷」，鄭曰：「宅嵎鐵。」「昧谷」，鄭曰：「柳谷。」

121. 劉向以中古文校歐陽、大小夏侯三家經文，

按，當為《歐陽》《大小夏侯》三家經文。

122. 按「宅嵎夷」四條見孔《疏》云：出夏侯等書。是今文也。而以孔
　　　《書》當之者，以與孔《書》合，但微異劓剠為「黥」，然音義亦
　　　不相遠云。

按，此說各家《尚書》文字區別，「宅嵎夷」是《堯典》文字，「劓剠」是
《呂刑》文字，各為一事，「但微異」當屬上。當為：按「宅嵎夷」四條見孔
《疏》，云出《夏侯》等書，是今文也。而以孔《書》當之者，以與孔《書》
合，但微異：「劓剠」為「黥」，然音義亦不相遠云。

123. 又按張守節《史記正義》論例曰：

按，當為《史記正義・論例》。

124. 唐文宗開成二年，國子監九經石壁成。從宰相領祭酒鄭覃之請也。
　　　今尚在孟蜀。廣政十四年，鐫《周易》。

按，「今尚在」為句，指尚在西安。孟蜀，高祖孟知祥所建之後蜀。「廣政」
是後主孟昶的年號（938～965），讀當屬下。

第二十四

125.《漢書・儒林傳》安國授都尉朝，而司馬遷亦從安國問。故遷書載
　　　《堯典》《禹貢》《洪範》《微子》《金縢》諸篇多古文說。

按，當作「而司馬遷亦從安國問故」，問故，問古文說。

126. 实於四門，四門穆穆。

按，此《舜典》文，「实」為「賓」字之誤。賓，簡化為「宾」，與簡化字「实」形近，整理者馬虎致誤。此為以簡化字整理古籍產生之新錯誤。

127. 夔曰：『于，予擊石拊石，百獸率舞。』

按，「于」與「於」古為兩字，有時通用，有時絕不可通。此處當作「於」，讀如歎詞「嗚」，與「于」音義皆不同。不可視為「于」的繁體字。

128. 淮海維揚州……竹箭既布……貢金三品，瑤、琨、竹箭，齒、革、羽、毛，

按，竹箭，為二物。竹自竹，箭自箭。箭，細小而勁實，可作箭杆。《說文・竹部》：「箭，矢竹也。」王筠句讀：「《眾經音義》：箭，矢竹也。大身小葉曰竹，小身大葉曰箭。」晉戴凱之《竹譜》：「會稽之箭，東南之美。」《周禮・夏官・職方氏》：「東南曰揚州，其山鎮曰會稽，其澤藪曰具區，其川三江，其浸五湖，其利金錫竹箭。」金、錫為二物，竹、箭亦當然。如此文，「瑤、琨、竹、箭」為四，下則曰「齒、革、羽、毛」也。此義古人皆知，然今人多懵然，尚未見今學者揭出，故今人整理之古籍皆「竹箭」或「箭竹」連文。則此實非獨錢君之過，余特借評其書而表出耳。

129. 貢羽、旄、齒、革，金三品，杶、榦、栝、柏、礪、砥、砮、丹，

按，後面八物，看似並列，實則有別：前四，皆木名；後四，皆石類（孔傳：「砥細於礪，磨石也。砮，石中矢鏃。丹，朱類。」丹，丹砂，礦物）。所以《史記・禹貢》於「柏」後未標頓號，而標逗號，以示區別。

130. 華陽黑水惟梁州，汶、嶓既藝，沱涔、既道，

按，當為：沱、涔既道，

131. 田下上，賦下中，三錯。

按，當為：賦下中三錯。孔傳：「賦第八，雜出第七第九三等。」

132. 貢璆、鐵銀、鏤、砮、磬、熊、羆、狐、狸、織皮。

按，鐵銀，二物，中間奪去頓號；「磬」後當為逗號，原因同 129.

133. 黑水西河惟雍州……荊、歧已旅，

按，歧，當作「岐」。四庫本不誤，《史記》不誤。

134. 熊耳、外方桐柏至於負尾；

按，外方桐柏，兩山名，中間奪去頓號。

135. 『祗台德先，不距朕行』。

按，祗，當作「祇」。二字音義皆不同，錢氏常混淆。

136. 今殷民乃陋淫神祇之祀。

按，「祇」為「祇」字之誤。原文不誤。

137. 武王既克殷，訪問箕子。武王曰：「于乎。」

按，原文為「於乎」。表歎息的「於乎」，「於」不能簡化為「于」。如本書第二十七「于乎，是唯良顯哉」，亦誤。

138. 周公藏其金縢匱中，誡守者勿敢言。

按，「誡」為「誠」字之誤。原文不誤。

139. 我之所以弗辟而攝行政者，恐天下畔周，無以告我先王大王、王季、文王三。王之憂勞天下久矣。

按，「大王、王季、文王」即「三王」，「三」當屬下句。

140. 東土以集，周公歸報成，

按，「成」下奪「王」字。

141. 成王執書以泣，曰：「自今後其無繆卜乎。昔周公勤勞王家，惟予幼，人弗及知。」

按，當作：「惟予幼人弗及知」。

142. 鄭康成受古文者，果爾，何以箋《毛詩》云：成王既得《金縢》之書，親迎周公歸乎？

按，「成王既得《金縢》之書，親迎周公歸」，是鄭玄於《毛詩·豳風·東山》毛序「周公東征也，周公東征，三年而歸」所作箋。整理者本應標引號。而該書引號時用時不用，最易引起混亂，此其一例（上文亦復不少，下文「浮於汶，達於濟」「達於菏」等等，不一而足）。本當為：果爾，何以箋《毛詩》云「成王既得《金縢》之書，親迎周公歸」乎？

143. 又按漢《地理志》，

按，「漢」是《漢書》的簡稱，當作《漢·地理志》。

144. 觀其於《左》、《國》、《國策》《世本》、《楚漢春秋》諸書，剪綴而
運量之，揚榷而變化之，縱其所至若波濤萬里，而不知其所歸。孰
為太史公，孰為非太史公，若淄澠混合，但見其淪漣浩渺而已，不
能以目辨之也。蓋得其意，放其詞，伸縮自在，行止由己想，其致
思運筆之趣，若飄飄乎天馬騰空，不自知其奇矣。

按，此閻若璩引《尚書評》，以評太史公之文。「行止由己」，即蘇軾所謂
「作文如行雲流水，初無定質，但常行於所當行，止於所不可不止」，「想」當
屬下句，是作者想太史公致思運筆之趣，若飄飄乎天馬騰空，而不自知其奇
矣。故後句當作：行止由己，想其致思運筆之趣……又，《國策》《世本》，依
其例當加頓號。

145.《高宗肜日》曰：「罔非天胤，典祀無豐于昵。」今曰：罔非天繼常
祀，毋禮于棄道。

按，閻若璩語「今曰」，即指《史記‧殷本紀》曰。而整理者不知閻氏以《殷
本紀》「罔非天繼」照應《高宗肜日》「罔非天胤」，以《殷本紀》「常祀」譯《高
宗肜日》「典祀」，而標點位置當同：《高宗肜日》曰：「罔非天胤，典祀無豐于
昵。」今曰：「罔非天繼，常祀毋禮于棄道。」

第二十五

146.「教胄子」為「育子」。「帝乃殂落」，「帝為放勳。」

按，此說《說文》引《書》與今《尚書》不同，前句則明白；後句則糊塗。
實當為：「教胄子」，為「育子」；「帝乃殂落」，「帝」為「放勳」。

147.《商書》「高宗夢得說，使百工營求諸野，得諸傅巖」，「營」為
「夐」，無「諸野」二字。下「諸」字亦為之。

按，其誤與上同，且句號隔斷二「諸」字之聯繫。故後半當為：「營」為
「夐」，無「諸野」二字，下「諸」字亦為「之」。

148. 至於「屬婦」為「嬭婦」。「盡執拘以歸于周」為「盡執柯爰始淫
為」。「剗刵椓」為「刖剗斲黥」。「敷重篾席」，「敷」為「布」。「民
罔不盡傷心」，「罔」為「妄」。「峙乃糗糧」為「餱粻用勦」。「相
我國家」為「邦家」。

按，本段有五誤：一、《說文·手部》：「拘，拘擖也。從手，可聲。《周書》曰：『盡執拘。』」段玉裁注：「《酒誥》文。今《尚書》拘作拘，字之誤也……《周書》當『盡執』為逗，下云『拘以歸于周』，謂『指擖以歸于周』也。」如此，則整理本「柯」當是「拘」之誤字。二、《尚書·呂刑》「爰始淫為劓刵椓黥」被誤截為二段，而奪去「黥」字，前段又誤合於上文。三、不知「餱糧」為《書·費誓》「峙乃糗糧」之說明語，而斷誤。四、不知「用勸相我國家」為《書·立政》語而斷誤。五、不知「至於」表列舉，故所列各事間宜用分號。本段當為：至於「屬婦」為「嫡婦」；「盡執拘以歸于周」，為「盡執柯」；「爰始淫為劓刵椓黥」，為「劓劓斀黥」；「敷重篾席」，「敷」為「布」；「民罔不盡傷心」，「罔」為「妄」；「峙乃糗糧」，為「餱糧」；「用勸相我國家」，為「邦家」。

149. 按《說文》所引《書》重在字。多約其成文。如重「盇」字則約「予創若時娶于塗山」為「予娶盇山」。重「載」字則約「有大艱于西土西土人亦不靜越茲蠢」為「我有載于西」。非真有是句，他可類推。

按，新式標點比舊式標點（多用句號）繁複而細膩，以便清晰體現句意與各句間意義之聯繫。而該書整理者不明各句間意義之聯繫，為保險起見，遂多用句號，實際是沿用了舊式標點，而抹殺了各句間意義之聯繫：此藏拙之法也。此類例亦非一，不能遍舉。本段中，「載」為古「蠢」字，《說文·蚰部》：「載，古文蠢。《周書》曰：『我有載于西』。」當標點為：按《說文》所引《書》重在字，多約其成文。如重「盇」字，則約「予創若時，娶於塗山」為「予娶盇山」；重「載」字，則約「有大艱于西土，西土人亦不靜，越茲蠢」為「我有載于西」：非真有是句，他可類推。

150. 又按《孟子》引今文《書》六條，三見於《說文》，字句並合。「罔不憝」同，「有凡民帝乃殂落」同，「為放勳唯殺三苗」作「竄三苗」。然唯「竄」字方訓為「殺」。若竄，則相遠矣。此許氏本之號近古者。

按，此段說《孟子》與《說文》引《書》多同：《孟子·萬章下》《說文·心部》「憝」條皆作「凡民罔不憝」；《萬章上》作「放勳乃殂落」，《說文·彳

部》作「勳乃殂」(《尚書‧堯典》作「帝乃殂落」);《萬章上》作「殺三苗」,《說文‧宀部》:「竄,塞也。讀若《虞書》『竄三苗』之竄。」而朱駿聲《說文通訓定聲》:「邊塞曰塞,竄入於邊塞曰竄。」桂馥《說文解字義證》謂字當作「糳」。《說文‧米部》:「糳,糪糳,散之也。」段玉裁注:「糳本謂散米,引申之凡放散皆為糳。(《左傳‧昭公三年》)字訛作蔡耳,亦省作殺⋯⋯《孟子》曰『殺三苗於三尾』,即『糳三苗』也。」(《舜典》作「竄三苗」)。說明《舜典》字本應作作「竄」(近於叔),故字方訛為「殺」;若原作「竄」,則與「殺」相遠矣。這證明許氏本號近古者。故本段當為:又按《孟子》引今文《書》六條,三見於《說文》,字句並合:「罔不憝」同有「凡民」;「帝乃殂落」同為「放勳」;唯「殺三苗」作「竄三苗」。然唯「竄」字方訛為「殺」,若「竄」則相遠矣。此許氏本之號近古者。

151. 又按「堋淫于家」今本作「朋」。安國《傳》:朋,羣也。穎達《疏》言,羣聚妻妾,恣意淫之,無男女之別。余謂丹朱之惡,尚未至此。蓋古文本「堋」。《說文》云,堋,喪葬下土也。此如楚王戊為薄太后服私姦服舍,詔削其支郡之事。亦與上文「罔水行舟」一例于義為長。

　　按,此一節說《尚書‧益稷》「朋淫于家」,安國傳釋為「朋,羣也」,釋「朋淫」為「群淫」為不當。他估計古文本為「堋」字,「喪葬」之意。丹朱所犯,與《史記‧吳王濞列傳》楚王戊為薄太后服而私姦服舍相似,與「罔水行舟」為一類事,如此理解更為合理。今整理者不解文義,含混了事。此類葫蘆提事,書中多有,此其較嚴重者。此一節當為:又按「堋淫于家」,今本作「朋」。安國《傳》:「朋,羣也。」穎達《疏》言:「羣聚妻妾,恣意淫之,無男女之別。」余謂丹朱之惡,尚未至此。蓋古文本「堋」,《說文》云:「堋,喪葬下土也。」此如楚王戊為薄太后服、私姦服舍、詔削其支郡之事,亦與上文「罔水行舟」一例,于義為長。

152. 又按《水經》「泗水南過方與縣東,菏水從西來注之」,菏與泗合在此。方與在今魚臺縣北。前編亦從。《說文》本菏,但謂泗水上可以通菏,下可以入淮,泗通菏,去發源處。據《水經》已得泗水經過地之半,豈得謂之上?仁山於水道多不詳。

按，「前編」指金履祥《通鑑前編》。宋學者金履祥家居浙江仁山，世稱仁山先生。閻君謂其「泗水上可以通菏」之說不確。故此一節後部宜為：《前編》亦從《說文》本「菏」，但謂「泗水上可以通菏，下可以入淮」，泗通菏，去發源處據《水經》已得泗水經過地之半，豈得謂之上？仁山於水道多不詳。

153. 又按《古今韻會舉要》「菏」字下亦云……復引新安王氏「濟入河，溢為滎，會於河，注於泗」，則河為菏益明矣之二說，真先得我心。

按，「之二說」，指《古今韻會舉要》及「新安王氏」兩說。之，指示代詞，此也。後半宜為：則河為菏益明矣。之二說，真先得我心。

第二十六

154. 理學之明肇自周、程，而朱子謂先此諸儒歐陽永叔、劉原父、孫明復亦多有助。蓋運數將開義理，漸欲復明於世也。此說是也。

按，「義理」屬下讀。《朱子語類‧解詩》原文為：「舊來儒者不越注疏而已，至永叔、原父、孫明復諸公，始自出議論，如李泰伯文字亦自好。此是運數將開，理義漸欲復明於世故也。」

155.《書‧無逸》稱「文王受命，惟中身厥，享國五十年」

按，「厥」當屬下句。

156.《樂記》稱武始而北，出再成而滅商，無所為觀兵。更舉之事自偽《泰誓》三篇興，以觀兵為上篇，伐紂為中下二篇，以合於《書序》。

按，《武》，周樂舞名。此《禮記‧樂記》語。作者不承認有觀兵、更舉之事。故當為：《樂記》稱「《武》始而北出，再成而滅商」，無所為「觀兵、更舉」之事。自偽《泰誓》三篇興……

157. 是即張子所謂此事間不容髮，一日之間，天命未絕，則是君臣。當日命絕，則為獨夫之意也。

按，張子之言，不容以句號隔為兩截，當為：是即張子所謂「此事間不容髮：一日之間，天命未絕，則是君臣；當日命絕，則為獨夫」之意也。

158.《泰誓》上篇曰：「我文考肅將天威，大勳未集，肆予小子，發以爾友邦冢君觀政於商。」

按，「小子發」指周武王姬發，《禮記·曲禮下》：「天子未除喪，曰予小子。」彼時武王雖已服闋，然載文王木主以征，示不敢自專，故自號「小子發」。

159. 蓋《墨子兼愛》中篇云：「昔者，武王將事泰山，隧傳曰『泰山有道，曾孫周王有事，大事既獲，仁人尚作，以祗商夏，蠻夷醜貉。」

按，《兼愛》，《墨子》篇名，分上中下三篇，故當作「《墨子·兼愛中》」。「隧傳曰」，文不成義。「隧」，通路也。當屬上。武王望祀泰嶽，故曰「將事泰山隧」也。「泰山」為武王呼泰山神之語，「有道」當屬下。為：「昔者，武王將事泰山隧，傳曰『泰山，有道曾孫周王有事，大事既獲，仁人尚作，以祗商夏，蠻夷醜貉。』」

160.《論語》載雖有周親四語於大賚後，謹權量之前，俱初定天下事，亦自相類。

按，《論語·堯曰》：「周有大賚，善人是富。雖有周親，不如仁人。百姓有過，在予一人。謹權量，審法度⋯⋯」故當為：《論語》載「雖有周親」四語於「大賚」後、「謹權量」之前，俱初定天下事，亦自相類。

161. 同一無君舉動，以儗武王非其倫矣。

按，「以儗武王」後當逗。

162. 又按《孟子集注》引張子語，下繼曰：諸侯不期而會者八百，

按，「張子語」後之逗號宜去掉。

163.《史記·劉敬傳》：「說高帝曰：武王伐紂不期而會孟津之上，八百諸侯皆曰紂可伐矣，遂滅殷。」

按，當為：《史記·劉敬傳》：「說高帝曰：『武王伐紂，不期而會孟津之上八百諸侯，皆曰：「紂可伐矣！」遂滅殷。』」

第二十七

164. 導諛中主所不為。而謂三代今闕如成王為之乎？

按，「導諛」（諂諛）後當逗，謂此乃中主所不為者。又清王鳴盛《尚書後

案》作「三代令辟」，《四庫全書總目·史部·雜史類·貞觀政要》:「然太宗一代令辟。」則此「今」當作「令」，整理者之誤。當作:導諛，中主所不為，而謂三代令辟如成王為之乎?

165. 于乎，是唯良顯哉。

按，于乎，當為「於乎」。參 137.

166. 偽作《君陳》篇者止見《書序》有「周公既沒，命君陳分正東郊。成周作《君陳》」。

按，《君陳》篇《書序》為「周公既沒，命君陳分正東郊成周，作《君陳》」。成周即西周東都洛邑（在今河南省洛陽），故曰「東郊成周」。若標點為「成周作《君陳》」，作《君陳》者則為「成周」矣。

167. 嗚呼，自斯言一啟，君以正諫為要，名臣以歸美為盛節。而李斯分過之忠，孔光削稾之敬，遂為後世事君之極。則雖有賢者，亦陰驅潛率，以為容悅之徒而不自知矣。

按，此閻若璩說，偽造《君陳》者以「爾有嘉謀嘉猷，入告爾君於內，女乃順之於外，曰此謀此猷，惟我君之德。於乎，是唯良顯哉」為成王之言，此教人導諛（諂諛），若以不直諫君王為愛君者。自從此說開端，便有李斯分過、孔光削稾之類事，而興鼓勵諂媚競相取悅君王之邪風。《史記·蕭相國世家》:「上曰:『吾聞李斯相秦皇帝，有善歸主，有惡自與。』」《漢書·孔光傳》:「時有所言，輒削草稾，以為章主之過。」「要」為「求」，「陰驅潛率」為群小暗中競相趨奉之狀，「極則」義為「規範」。故此一節當為:嗚呼，自斯言一啟，君以正諫為要名，臣以歸美為盛節。而李斯分過之忠，孔光削稾之敬，遂為後世事君之極則;雖有賢者，亦陰驅潛率，以為容悅之徒而不自知矣。

168. 甚且臣以諫諍事付史官，君怒之，薄其恩禮，晚年漸不復聞天下失，得其流弊，有不可勝言者，

按，「失得」，即「得失」，不可分。當為:晚年漸不復聞天下失得，其流弊有不可勝言者。

169. 成王免喪，朝於廟，述群臣進戒之辭而作敬之詩，又延訪群臣而作《小毖》詩，其孜孜求言若此，

按，《敬之》，《毛詩·周頌》篇名。《毛序》:「群臣進戒嗣王也。」正與《周

頌·小毖》(《毛序》「嗣王求助也」)相對。

170. 當堯之時，引《書》曰「浤水警余」。「余」字自屬堯。又入舜口中，以屬舜文王世子。語曰：樂正司業，父師司成，一有元良，萬國以貞，世子之謂也。

按，「以屬舜」自當斷，《文王世子》為《禮記》篇名，以下為其篇中語。當為：當堯之時，引《書》曰「浤水警余」，「余」字自屬堯；又入舜口中，以屬舜。《文王世子》語曰：「樂正司業……世子之謂也。」

171.《孟子》：「《書》曰：『徯我后，后來其無罰。』」向疑為初征自葛情事，僅可仲虺用之，以釋湯慚。今重出於伊尹口中，以訓太甲，迂遠不切，殊屬無聊。填寫《湯誓》曰「今朕必往」，此自湯初興師告諭亳眾之言，

按，填寫《湯誓》曰，此句不通。「填寫」當屬上，無聊填寫，猶云「無聊贅筆」。「《湯誓》曰」自為下一事。

172. 詳篇義，疑史臣所紀。當是尹與湯如虞之君臣作明良喜起歌相似，故曰《咸有一德》。但此不為歌為文耳。

按，此閻若璩述姚際恆說，《咸有一德》之語，與舜君臣作《明良喜起歌》（指《舜典》「乃歌曰『股肱喜哉，元首起哉』」「乃賡載歌曰『元首明哉，股肱良哉』」，如《紅樓夢》之《好了歌》）相似，但彼為歌而此為文。然無「而」字，「為歌為文」便為並列，而生歧義，故必當用逗號以隔斷之。則當為：當是尹與湯如虞之君臣作《明良喜起歌》相似，故曰《咸有一德》。但此不為歌，為文耳。

第三十一

173.《荀子·解蔽篇》「昔者舜之治天下」也云云，「故《道經》曰……
按，「也」字當在引號內。

174. 合《荀子》前後篇讀之，……甚至引「弘覆乎，天若德裕，乃身則明」，冠以《康誥》。

按，今《康誥》為「弘于天，若德裕乃身。」《荀子·富國》作「《康誥》曰：『弘覆乎天，若德裕乃身。』」則閻君文當為：甚至引「弘覆乎天，若德裕

乃身，則明」，冠以《康誥》。

175. 按《荀子》引今文、古文《書》者十六，惟「一人有慶，兆民賴之」
作「《傳》曰」。「《傳》」疑「《書》」字之訛。然《孟子》於《傳》，
有之亦指《書》言也。

按，《孟子》「於《傳》有之」語兩處，皆為《梁惠王章句下》答齊宣王問
者：「文王之囿方七十里，有諸？」「湯放桀、武王伐紂，有諸？」後者可確定
為指《尚書》言。故當為：然《孟子》「於《傳》有之」，亦指《書》言也。

176. 或難余曰：「虞廷十六字為萬世心學之祖⋯⋯，吾見其且得罪於
聖經而莫可逭也。」余曰：唯唯否否。堯曰：「咨爾舜，允執其
中，傳心之要，盡於此矣」，豈待虞廷演為十六字而後謂之無遺
蘊與？

按，「唯唯否否」，非同一語氣。始於《史記・太史公自序》太史公答上大
夫壺遂之詰難曰：「唯唯，否否，不然。」「唯唯」表示恭敬，「否否」表示不
贊同（故緊接以「不然」），二者不連說。「咨爾舜，允執其中」為《論語・堯
曰》語，緊接著便是「四海困窮，天祿永終」。故閻若璩說：「傳心之要，盡於
此矣，豈待虞廷演為十六字而後謂之無遺蘊與？」故當為：余曰：「唯唯，否
否。堯曰：『咨爾舜，允執其中。』傳心之要，盡於此矣，豈待虞廷演為十六
字而後謂之無遺蘊與？」

177. 讀兩《漢書》見諸儒傳經之嫡派既如此矣，讀注疏見古文卷篇名目
之次第又如此矣，然後持此以相二十五篇。其字句之脫誤，愈攻愈
有；捃拾之繁博，愈證愈見。

按，「其字句之脫誤，愈攻愈有」云云，皆為「持此以相二十五篇」之結果。
故兩句之間，絕不可用句號，只可用逗號。

178. 嗟乎，「人心之危，道心之微」此語不知創自何人，而見之《道經》
述之。《荀子》至魏晉間竄入《大禹謨》中，

按，後句不可通，當為：而見之《道經》，述之《荀子》，至魏晉間竄入《大
禹謨》中，

179. 不然，《大學》一篇於記者千餘年，而經兩程子出，始尊信表章，

按，記，《禮記》也，前已及之。

第三十二

180. 如「谷神不死是謂玄牝，玄牝之門，是謂天地之根，綿綿若存，用之不勤」，《列子》引《黃帝書》也。今見《老子》上篇「將欲敗之，必姑輔之；將欲取之，必姑與之」，《戰國策》引《周書》也，亦見《老子》上篇，

按，缺分號造成混亂。當為：如「谷神不死，是謂玄牝，玄牝之門，是謂天地之根，綿綿若存，用之不勤」，《列子》引《黃帝書》也，今見《老子》上篇；「將欲敗之，必姑輔之，將欲取之，必姑與之」，《戰國策》引《周書》也，亦見《老子》上篇。

181. 或古有是語，而老子傳之。「谷神不死」章即《黃帝書》。又云：老子，柱下史，故見《周書》。《周書》多權謀，欲取姑與之類是也。

按，此處說《老子》書中多取他書之語，「谷神不死」即其例，故加引號；「欲取姑與」取自《周書》，緣何獨不加引號？當作：或古有是語，而《老子》傳之。「谷神不死」章即《黃帝書》。又云：「老子，柱下史，故見《周書》。《周書》多權謀，『欲取姑與』之類是也。」

182. 因又笑近代楊慎，輩苦欲貶剝。考亭謂其詩傳序首用「人生而靜」為不知出於老子也者。若知出老子，肯以異端語而用之乎？不知朱子博極群書，洞如觀火，豈不記及文子蓋未嘗以《禮記》為有取老子而襲用之也。

按，「輩」字當屬上。「考亭」謂朱熹。朱熹在其《詩集傳序》首用「人生而靜，天之性也。感物而動，性之害也」，明楊慎批評他用「異端語」（《老子》語）。實際此語先秦兩漢典籍（如《淮南子·原道》《史記·樂書》）已多引用，且已採入《禮記·樂記》，已成諸家共識，非為異端。故閻文駁之。又《文子》：「人生而靜，天之性也；感物而動，性之欲也。」故當為：因又笑近代楊慎輩苦欲貶剝考亭，謂其《詩傳序》首用「人生而靜」為不知出於《老子》也者；若知出《老子》，肯以異端語而用之乎？不知朱子博極群書，洞如觀火，豈不記及《文子》蓋未嘗以《禮記》為有取《老子》而襲用之也。

183. 是則上云河間獻土所作，大誤。

按，河間獻土，當為「河間獻王」。

184. 昔王荊公注《周禮》，贊牛耳云：取其順聽。

按，如此點，「《周禮》」與「贊牛耳」關係不明。《周禮·夏官司馬·戎右》：「贊牛耳。」鄭玄注：「謂尸盟者割牛耳取血，助為之……耳者盛以珠盤，尸盟者執之。」是戎右幫助主盟者割取牛耳以祭神。牛是獻神的犧牲，用珠盤獻上牛耳，表示牛已殺，無欺於神（古代獵獲殺敵，皆取其耳以為信）。王安石注釋《周禮》，釋為何用牛耳，卻說是象徵善於聽聞，是想當然。故當標點為：昔王荊公注《周禮》「贊牛耳」云：「取其順聽。」

185. 又按《春秋》者，魯史記之名。自宜稱入聖人口中。若《孝經》，乃門弟子所為書，所命名豈容自稱善乎？

按，「所為書、所命名」為並列關係，《孝經》乃門弟子所為書、所命名，故聖人不容自稱善。當為：若《孝經》，乃門弟子所為書、所命名，豈容自稱善乎？

186. 其失與晚出古文《書》將《禮記》引《君陳》曰入成王口中，將《左傳》引《夏書》曰「連德乃降」入大禹口中，正相類。

按，《禮記·緇衣》：「君陳曰：『未見聖，若己弗克見；既見聖，亦不克由聖。』」依閻君之意，此乃「君陳曰」，而晚出古文《君陳》將此語入成王口中。整理者將「君陳」視為書名，則閻君之言為無謂矣。又，《左傳·莊公八年》「（魯）師及齊師圍郕，郕降於齊，仲慶父請伐齊師」，莊公不許，謂「我實不德，齊師何罪？罪我之由。《夏書》曰：『皋陶邁種德。』德乃降。」「德乃降」乃莊公語，意為「齊有德，故郕降於齊」。作《偽古文尚書·大禹謨》者誤連「德乃降」三字闌入大禹言中。故當為：其失與晚出古文《書》將《禮記》引「君陳曰」入成王口中、將《左傳》引「《夏書》曰」連「德乃降」入大禹口中正相類。

187. 《大學》一書，程子謂孔氏之遺書。朱子謂正經意。其或出於古。昔先民之言，又分有經、有傳，洵是。

按，「意」，疑也，當屬下；「古昔」即古代。故當為：《大學》一書，程子謂孔氏之遺書，朱子謂正經。意其或出於古昔先民之言，又分有經、有傳，洵是。

188. 《內則》亦只一引「曾子曰『孝子之養，老也』」云云。

按，「養老」之間不可斷開。

卷四

第四十九

189. 請更證以一事，觀《禮》，同姓大國則曰伯父，小邦則曰叔父。

按，《觀禮》為《儀禮》之一。「同姓大國則曰伯父，小邦則曰叔父」為其中文字。

190. 肅《注》，王命召伯定申伯之宅。下云召公為司空，主繕治。

按，「王命召伯，定申伯之宅」是《毛詩・大雅・崧高》詩句。故當為：肅《注》「王命召伯，定申伯之宅」下云：「召公為司空，主繕治。」

第五十

191. 然終至金氏前編出，而論始定。

按，金氏前編，指宋、元之際學者金履祥《通鑒前編》。

192. 凡書之本序多稱其君之名，或曰王，未有以廟號稱者。而此曰《高宗肜日》，則似果若追書之云者。繹之於廟門之外，西室主事以士行，君不親也。夫君既不親矣，而曰高宗，目君且以廟號，稱之曰典祀無豐于昵。

按，書，當加書名號。此一節說《書序》多稱其君之名，或曰王，未有以廟號稱者。又「繹之於廟門之外西室」，《毛詩・小雅・鳧鷖》「公尸燕飲，福祿來成」孔疏：「若繹祭之禮，則《郊特牲》注云：『祊當於廟門之外西室』。」「典祀無豐于昵」為今《尚書・高宗肜日》之末句。故後半當為：繹之於廟門之外西室，主事以士行，君不親也。夫君既不親矣，而曰「高宗」，目君且以廟號稱之，曰：「典祀無豐于昵。」

193. 或五六年或四三年者，則祖甲後廩辛六年，武乙四年，太丁三年。歷歷皆合。且與由少以至益少者次第亦不紊然。則安得謂祖甲即太甲，反在太戊前乎？

按，「次第亦不紊」與上文「歷歷皆合」相對，「然則」一詞，不得斷。當為：或五六年或四三年者，則祖甲後廩辛六年、武乙四年、太丁三年，歷歷皆合；且與由少以至益少者，次第亦不紊。然則安得謂祖甲即太甲，反在太戊前乎？

194. 故撰於《太甲》中三祀十有二月朔，嗣王被冕服歸。

按，此句約舉《太甲中》「惟三祀十有二月朔，伊尹以冕服奉嗣王歸於亳」，故當為：故撰於《太甲中》：「三祀十有二月朔，嗣王被冕服歸。」

第五十一

195. 書曰「天降下民一節」自「武王恥之」上皆《書》辭，

按，此閻若璩說《孟子·梁惠王下》引《尚書》逸篇「天降下民，作之君，作之師，惟曰其助上帝寵之，四方有罪無罪，惟我在。天下曷敢有越厥志？一人衡行於天下，武王恥之」，「一節」乃約言之詞，不得闌入引文內。且閻文卷一第十四已有「至『天降下民』為《書》辭，玩其文義，似應至『武王恥之』」之文。故當作：《書》曰「天降下民」一節，自「武王恥之」上，皆《書》辭，

196. 故孟子從而釋之曰：此武王之勇也。亦猶上文引《詩》畢，然後從而釋之曰：此文王之勇也。正一例也。

按，「正一例也」，是說兩事為一類，不得與上文用句號隔絕。故當為：故孟子從而釋之曰「此武王之勇也」，亦猶上文引《詩》畢，然後從而釋之曰「此文王之勇也」，正一例也。

197. 試思今文《書·大誥》曰「天休于寧，王興我小邦，周多士」，曰「非我小國，敢弋殷命」，其自卑如此。于勝國一曰大國殷，再曰大邦殷，甚且曰天邑商，其尊人如此。

按，此一節，閻若璩引《書·大誥》與《多士》兩段文字對比，以說明偽古文《泰誓》「昭我周王，天休震動，用附我大邑周」非武王語，而整理者誤合兩篇為一；「寧王」即文王也，不可分。故當為：試思今文《書·大誥》曰「天休于寧王，興我小邦周」，《多士》曰「非我小國，敢弋殷命」：其自卑如此；于勝國一曰「大國殷」，再曰「大邦殷」，甚且曰「天邑商」：其尊人如此。

198. 入按「東面而征，西夷怨；南面而征，北狄怨」，

按，入，乃「又」字爛而為之，而整理者錯認。

199. 案孔子七世祖正考甫，得《商頌》十二篇於周之大師，歸以祀其先王。而孔子錄《詩》，時亡其七篇。

按，鄭玄《商頌譜》：「孔子錄《詩》之時，則得五篇而已。」孔穎達疏：「孔子錄《詩》之時，已亡其七篇，唯得此五篇而已。」則閻君語當為：而孔子錄《詩》時，亡其七篇。

200. 或曰：《論語》蓋孔子一時之言，《中庸》又一時言之，故不同。觀並提三代與僅論二代者亦不同。

按，「同觀並提」與「同觀並論」同，康有為《諸天講·月篇》「月中諸山與吾地異者，無一線之峯脊。阿奔寧似有脊，然無分水，亦如環山中之無水跡。或者有之，而水甚少，不可見，要不可與吾地同觀並論也。」也說「同觀」或「不同觀」。晉王鑒《七夕觀織女詩》：「同遊不同觀。念子憂怨多。」故後半當作：故不同觀並提，三代與僅論二代者，亦不同。

201. 孔子習《詩》不及半矣。尚得謂載《論語》者乃其暮年之言。宋固如此。載《中庸》者則其初年，宋猶有文獻存焉者耶？

按，愚謂「暮年之言」後當為問號：孔子既習《詩》不及半矣，尚得謂載《論語》者乃其暮年之言乎？宋固如此。故載《中庸》者則其初年，宋則無文獻存焉者。

202. 後又荀卿釋之，辭愈顯而意益加。警曰：「天之生民，非為君也；天之立君，以為民也。」

按，「加警」意為「更加警策」，當作：辭愈顯而意益加警，曰：

第五十二

203. 上文「同德度義」分明係萇弘自語，不然有不冠以《大誓》乎？即另出一篇亦應先作「《大誓》曰」，「同德度義」次作。又曰「紂有億兆夷人」，方協左氏引《書》之例。

按，此閻若璩引《左傳·昭公二十四年》「同德度義。《大誓》曰：『紂有億兆夷人，亦有離德；余有亂十人，同心同德』」文，以證「同德度義」係萇弘語，作偽者闌入《大誓》。故後半當為：即另出一篇，亦應先作「《大誓》曰『同德度義』」，次作「又曰『紂有億兆夷人』」，方協左氏引《書》之例。

204. 予嘗以四子書有從《毛詩》出者。如《小旻》之詩「不敢暴虎，不敢馮河」，《論語》曰：「暴虎馮河。」《蕩》之詩「曾是掊克，

曾是在位」，《孟子》曰：「掊克在位。」《桑柔》之詩，予豈不知
而作。孔子則變之曰：「蓋有不知而作之者，我無是也。」

按，《四子書》即《四書》。「予豈不知而作」是《毛詩·大雅·桑柔》第十
四章第二句，故亦當加引號。

第五十三

205. 又按《召誥》「惟二月既望，越六日乙未」，望者十六日，庚寅自庚
　　　寅數至二十一日乙未正六日，蓋連望日而數，非離本日，此今文書
　　　法也。

按，「庚寅自庚寅」，文不成義，當作：望者十六日庚寅，自庚寅數至二十
一日乙未，正六日。

第五十四

206. 乃知古人文各有例。雖似《春秋》，終有不盡司處。

按，「司」，他本作「同」，當改。

207. 以左氏驗之，「僖五年卜，偃曰：『其九月十月之交乎』」，

按，左氏，當為《左氏》。卜偃，晉文公、襄公時卜官。《左傳·三十二年》：
「冬，晉文公卒。庚辰，將殯於曲沃。出絳，柩有聲如牛。卜偃使大夫拜。」
由此開始的文章，王力《古代漢語》第一冊用為第五課課文。

208. 天生曰：周天王固許之用也，觀定四年啟以夏正疆，以戎索，可
　　　見。予曰：左氏乃政字，非正字，即政與正通，然則於伯禽康叔
　　　曰皆啟以商政疆以周索，魯、衛乃又建壬乎？何周初自亂其正朔
　　　也。天生為語塞。

按，《左傳·定公四年》載祝佗述周初分封諸侯之事：「陶叔授民，命以《康
誥》，而封於殷墟，皆啟以商政，疆以周索」杜預注：「皆，魯、衛也。啟，開
也。居殷故地，因其風俗，開用其政，疆理土地以周法。索，法也。」「建壬」，
「壬」當為「丑」之誤（夏正建寅，殷正建丑，周正建子，此三正也）。此說
封魯衛等國。天生語「啟以夏正，疆以戎索」並不誤，他說的是封晉：「分唐
叔……命以《唐誥》，而封於夏墟，啟以夏正，疆以戎索」。閻若璩謂，《左傳》

乃「政」字，非「正月」之「正」字。即使「政」通「正」，魯、衛豈不是依商之曆法，以十二月（丑）為正月嗎？周為何「自亂其正朔」呢？閻君對歷史有自己的見解，故天生無言可對。故當為：天生曰：「周天王固許之用也。觀《定四年》『啟以夏正，疆以戎索』可見。」予曰：「《左氏》乃政字，非正字。即政與正通，然則於伯禽、康叔曰『皆啟以商政，疆以周索』，魯、衛乃又建丑乎？何周初自亂其正朔也？」天生為語塞。

第五十五

209. 蓋偽《泰誓》唐代尚存，故師古得以知之。今將以偽《泰誓》為足信乎？不應為晚出書遂廢，以偽《泰誓》不足信乎？又不應晚出書復與之同，

按，此為一組由兩個假設複句組成的選擇複句，如《漢書・楊惲傳》：「言鄙陋之愚心，若逆指而文過；默而息乎，恐違孔氏『各言爾志』之義。」「乎」不表疑問。故當為：今將以偽《泰誓》為足信乎，不應為晚出書遂廢；以偽《泰誓》不足信乎，又不應晚出書復與之同。

210.《禮記》天子未除喪曰：「予小子，生名之，死亦名之。」鄭氏《注》為生名之曰小子王，死亦曰小子王也。故晉有小子侯。

按，此一節釋何種情況下天子稱為「小子」。而整理者當加引號而不加，鄭玄注止於何處亦不明白。《禮記・曲禮下》：「天子未除喪，曰『予小子』；生名之，死亦名之。」鄭玄注：「生名之曰『小子王』，死亦曰『小子王』也。晉有『小子侯』，是僭取於天子號也。」知「故晉有小子侯」是閻若璩約引鄭注語。故當為：《禮記》：「天子未除喪，曰『予小子』；生名之，死亦名之。」鄭氏《注》為：「生名之曰『小子王』，死亦曰『小子王』也。故晉有小子侯。」

211. 且周公曰、沖子曰小子與孺子何異？

按，句意不明。當為：且周公曰「沖子」，曰「小子」，與「孺子」何異？

212. 又按偽《泰誓》不獨唐師古得知，章懷太子賢於《後漢書・班固傳》典引《注》亦知。

按，《典引》是班固名文。《後漢書・班固傳》：「固又作《典引》篇，述敍漢德。」並引全文，《文選》亦載之。當用書名號，「注」倒未必。

第五十六

213.《爾雅·釋詁篇》，鬱陶，繇喜也。郭璞《注》引《孟子》曰：鬱陶，思君。《禮記》曰：人喜則斯陶，陶斯詠，詠斯猶，猶即繇也。

按，「鬱、陶、繇，喜也」，此《爾雅·釋詁下》語（下文整理者引此文又誤標點一處）。郭璞注既引《孟子·萬章上》「鬱陶思君」，又引《禮記·檀弓下》「人喜則斯陶，陶斯詠，詠斯猶」，因「猶」通「繇」，故郭璞解釋「猶即繇也」，非《禮記》語。故當為：《爾雅·釋詁》篇：「鬱、陶、繇，喜也。」郭璞注引《孟子》曰「鬱陶思君」，《禮記》曰「人喜則斯陶，陶斯詠，詠斯猶」，「猶，即繇也」。

214. 邢昺《疏》皆謂歡悅也。鬱陶者，心初悅而未暢之意也。又引《孟子》趙氏《注》云：象見舜，正在床鼓琴，愕然，反辭曰：我鬱陶，思君，故來。爾辭也，忸怩而慚，是其情也。又引下《檀弓》鄭《注》云：陶鬱，陶也。

按，此一節，是閻若璩引《爾雅·釋詁下》「鬱、陶、繇，喜也」邢昺疏文，又引《孟子》趙氏注文，整理者不用引號，遂成一段糊塗文字。其中又有誤字：「象見舜正」，「正」當為「生」，整理者失校。故當作：邢昺疏：「皆謂歡悅也。鬱陶者，心初悅而未暢之意也。」又引《孟子》趙氏注云：「象見舜生，在床鼓琴，愕然反辭曰：『我鬱陶思君，故來。』爾，辭也，忸怩而慚，是其情也。」又引下《檀弓》鄭注云：「陶鬱，陶也。」其中「爾，辭也」，是解釋《孟子》文「鬱陶思君爾」之「爾」。

215. 據此則象曰：鬱陶思君，爾乃喜而思見之辭。故舜亦從而喜曰：惟茲臣，庶汝其於于治。

按，此一節閻君略引《孟子·萬章上》之文。「臣庶」，民眾也。整理者未達，而生斷句之誤。當為：據此則象曰「鬱陶思君爾」，乃喜而思見之辭。故舜亦從而喜曰：「惟茲臣庶，汝其於于治。」

216. 偽作古文者一時不察，并竄入《五子之歌》中，曰：「鬱陶乎予心。」顏厚有忸怩，不特敘議莫辨，而且憂喜錯認，

按，「顏厚有忸怩」是《五子之歌》「鬱陶乎予心」句之下句，故當引入。當作：「鬱陶乎予心，顏厚有忸怩。」不特敘議莫辨，而且憂喜錯認，

217. 王逸注《九辯》「豈不鬱陶而思君兮」曰:「憤念蓄積盈胸」，臆也。

按，王逸注為:「憤念蓄積，盈胸臆也。」王逸注《楚辭》，多仿其文體。

218. 至選詩謝靈運「嚶鳴以悅豫，憂居猶鬱陶」，

按，「選詩」，乃《文選‧詩》之縮寫，故當加書名號作《選‧詩》。

219. 王逸固善訓，亦偶失之。殆亦昔人所謂卿讀《爾雅》未熟者與?

按，「卿讀《爾雅》未熟」，是用典，故當加引號。《晉書‧蔡謨列傳》:「謨初渡江，見彭蜞，大喜曰:『蟹有八足，加以二螯。』令烹之。即食，吐下委頓，方知非蟹。後詣謝尚而說之。尚曰:『卿讀《爾雅》不熟，幾為《勸學》死。』」故當作:殆亦昔人所謂「卿讀《爾雅》未熟」者與?

220. 如「鬱陶為喜」，與《方言》所云「鬱，悠思也」本別義。璞乃注郁悠猶鬱陶也。何與幾令人疑非出璞手?

按，《方言》卷一「鬱悠，思也」，郭璞注:「鬱悠，猶鬱陶也。」閻君歎郭璞此注與其注《爾雅》不同，令人生疑。故當為:如「鬱陶」為喜，與《方言》所云「鬱悠，思也」本別義，璞乃注「鬱悠，猶鬱陶也」，何與?幾令人疑非出璞手!

第五十七

221. 舜之佐二十有二人，其最焉者九官，又其最焉者五臣，而五臣之中禹為最，稷契次之，皋陶次之，益又次之，此定評也

按，舜之佐最焉者五臣，若「稷契」為一人，僅得其四焉。且《尚書》中舜明命棄為后稷，契為司徒，杜甫《自京赴奉先縣詠懷五百字》不曰「許身一何愚?竊比稷與契」乎?故當作:稷、契次之，

222. 禹契諄諄然皋陶是讓，而並不復及稷契焉，何哉?或曰稷契乃堯之親弟，計其年已高，其或不逮，是時也而卒，禹故弗及。

按，「禹契」，「契」當作「唯」(《四庫全書》本作「唯」，是)，整理者失校。又，稷、契為二人。「不逮」又必與「是時」相連。故當作:禹唯諄諄然皋陶是讓，而並不復及稷、契焉，何哉?或曰稷、契乃堯之親弟，計其年已高，其或不逮是時也而卒，禹故弗及。

223. 詹桓伯曰：我自夏以后稷魏駘芮岐畢吾西土也。

按，如此，不明何地為「吾西土」，待標點而後明：《左傳·昭公八年》此句杜預注：「在夏世，以后稷功，受此五國，為西土之長。駘在始平武功縣所治釐城，岐在……」故當為：詹桓伯曰：「我自夏以后稷，魏、駘、芮、岐、畢，吾西土也。」

224. 稷固逮禹之世。即降而遷書亦云：契興於唐虞、大禹之際

按，降，生也。《離騷》：「惟庚寅吾以降。」遷書即《史記》。故當標點為：稷固逮禹之世即降，而《遷書》亦云：「契興於唐虞、大禹之際。」

225. 按《禮記·祭法》云：「是故，厲山氏之有天下也。其子曰農，能殖百穀。夏之衰也，周棄繼之，故祀以為稷。」

按，「是故」後不當有逗號，而「厲山氏之有天下也」後必當為逗號：以其作時間狀語而不能獨立成句，與「夏之衰也」同。此初學古漢語必當知者。

226.《竹書紀年》起自夏某年帝陟後定，空二年，第三歲方屬嗣天子之元，

按，陟，帝王登遐（死）。空二年，是為嗣天子服喪三年（實為二十五個月）。故當為：《竹書紀年》起自夏某年帝陟，後定空二年，第三歲方屬嗣天子之元，

227.《內傳》昭二十八年云，昔后夔取於有仍氏，實生伯，封有窮，后羿滅之，夔是以不祀后稷。后夔同時人，

按，《左傳·昭公二十八年》：「昔有仍氏生女……樂正后夔取之。生伯封……有窮后羿滅之，夔是以不祀。」則「昔后夔取於有仍氏」是閻若璩約舉傳文，「實」為其所加的語氣詞，「伯封」是后夔子名，「有窮」是「后羿」國名。「后稷、后夔同時人」是閻若璩評論之語，非《左傳》文。故當為：《內傳·昭二十八年》云：「昔后夔取於有仍氏，實生伯封。有窮后羿滅之，夔是以不祀。」后稷、后夔同時人，

228. 余謂是則辯矣。然史漢並稱居幽由避桀，

按，史漢，當為《史》《漢》。

229. 讀歸熙甫，《孟子》此章敘道統不及周公，顏子論亦可恍然於其故矣。

按，歸熙甫即明學者歸有光（本書卷九十作歸希甫，誤），有《孟子敘道統而不及周公顏子》之文，「《孟子》此章」即指此。故當為：讀歸熙甫《孟子》此章《敘道統不及周公、顏子》論，亦可恍然於其故矣。

230. 其不敘周公者，夫亦以文王言之，則周公之所師即敬止之家學，其視文王若一人焉。父子一道舉乎，此可以該乎彼矣。

按，敬止，指《毛詩·大雅·文王》「穆穆文王，於緝熙敬止」，故「敬止」當加引號。後句當為：父子一道，舉乎此可以該乎彼矣。

231. 周有亂臣十人，而君奭曰，惟茲四人。

按，《君奭》，《尚書》篇名，周公所作。「惟茲四人」是其中語。

232. 豈惟禹、皋並稱，五臣中有以禹、稷並稱者，躬稼有天下，當平世是也。

按，《論語·憲問》：「禹稷躬稼而有天下。」《孟子·滕文公下》：「禹稷當平世，三過其門而不入。」此即禹、稷並稱者。故後句當為：「躬稼有天下」「當平世」是也。

233. 帝禹立稷契，俱已前卒，而舉皋陶，薦之且授政焉。不又見其君臣同代乎？

按，如此點，帝禹豈曾立稷、契耶？當為：帝禹立，稷、契俱已前卒，而舉皋陶⋯⋯

234. 然則陸象山謂唐虞之際道在皋陶者，似止見謨有皋陶，而不知另有棄稷。

按，「謨有皋陶」之《皋陶》即《皋陶謨》，《棄稷》，《尚書》逸篇名。當為：似止見《謨》有《皋陶》，而不知另有《棄稷》。

235. 又按舜以不得禹皋陶為己憂，若禹、皋陶則見而知之。禹、皋陶並稱者，恒辭也。禹、稷躬稼而有天下，禹、稷當平世，三過其門而不入，禹稷並稱者，專辭也。亦妙。

按，「舜以不得禹、皋陶為己憂」「禹、稷當平世，三過其門而不入」，皆出《孟子·滕文公下》；「若禹、皋陶則見而知之」出《孟子·盡心下》「禹、稷躬稼而有天下」出《論語·憲問》：皆為直接引語。所謂「專辭」者，偏義

複詞也。當為：又按「舜以不得禹、皋陶為己憂」，「若禹、皋陶則見而知之」，「禹、皋陶」並稱者，恒辭也；「禹、稷躬稼而有天下」，「禹、稷當平世，三過其門而不入」，「禹、稷」並稱者，專辭也：亦妙。

第五十八

236. 如《堯典》「帝曰：『我其試哉』」，三家本無「帝曰」二字。四岳之言也，以上文岳薦鯀云「試則此試哉」，亦屬岳，鄭康成《注》試以為臣之事。

按，《堯典》上文述岳薦鯀云：「試可乃已。」閻若璩謂「帝曰『我其試哉』」本不當有「帝曰」二字，亦四岳之言；鄭注在孔疏中。故後句當為：三家本無「帝曰」二字，四岳之言也。以上文岳薦鯀云「試」，則此「試哉」，亦屬岳。鄭康成注：「試以為臣之事。」

237. 按《史記·五帝本紀》「堯曰：『吾其試哉』，皆曰益可」，晚出《書》正本此。

按，此一節辨兩事：一、《堯典》「帝曰『我其試哉』」，三家本《史記》無「帝曰」二字，二、《舜典》「僉曰：『益哉』」，三家本「僉」作「禹」。而此兩事，作偽者皆本於《史記·五帝本紀》，則此《史記》語亦應兩事。而依此，《史記·五帝本紀》語則為一事。《堯典》「帝曰『我其試哉』」是試（用）舜，《舜典》「僉曰『益哉』」是用益：何可牽混為一？故當為：按《史記·五帝本紀》「『堯曰吾其試哉』『皆曰益可』」，晚出《書》正本此。

238. 又思舜五臣其四人沾新命，而益尚否，故禹當疇，若予上下草木鳥獸之問，輒以益對。

按，「疇若予上下草木鳥獸」是《舜典》舜之語，「疇」，誰也。上文「帝曰『疇若予工』」，眾對以垂；此又問「疇若予上下草木鳥獸」，相當於「疇若予虞」，禹對以益。故後句當為：故禹當「疇若予上下草木鳥獸」之問，輒以益對。

239. 仁山未知《周語》大子晉曰：胙四岳國，命為侯伯，賜姓曰「姜」，氏曰「有呂」又曰「申呂」。雖衰齊，許猶在。

按，此略引《國語·周語下》語。姜是四岳之先，堯以四岳佐禹有功，封之於呂，命為侯伯，使長諸侯。商、周之世，或封於申，齊、許皆其族。故曰

「有夏雖衰，杞、鄫猶在（杞、鄫國，夏后代）；申、呂雖衰，齊、許猶在。」
故當為：仁山未知《周語》大子晉曰：「胙四岳國，命為侯伯，賜姓曰姜，氏曰
有呂。」又曰：「申呂雖衰，齊、許猶在。」

240. 觀太公望曰，呂尚子丁公。曰，呂伋係出四岳也。明甚。

按，此標點一塌糊塗。當為：觀太公望曰呂尚，子丁公曰呂伋，係出四岳
也明甚。

241. 又按邵文莊《簡端錄》曰：周六卿，即虞九官也。冢宰禹，宅百
揆也。司徒稷，播穀；契，敷教也。宗伯夷，典禮。虁，典樂；龍，
納言也。司馬、司寇，皋陶作士也。司空垂共工，益作虞也。

按，明學者邵寶，諡文莊，《簡端錄》是其名著。又，此一段以周六卿對應
虞九官，以「也」字為某卿對應某官之煞尾，當為：又按邵文莊寶《簡端錄》
曰：「冢宰，禹宅百揆也；司徒，稷播穀、契敷教也；宗伯，夷典禮、虁典樂、
龍納言也；司馬、司寇，皋陶作士也；司空，垂共工、益作虞也。」

242. 但以益作虞為司空，此不過習見近代工部有虞衡清吏司故云爾。

按，虞衡為古代掌山林川澤之官。《周禮・天官・太宰》：「三曰虞衡。」孫
詒讓正義：「隋代以後虞部屬工部尚書。明改為虞衡司，清末始廢。」故後句應
為：此不過習見近代工部有虞衡，清吏司故云爾。

243. 舜出虞幕，幕成天地之大功，其後為王公侯伯。是族姓貴也；

按，幕幕，覆布周密貌。句號當改為逗。故當為：舜出虞，幕幕成天地之
大功，其後為王公侯伯，是族姓貴也；

第五十九

244. 唐孔氏《疏》，人有號，諡之名。余謂名曰重華，名曰文命，此生
號之名也。孟子名之曰幽、厲。此死諡之名也，皆得謂之名。

按，「人有號，諡之名」義不可通；「名之曰幽、厲」是《孟子・離婁上》
句。故當為：唐孔氏《疏》：「人有號諡之名。」余謂名曰重華，名曰文命，此
生號之名也；《孟子》「名之曰幽、厲」，此死諡之名也：皆得謂之名。

245.《離騷》曰「就重華而陳詞」，《九章》涉江曰「吾與重華遊兮瑤之

圃」,《懷沙》曰「重華不可遌兮」,重華凡三見,皆實謂舜,豈得
如放勳?集注曰「重華本史臣贊舜之辭,屈子因以為舜號」也乎?

《涉江》乃《九章》中之一篇。又,「集注」指朱熹《孟子集注》。《孟子・
滕文公上》「放勳曰」集注:「放勳,本史臣贊堯之辭,孟子因以為堯號也。」
閻若璩這裡是模擬朱熹注「放勳」語氣,故意作出顯然錯誤之推論(所謂「歸
謬法」),謂不得如此釋「重華」也。故當為:《離騷》曰「就重華而陳詞」,《九
章・涉江》曰「吾與重華遊兮瑤之圃」,《懷沙》曰「重華不可遌兮」:重華凡三
見,皆實謂舜;豈得如「放勳」集注曰「重華本史臣贊舜之辭,屈子因以為舜
號」也乎?

246. 如太祖,其號也,高皇帝,其諡也。此既葬後,孝惠與群臣至太上
皇廟,上其父之稱,著見《史記》,遷忽訛而為高祖。班固撰《漢
書》即正之曰:《高帝紀》但史文,未盡釐正耳。

按,「未盡釐正」者,《史記・高祖本紀》之文耳,故不得斷。當為:班固撰
《漢書》,即正之曰「《高帝紀》」,但《史》文未盡釐正耳。

247. 又按宋有真宗,即玄宗也,蓋避其聖祖諱。故唐有代宗,即世宗
也,蓋避太宗之諱。故嘗私訝明既有世宗矣,而弘光朝又上景帝
號曰代宗,不重出乎?

按,兩「故」字似不當用於句首,古書中多有「避某人之諱故也」。疑此當
作:又按宋有真宗,即玄宗也,蓋避其聖祖諱故;唐有代宗,即世宗也,蓋避
太宗之諱故。嘗私訝明既有世宗矣……

第六十

248. 此《序》則云:「太甲既立,不明,伊尹放諸桐,三年復歸於亳,
思庸伊尹,作《太甲》三篇」,

按,此閻君引《太甲序》。「思庸伊尹」為何意?不明白。《尚書正義》本於
「三年」處點斷,於「思庸」點斷並加孔傳「念常道」,則當標點為:「太甲既
立,不明,伊尹放諸桐。三年,復歸於亳,思庸。伊尹作《太甲》三篇。」

249. 余讀後漢《郡國志》,梁國有虞縣,有薄縣。虞則有空桐,地有桐,
地有桐亭,

按，當為：余讀《後漢·郡國志》，梁國有虞縣，有薄縣。虞則有空桐地，有桐地，有桐亭。

250. 蔡《傳》謂先王即湯，適於山即往於亳殷。亳殷三面依山，鄭氏謂東成皋，南轘轅，西降谷是也。湯復往居此，不知此原泛言，古者我之先王將欲多大於前人之功，是故徙都，而適於山險之處。

按，蔡《傳》當止於「湯復往居此」句，以下為閻若璩評論。當為：蔡傳謂「『先王』即湯，『適於山』即往於亳殷。亳殷三面依山，鄭氏謂『東成皋，南轘轅，西降谷』是也。湯復往居此。」不知此原泛言古者我之先王將欲多大於前人之功，是故徙都而適於山險之處。

251. 湯或者曾有意亳殷，山險往視之。如武王告周公，營周居於雒邑，而後去。後成王卒成其志，

按，「山險往視之」，文不成義。上文曰「是故徙都而適於山險之處」，則「山險」當屬上。當為：湯或者曾有意亳殷山險，往視之。如武王告周公營周居於雒邑而後去，後成王卒成其志。

252. 故當日致有三亳，鼎稱二在。梁國一在河洛之間，

按，文義淆亂。當為：故當日致有三亳鼎稱：二在梁國，一在河洛之間，

253. 然《史記·殷本紀》首稱殷契，《呂氏春秋·仲夏紀》稱殷湯……豈惟此二，《書·無逸》篇云，

按，閻若璩此文論《古文尚書》，故其提及《尚書》篇名皆逕言之。故後句當為：豈惟此二書，《無逸》篇云，

254. 又按或者聞余謂武丁都西亳，引詩《玄鳥》「景員維河」，《殷武》「陟彼景山」，以為都當在景亳。景亳者，北亳。是以《括地志》《寰宇記》《玉海》為證詞，甚辯。余曰：此第讀朱子《詩集傳》熟耳。《集傳》兩處並云，景山名商所都也。不知《毛傳》訓景為大，

按，依語感，「是以」似不順文氣。似當為：景亳者，北亳是。以《括地志》……又，「景山名商所都也」，此句如何讀？何不斷為「景，山名，商所都也」，以便讀者？

255. 陟彼景山是使人升彼大山之上，姑勿論，而即真屬山名，取彼松柏成茲寢廟，何必近在郊之間？下文是斷是遷，說者曰，斷之於生植之處，遷之於造作之所。一「遷」字非無謂，證以《魯頌・閟宮》「徂來之松，新甫之柏，是斷是度，是尋是尺」。

按，以《魯頌・閟宮》「徂來之松」云云觀之，《毛詩》之句例加引號。而「陟彼景山」「是斷是遷」皆《魯頌・殷武》之句，何不加引號？

256. 至「景員維河」，《集傳》始云未詳下方。有或曰，景山名一段，此惟孔穎達《疏》最合云鄭氏轉「員」為「云」，「河」為「何」者，以頍弁既醉言，「維」、「何」者皆是設問之辭，與下句發端。

按，此段標點混亂，不知所云。且整理者不知《頍弁》《既醉》為《毛詩》二《雅》篇名，又未查孔疏。當標點為：至「景員維河」，《集傳》始云「未詳」，下方有「或曰，景，山名」一段。此惟孔穎達《疏》最合，云鄭氏轉「員」為「云」、「河」為「何」者，以《頍弁》《既醉》言，「維」、「何」者皆是設問之辭，與下句發端。

第六十一

257. 君前臣名，禮也。雖周公以親則叔父，尊則師保，亦自名於王前，曰「予旦」，召公亦名之為《旦曰》，

按，「旦曰」與「予旦」皆「君前臣名」之例，「旦曰」只是「旦說」，非書名。

258.《緇衣》兩引《咸有一德》，一曰「惟尹躬及湯，咸有壹德」，一曰「惟尹躬先見於西邑，夏自周有終，相亦惟終」。

按，此閻君誤記：《緇衣》引《咸有一德》僅「惟尹躬及湯，咸有壹德」一句，第二句「自周有終，相亦惟終」乃出於《太甲上》。西邑夏，夏都在亳西，故商人如此稱夏。中間不可點斷。

259. 此篇鄭康成《序》書在《湯誥》後，咎單作《明居》前。

按，此「序」非「序言」，乃動詞「排序」，不當用書名號。「咎單作《明居》」《尚書序》語，當有引號：此篇鄭康成序《書》在《湯誥》後、「咎單作《明居》」前。

260. 康成注《書序》於《咸有一德》下云：伊陟臣扈曰此頗不可曉。

按，「伊陟臣扈曰」是《堯典》孔穎達疏引鄭玄注《咸有一德》，「此頗不可曉」是閻若璩語。當為：康成注《書序》，於《咸有一德》下云「伊陟臣扈曰」，此頗不可曉。

261. 按孔安國《太甲》中《傳》云：君而稽首於臣。

按，《太甲》分上、中、下，習慣即稱《太甲上》《太甲中》《太甲下》，不為「《太甲》上、《太甲》中、《太甲》下」。

262. 又按《立政》「其在受德瞽」，安國以「受德」為紂之字，乃其父帝乙所作，說與康成同。康成則遠從《周書》「克殷解殷末孫受德」

按，《克殷解》為《周書》篇名。當為：康成則遠從《周書·克殷解》「殷末孫受德」

263. 又按天子字諸侯僅見《書·文侯之命》。觀禮則伯父、伯舅、叔父、叔舅之恒稱，

按，《觀禮》為《儀禮》篇名。

264. 或伯父之使，則曰伯氏，或叔父之使，則曰叔氏。一以國之大小而分。伯、叔不以其人之字而伯氏、叔氏焉，斯協乎禮矣。

按，「伯、叔」屬上：斷為：一以國之大小而分伯、叔，不以其人之字而伯氏、叔氏焉，

第六十二

265. 記曰三公無官，言其有人然後充之。

按，此《漢書·百官公卿表序》語。《禮記·文王世子》：「《記》曰：虞、夏、商、周有師保，有疑丞。」孔疏：「此作《記》之人更書《記》曰，則是古有此《記》，作《記》引之耳。」則此「記」亦必是古書名，雖然不能確指為何書。

266. 《禮記·明堂位》「有虞氏官五十，夏后氏官百，殷二百，周三百」。文王世子設四輔及三公，不必備，唯其人。

按，《文王世子》亦《禮記》篇名，其下即其文。

267. 以西伯、昌九侯、鄂侯為三公，見《史記》。

按，西伯昌即周文王姬昌，九侯即鬼侯。當作：以西伯昌、九侯、鄂侯為三公，

268. 又按納於百揆，百揆時敘惟《左傳》解得最分明。曰：以揆百事，莫不時序。又即《孟子》「使之主事而事治」之謂也。

按，引號忽用忽不用，此又一例。「納於百揆，百揆時敘」是今《尚書·舜典》語。故前半當為：又按「納於百揆，百揆時敘」，惟《左傳》解得最分明，曰：「以揆百事，莫不時序。」

269. 不知司空之職，鄭氏謂其掌營城郭、建都邑、立社稷宗廟、造宮室車服器械，不止「邦土」、「惟事」字方包括得盡。

按，此辨司空之職「邦土」、「邦事」之別，閻若璩謂「邦土」範圍小，概括不盡司空之職，唯「事」字方可。當為：不知司空之職……不止「邦土」，惟「事」字方包括得盡。

270. 又按《記》曰：虞、夏、商、周有師保，有疑丞，設四輔及三公，不必備，唯其人。似三公之官起自虞夏。不特如上所論見商，《周禮》記此一段，從來解皆錯。

按，《記》，即指《禮記·文王世子》；下文「此一段」，即指《記》所云。又，據後文可以知前。故當為：又按《記》曰：「虞、夏、商、周有師、保，有疑、丞，設四輔及三公。不必備，唯其人。」似三公之官起自虞夏，不特如上所論。見商、周《禮》記此一段……

271. 又有九服，與九畿同，皆不數王畿。則侯、甸、男、采、衛、蠻、夷、鎮藩，

按，如此點，則僅八服。實「鎮藩」為二服。《周禮·夏官·職方氏》：「乃辨九服之邦國：方千里曰王畿，其外方五百里曰侯服，又其外方五百里曰甸服，又其外方五百里曰男服，又其外方五百里曰采服，又其外方五百里曰衛服，又其外方五百里曰蠻服，又其外方五百里曰夷服，又其外方五百里曰鎮服，又其外方五百里曰藩服。」且下文有「且要服猶在九州內，不比夷、鎮、藩三服則在九州外」也。

272. 將以此五服為同《禹貢》乎？不應內諸侯與外諸侯同一朝，期以
五服為仍周制，而除去要服乎？又不應周家初盛大一統之時，而
即有荒服者不至之事，反覆皆不可通。

按，此為一組由兩個假設複句組成的選擇複句，「乎」不表疑問而表選擇
（參見 209.）。故當為：將以此五服為同《禹貢》乎，不應內諸侯與外諸侯同
一朝；期以五服為仍周制，而除去要服乎，又不應周家初盛大一統之時，而
即有荒服者不至之事：反覆皆不可通。

273. 又按今文《康誥》篇首云：「侯、甸、男、邦、采、衛」，所列五服
名色次第與《周禮》無異，不見要服者。鄭氏云：以遠于役事而恒
闕焉。

按，如此點，又與「所列五服」不合。上文《周禮》六服「曰侯、曰甸、曰
男、曰采、曰衛、曰要」，則「男邦」即「男」，為一邦，而無要服。至於「不
見要服者」，乃閻若璩解釋其原因，自當屬下句。故當為：又按今文《康誥》篇
首云：「侯、甸、男邦、采、衛」，所列五服名色次第與《周禮》無異。不見要
服者，鄭氏云：「以遠于役事而恒闕焉。」

274. 又按《周禮》，大司徒之職施十有二教焉。一曰以祀禮教，敬則民
不苟云云。與唐虞時司徒敷五教者，名數迥別，不應成王訓迪。教
官不以本朝職掌而乃遠引上古之制，得毋類舍其田而芸人之田
乎？

按，此一節，閻若璩以《周禮》大司徒之職與唐虞時司徒迥別，證周成王
訓導周官不應引上古之制，如《孟子・盡心下》所謂「舍其田而芸人之田」。
而整理者未查原文。實當為：又按《周禮》「大司徒之職……施十有二教焉。
一曰以祀禮教敬，則民不苟」云云，與唐虞時司徒敷五教者，名數迥別。不應
成王訓迪教官，不以本朝職掌而乃遠引上古之制，得毋類「舍其田而芸人之
田」乎？

275.《王制》，司空執度度地居民，山川沮澤，時四時，非司空掌邦上居
四民時地利之所出乎？

按，邦上，乃「邦土」之訛字。《周官》：「司空掌邦土，居四民，時地利。」

276. 《周禮·保氏》《疏》引《鄭志》，趙商問曰：案成王，《周官》立太師、太傅、太保，茲惟三公。此二語分明是古文《書》。

按，以此標點，趙商之問則為三語。當為：趙商問曰：「案成王《周官》立大師、大傅、大保，茲惟三公。」此二語分明是古文《書》。

第六十三

277. 觀越椒初生子文曰，弗殺必滅若敖氏矣。將死，聚其族而泣曰，若敖氏之鬼不其餒。而則知當時已有此族滅法，

按，此一節出《左傳·宣公四年》：「楚司馬子良生子越椒，初生，令尹子文請殺之，其父子良不可。子文大戚，曰：『鬼猶求食，若敖氏之鬼不其餒而？』」不點斷則易生歧義。又，「而」是句末語助詞。實當為：觀越椒初生，子文曰：「弗殺，必滅若敖氏矣！」將死，聚其族而泣曰：「若敖氏之鬼不其餒而！」則知當時已有此族滅法。

278. 則知當時已有此族滅法，不必徵之於反而必以反言者，特以其年可數耳。

按，因上文「或又問：宣四年，楚滅若敖氏之族，實以其族謀反故」，故此一節曰：則知當時已有此族滅法，不必徵之於反。而必以反言者，特以其年可數耳。

279. 予獨怪晉患桓莊之族逼，盡殺之後快，不知桓叔之子萬受韓以為大夫，是為三家之韓卒分晉國而滅之者，桓叔之族也。天道好還，蓋可懼哉。

按，「是為三家之韓」補足上句，「卒分晉國而滅之者」是「桓叔之族也」的主語，各有所分，總為突出「晉殺桓莊之族，桓莊之族滅晉」——天道好還，蓋可懼哉！故當斷為：不知桓叔之子萬受韓以為大夫，是為三家之韓：卒分晉國而滅之者，桓叔之族也。

280. 說者疑左氏「虞不臘矣」為作於秦以後，不知惠文君十二年初臘。下張守節《注》曰：秦蓋始效中國為之，故曰初臘。

按，「十二年初臘」是《史記·秦本紀》惠文君十二年語，其下有張守節注。故當為：說者疑《左氏》「虞不臘矣」為作於秦以後，不知「惠文君……十二年

初臘」下，張守節《注》曰：「秦蓋始效中國為之，故曰初臘。」

281. 在《易》坤之初六云：

按，當為：在《易·坤》之「初六」云：

282. 予獨怪鄭康成注《周禮》於鸞車象人不從鄭司農，注象人謂以芻為
人，而以象人即俑。引《檀弓》謂「為俑者不仁」。

按，《周禮·春官宗伯·冢人》「言鸞車象人」鄭玄注引鄭司農云「象人謂
以芻為人」，而自己認為象人即俑，引《檀弓下》孔子謂「為俑者不仁」證之。
而如此標點，「謂以芻為人」之觀點，屬前後鄭不明。故當為：予獨怪鄭康成
注《周禮》，於「鸞車象人」，不從鄭司農注「象人謂以芻為人」，而以象人即
俑，引《檀弓》謂「為俑者不仁」。

283. 後注大喪飾遣車之馬及葬埋之曰：言埋之，則是馬塗車之芻靈。

按，如此標點，讀者不明所以。原是閻君引《周禮·夏官司馬·校人》「大
喪，飾遣車之馬及葬埋之」及鄭玄注：「言埋之，則是馬，塗車之芻靈。」遣
車，即塗車，是殉葬時用的盛裝祭奠牲體、埋入壙中槨內的泥車；芻靈，用乾
草紮的人、馬。刻木為人馬，以代替芻靈，是孔子所反對的，因為用木刻、用
泥燒製的俑太像人了。故當標點為：後注「大喪，飾遣車之馬及葬埋之」曰：
「言埋之，則是馬，塗車之芻靈。」

284. 晚出《書》以受實官人以世，吾無徵焉爾。

按，古學者（包括清人）著書，其讀書對象是同自己一般的讀書人。而古
讀書人所謂「讀書」，其實是背書。因此閻君不會想到他的讀者會看不懂。今
則截然不同，故須加以整理或注釋。標點時遇古人暗引書之時，應該加引號，
此為整理古籍的要求之一。「罪人以族，官人以世」是古文《尚書·泰誓上》
中譴責受（紂）之文，應加引號，以提示讀者。

第六十四

285. 荀卿曰：《誥》《誓》不及五帝，故《司馬法》言有虞氏戒於國中，
夏后氏方誓於軍中。殷誓於軍門之外，周將交刃而誓之，當虞舜在
上，禹縱征有苗，安得有會羣后誓於師之事？

按，此一段，荀卿、《司馬法》語起訖之處當明白，整理者職責即在於此。

「《誥》《誓》不及五帝」出《荀子・大略篇》，《司馬法》之言至「誓之」而止（此數句在傳世《司馬法・天子之義》篇中，《漢書・胡建傳》中嘗引），以下為閻君議論。「會群后，誓於師」是古文《尚書・大禹謨》文。當為：荀卿曰：「《誥》《誓》不及五帝。」故《司馬法》言：「有虞氏戒於國中，夏后氏方誓於軍中，殷誓於軍門之外，周將交刃而誓之。」當虞舜在上，禹縱征有苗，安得有「會羣后，誓於師」之事？

286. 但《傳》本是文質子不及二伯。

按，「文質子不及二伯」，「文」乃「交」字之誤。此整理者自誤，無關原書。

287. 又按陳琳檄文中云：元惡大憝，必當梟夷。至於枝附葉從，皆非詔書所特禽疾。又云：誅在一人，與眾無忌。亦殲厥渠魁，協從罔治意。

按，檄文引文不加引號，此非書例。蓋因下句「殲厥渠魁，協從罔治」句（出《尚書・胤征》），整理者亦疑以為引文，然不確知，遂並前檄文引文一律不加引號，庶免其責。然敷衍塞責，此亦學者所不當為也。而閻君正辨偽《古文尚書》諸篇語句剿竊作偽之跡，則《書》引文尤必當標出（「元惡大憝」，語出《尚書・康誥》）。當作：又按陳琳檄文中云：「『元惡大憝』，必當梟夷。至於枝附葉從，皆非詔書所特禽疾。」又云「誅在一人，與眾無忌」，亦「殲厥渠魁，協從罔治」意。

補遺

第五十二

288.《孟子》七篇，手所親著，所見諸侯王若梁襄、齊宣、鄒穆、滕文、魯平，不應皆前死於孟子之手盡係以諡意，必有一二闕諡者。諡為後人填補。

按，此說《孟子》中容有後人填補諡之事。意，料也。故後句當為：不應皆前死於孟子之手，盡係以諡。意必有一二闕諡者，諡為後人填補。

289. 然則孔子當日實以何書？曰汲冢書稱哀王曰「今王」。太史公書稱武帝曰「今上」。

按，當作：《汲冢書》《太史公書》

290.《列子‧天瑞篇》「子列子」，張湛注載子於姓上者，或是弟子之所記。

按，當作：載「子」於姓上

291. 蓋《泰誓》三篇成於初有天下日，止稱「王」，「武」或後史官增入與《管子》引時如是未可定。

按，上文已述「若《管子》引《泰誓》有『武王』字，死然後有諡，豈此三篇竟作於武王之崩後乎？余曰：『此難甚善。然古書為後人增加改易者不少。』」故此處疑「『武』或後史官增入，與《管子》引時如是未可定」。「與」前宜加逗號。

第五十六

292. 鬱陶非作喜用，而何至有因喜借作蘊隆蟲蟲一類字用者？

按，敘古書釋字、詞時，引用他書字句時（「蘊隆蟲蟲」乃《毛詩‧大雅‧雲漢》句），相關字詞宜加引號。則此句當作：「鬱陶」非作「喜」用，而何至有因「喜」借作「蘊隆蟲蟲」一類字用者？

第五十八

293. 又按劉寔《崇讓論》云：昔舜以禹為司空，禹拜稽首讓於稷契及咎繇。使益為虞官，讓於朱虎、熊羆。使伯夷典三禮，讓於夔龍。

按，晉劉寔《崇讓論》所述，在今《尚書‧舜典》。「禹拜稽首」之後當加逗號。夔龍，孔傳：「夔、龍，二臣名。」下文為：帝曰：「夔，命汝典樂，教冑子。」夔曰：「於，予擊石拊石，百獸率舞。」帝曰：「龍，朕堲讒說殄行，震驚朕師。命汝作納言。」

294. 竊以人臣初除，各思推賢能而讓之。讓之文則付主者掌之，三司有缺，擇三司所讓最多者而用之。此為一公缺三公，已豫選之矣。

按，一公缺三公，文不成義。又此數句逗號句號，宜作調整，以說明古代選官，所讓之人亦記錄在案，以備補缺。當為：竊以人臣初除，各思推賢能而

讓之，讓之文則付主者掌之。三司有缺，擇三司所讓最多者而用之：此為一公缺，三公已豫選之矣。

第六十二

295. 又按朱子亦有如《周官》篇既謂為官樣文字，又謂只如今文字，太齊整了。

按，閻君之朱子語引自二處：《朱子語類‧詩二》：「至若《周官》《蔡仲》等篇，卻是官樣文字，」又《歷代一》：「《周官》只如今文字，太齊整了。」則為明確朱子原文，當標點為：又按朱子亦有「如《周官》篇」既謂為「官樣文字」，又謂「只如今文字，太齊整了」。

296. 而《魯、周公世家》則云：成王在豐，天下已安，周之官政未次序，於是周公作《周官》，官別其宜。作《立政》，其云成王作者，不必成王自作；

按，《魯、周公世家》，是以「魯、周公」為二人？又據《史記‧魯周公世家》，《立政》亦周公所作。故當為：而《魯周公世家》則云：「成王在豐，天下已安，周之官政未次序，於是周公作《周官》，官別其宜。作《立政》。」其云成王作者，不必成王自作；

297. 不知成王作《周官》時，周公尚在乎？不應成王顯與之違，周公既沒乎？又可以周公肉未寒而盡反之乎？必不爾矣。

按，「周公尚在乎」「周公既沒乎」是閻若璩設的兩個假設，以推論哪個假設都不能成立。「乎」不表疑問，相當於「呢」（參見209.272.）。故當為：不知成王作《周官》時，周公尚在乎，不應成王顯與之違；周公既沒乎，又可以周公肉未寒而盡反之乎？必不爾矣。

298. 況《立政》《周官》實皆出周公一人手筆，決不自矛盾。祗惜秦火以後無由睹當日真《周官》云。何耳？

按，「云何」即「如何」。如三國孫策《與吳景等書》：「今征江東。未知二三君意云何耳。」故當為：祗惜秦火以後無由睹當日真《周官》云何耳。

卷五上

第六十五

299. 孔安國《傳》所謂作者先敘典刑，而連引四罪，明皆徵用所行於此總見之，最確。

按，此引孔傳而評之，故當為：孔安國《傳》所謂「作者先敘典刑，而連引四罪，明皆徵用所行，於此總見之」最確。

300. 則睿哲文明，允恭玄塞，方興所上，

按，南朝齊吳興人姚方興於大航頭所得《舜典》，比孔氏傳本多「曰若稽古帝舜，曰重華，協於帝。睿哲文明，溫恭允塞，玄德升聞，乃命以位」二十八字。故「睿哲文明，溫恭允塞」當加引號。

301. 今以商王之「濬哲溫恭」，周王之「允塞」混加之於舜，烏乎可也？

按，《毛詩·商頌·長發》：「濬哲維商，長發其祥。」又，《那》：「溫恭朝夕，執事有恪。」則「濬哲」（即濬哲）與「溫恭」屬兩詩，皆歌頌商王，故當間隔；《毛詩·大雅·常武》「王猶允塞，徐方既來」是「召穆公美宣王也」（毛序），故曰「周王之『允塞』」，與前文並列。故當為：今以商王之「濬哲」「溫恭」、周王之「允塞」混加之於舜，烏乎可也？

302. 梁武時為博士，議曰：孔《序》稱伏生誤合。五篇皆文相承接，所以致誤。

按，「誤合」何物？不明白。實是「誤合五篇」。哪五篇？孔安國《尚書序》：「伏生又以《舜典》合於《堯典》，《益稷》合於《皋陶謨》，《盤庚》三篇合為一，《康王之誥》合於《顧命》。」孔穎達疏：「《盤庚》出二篇，加《舜典》《益稷》《康王之誥》，凡五篇。」「皆文相承接」，本指此五篇與其所合者；若云「五篇皆文相承接」，未免荒唐。故當為：孔《序》稱伏生誤合五篇，皆文相承接，所以致誤。

第六十六

303. 是以揚子雲親見之，著《法言·孝至篇》。或問：忠言嘉，讜曰言，

合稷契之謂忠謨，合皋陶之謂嘉。

按，「忠言嘉謨」是成語，本書下文即有「故謂『言合稷契之謂忠』」句。出揚子雲《法言·孝至篇》。故當作：「或問『忠言嘉謨』，曰：『言合稷、契之謂忠，謨合皋陶之謂嘉。』」

304. 蓋當子雲時，《酒誥》偶亡，故謂《酒誥》之篇俄空焉，今亡。夫賴劉向以中古文校今篇籍，具存。

按，「夫」當屬上。揚子《法言·問神》：「昔之說《書》者序以百，而《酒誥》之篇俄空焉，今亡夫！」故當作：故謂「《酒誥》之篇俄空焉，今亡夫！」賴劉向以中古文校，今篇籍具存。

305. 按吳氏《尚書纂言》不信魏晉間古文，一以今文篇第為主。但曰「若稽古皋陶」本出今文，吳氏以篇首四字為增，斷自「皋陶曰」，以下又不合伏生。其亦揚子《太玄》所謂童牛角馬，不今不古者與？

按，今《皋陶謨》開首為「曰若稽古皋陶曰」，吳氏以篇首四字為增，則是去掉「曰若稽古」四字，只餘「皋陶曰」。故「但曰」之「曰」不作「說」解而當入引號。又，揚雄《太玄·更》次五云：「童牛角馬，不今不古。」閻君亦用引文。故後半當作：但「曰若稽古皋陶」本出今文……其亦揚子《太玄》所謂「童牛角馬，不今不古」者與？

306. 又按《漢·王莽列傳》兩引「十有二州」，皆云《堯典》今在《舜典》中。

按，閻君本謂《漢書》引「十有二州」句，皆云《堯典》。而若依錢氏斷句法，則《漢書》謂「《堯典》今在《舜典》中」，則荒謬。實際當為：又按《漢·王莽列傳》兩引「十有二州」，皆云《堯典》，今在《舜典》中。

第六十七

307. 今試舉一事，《論語》「祿之去公室五世矣」，斷自宣公政，逮於大夫四世矣，則自武子。

按，《論語·季氏》：「祿之去公室五世矣，政逮於大夫四世矣。」故當為：《論語》「祿之去公室五世矣」，斷自宣公；「政逮於大夫四世矣」，則自武子。

308. 又按文、武、平、桓，相繼而立，不數悼子者，專謂其執魯國之政。非盡悼子不為大夫，特未命為卿耳。苟為卿卒，且書經矣。不為大夫卒，恐無謚矣。

按，既承接「不為大夫，特未命為卿」言，則下句當斷為：苟為卿，卒且書經矣；不為大夫，卒恐無謚矣。

309. 豈必疑甯氏父子當成公元年速猶盟，向三年俞盟于宛濮，

按，此說春秋衛甯氏父子（父甯速，甯莊子；子甯俞，甯武子）同仕。速盟於衛成公元年，當《左傳·僖公二十六年》：「春，王正月，公會莒茲平公、甯莊子盟于向。」向，莒地。俞盟於衛成公三年，當《左傳·僖公二十八年》：「甯武子與衛人盟于宛濮。」（杜預注「武子，甯俞也」）。故當為：豈必疑甯氏父子，當成公元年速猶盟向，三年俞盟于宛濮，

310. 蓋文公末，俞已仕為大夫，值國無事，故曰有道。則知成公立而艱險備至，故《集注》以有道屬文，無道屬成。

按，此一節漫漫看之，似亦無可挑剔。然細繹之，「有道」「無道」，當加引號。何哉？如此則讀者易悟，此語關聯《論語·公冶長》：「甯武子邦有道則智，邦無道則愚。」俞，即春秋衛甯武子；而「文」「成」，分指衛文公、衛成公。朱熹《論語集注》講解及此。

311. 要須易注曰：魯自宣公八年襄仲卒，季文子始專國政。歷子武子，曾孫平子，玄孫桓子，凡四世而為家臣，陽虎所執耳。

按，如此標點，則季氏四世為家臣矣，實季氏家臣乃陽虎。《史記·孔子世家》：「桓子嬖臣曰仲梁懷，與陽虎有隙。陽虎欲逐懷，公山不狃止之。其秋，懷益驕，陽虎執懷。桓子怒，陽虎因囚桓子，與盟而醳之。」《左傳·定公五年》：「九月乙亥，陽虎囚季桓子及公父文伯。」則末句為：凡四世而為家臣陽虎所執耳。

312. 又按《論語》不曰自陪臣出，而曰「陪臣執國命」者，蓋當時陪臣如南蒯、陽虎、公山、弗擾輩，俱在家制其主，專其政，橫行於國之中。

按，公山弗擾，季氏家臣。《論語·陽貨》：「公山弗擾以費叛。」

313. 參以杜氏《注》，昭十二年，蒯，南遺之子。昭四年南遺季氏家臣。則南氏亦在，再世主之之列。

按，此一節中有二杜預關於季氏家臣南氏之注，以證南氏再世主季氏家。整理者皆不核《左傳》，導致未明句義，因而誤斷。實當為：參以杜氏注《昭十二年》「蒯，南遺之子」，《昭四年》「南遺，季氏家臣」，則南氏亦在再世主之之列。

314. 襪解則襪之帶解散耳。證亦有二。一《呂氏春秋》，武王至殷郊，係墮，五人御於前，莫肯之為，曰：吾所以事君者非係也。一《哀帝紀》，中山孝王來朝，賜食於前，後飽起，下襪繫。解武王之係也，中山孝王之繫也，並音計，皆襪所束之帶也。

按，標點訛亂，文不成義。後半當為：一《哀帝紀》，中山孝王來朝，賜食於前。後飽，起下，襪繫解。武王之「係」也，中山孝王之「繫」也，並音計，皆襪所束之帶也。

315. 又按胡渭生朏明告予……予曰：然則，衛懿公尚存乎？胡得有如世所傳弘演內肝事朏明曰，

按，「朏明」是胡渭生之字，「胡得有如世所傳弘演內肝事」是反問句；「朏明曰」是「朏明回答」，屬下句。整理者又有一不好之閱讀習慣：單念「然則」成句──這是很不對的。後半當作：然則衛懿公尚存乎？胡得有如世所傳弘演內肝事？朏明曰，

316. 朏明曰，上敗績，屬師下甚敗。屬君懿公之死，隱具此二句中。

按，如此標點，文不成義。朏明所論，為《左傳·閔公二年》文：「及狄人戰于熒澤，衛師敗績，遂滅衛。衛侯不去其旗，是以甚敗。」故當為：朏明曰：「上『敗績』屬師，下『甚敗』屬君。懿公之死，隱具此二句中。」

317. 莊九年，乾時之戰，我師敗績，公喪戎路，傳乘而歸秦，子梁子以公旗辟于下道，是以皆止……二子以公旗辟於下道，以誤齊師，

按，魯與齊戰於齊地乾時，「公喪戎路」，逃回魯國而已，豈能「傳乘而歸秦」？與秦何干？秦子、梁子，杜預注：「二子，公御及戎右也。」且下句即說「二子以公旗辟于下道，以誤齊師」。當為：公喪戎路，傳乘而歸。秦子、梁子以公旗辟于下道……

318. 又按元熊朋來亦疑《武成》月日，曰：武王……克商之後逗留，日久乃歸沛。公欲留秦樊噲輩，猶能勸以還軍，豈武王反出其下？

按，武王克商之後，當歸周都鎬京，安得「歸沛」？且與「留秦樊噲」何干？此不過說者以武王逗留於商與沛公欲留秦事對比。故當為：武王……克商之後，逗留日久乃歸。沛公欲留秦，樊噲輩猶能勸以還軍，豈武王反出其下？

319. 不知《樂記》「未及下車而封黃帝之後於薊，封帝堯之後於祝，封帝舜之後於陳。下車而封夏后氏之後於杞，投殷之後於宋」。正《論語》「興滅國，繼絕世」者。

按，「陳」後、「正」前之句號必改為逗號，方表示前後兩事相同、相似之意。

320. 又按《武成》聞有錯簡，未聞有錯句。如《前編・武成次》第一依蔡本，獨移「底商之罪」四字於「大邑周」之下。

按，《前編》蓋指金履祥《通鑑前編》；「次」，排列。當為：如《前編》，《武成》次第，一依蔡本，獨移「底商之罪」四字於「大邑周」之下。

第六十八

321. 今自成王七年周公留治洛，公薨君陳繼之，

按，後二句不得合為一，當作：公薨，君陳繼之，

322. 邵子皇極數始通以此七年係於成王之下，

按，邵子，即宋邵康節，《皇極數》乃其所著《皇極經世書》。故當為：邵子《皇極數》始通以此七年係於成王之下，

323. 案宅洛係大事，須告文王之廟，故言「至於豐」，命畢公。何必爾？

按，此言「命畢公」事小，不必「至於豐」告文王之廟。故當為：案宅洛係大事，須告文王之廟，故言「至於豐」；「命畢公」何必爾？

324. 且君陳、畢公等果至豐告廟，兩人自當一例，而獨畢命云然者，蓋……

按，「畢命」漏書名號。

325. 歸而交秦淵雲九里，中益研窮之。

按，據清張穆《閻潛丘先生年譜》，秦淵雲九，人名。下文屢云「秦雲九、雲九」，即此人。故當為：歸而交秦淵雲九里中，益研窮之。

326. 以授時法通漢《三統曆》推算之，

按，《授時》，元許衡、郭守敬等著曆法書。整理者常漏書名號。下文亦有數處，不備舉。

第六十九

327. 傳注之起，實自孔子之於《易》。孔子自卑，退不敢干亂先聖正經之辭，

按，「卑退」若「謙退」，一詞也。《周易·繫辭上》「崇效天，卑法地」孔疏：「知既崇高，故效天；禮以卑退，故法地也。」

328. 麻衣道者，正易心法，為戴師愈偽作。

按，《麻衣道者正易心法》，署名「麻衣道者」，又稱《正易心法》。

329. 又按陸德明《釋文》有王云者，王肅之《注》馬云者。馬融之《注》今監本《舜典》「肆類於上帝」下《傳》引王云、馬云，明是誤刊《釋文》入《傳》中，非《傳》本然。

按，如此標點，文義混亂。當為：又按陸德明《釋文》有「王云」者，王肅之注；「馬云」者，馬融之注。今監本……

第七十

330. 顧命，《正義》曰：

按，此是《尚書·顧命》孔穎達疏。必作：《顧命》正義。

331. 上攝高官者，謂之為行。杜君卿謂韓安國為御史大夫行丞相事，太常周澤行司徒事如真是也。

按，「太常」前逗號當改為頓號。

332. 成王當疾，困將發，顧命乃同召實職之六卿。

按，「疾困」一詞。《禮記·檀弓上》：「曾子寢疾，病。」鄭玄注：「病謂疾

困。」故當為：成王當疾困，將發顧命，乃同召實職之六卿。

333. 孔安國作《傳》當云：冢宰第一，召公為之，兼太保；司徒第二，芮伯為之；宗伯第三，彤伯為之；司馬第四，畢公為之，兼太師；司寇第五，衛侯為之；司空第六，毛公為之，兼太傅，如此。於奭上之「太保」字，畢、毛下二「公」字，亦無不瞭然。

按，「如此」總括上文，提起下文，其後必不能用句號。後半當為：……兼太傅：如此，於「奭」上之「太保」字，「畢、毛」下二「公」字，亦無不瞭然。

334. 更觀《康王之誥》，周中分天下諸侯主以二伯，召公、西伯也；率西方諸侯入應門左，將立王之右，畢公、東伯也；率東方諸侯入應門右，將立王之左。

按，如此標點，「周中分天下」句義不明。當為：更觀《康王之誥》，周中分天下，諸侯主以二伯：召公西伯也，率西方諸侯入應門左，將立王之右；畢公東伯也，率東方諸侯入應門右，將立王之左。

335. 及王答拜，太保暨芮伯咸進，相揖陳戒於王，又一依六卿之位，不復紊與同召時同。

按，「同召」當為「周召」之誤。此整理者失校。後當作：又一依六卿之位，不復紊，與周召時同。

336. 周公相武王，武王時周公已位冢宰，下及成王，始兼太傅。既遷太師，武王時太師則太公望為之，所謂「維師尚父，時維鷹揚」。此豈周公先居是任哉？

按，如此標點，則周公於武王、成王時官位不明。前半當為：周公相武王，武王時周公已位冢宰；下及成王，始兼太傅，既遷太師。武王時……

337. 定曰年祝佗曰，武王之母弟八人。

按，「定曰年」當為「定四年」之誤。「武王之母弟八人」為《左傳·定公四年》祝佗語。整理者失校。

338. 昭九年文武成康之建母弟以蕃屏周，下係晉。定四年昔武王克商，

成王定之，選建明德以蕃屏周，下係魯衛、唐。昭二十六年昔武王克殷，成王靖四方，康王息民，並建母弟以蕃屏周。下文一則曰諸侯莫不並走其望。固指畿外諸侯。……再則曰諸侯釋位以間王政。

按，此一節歷引《左傳》原文，以證畿內外諸侯。整理者一概不標引號，使讀者不明所以。當為：《昭九年》「文、武、成、康之建母弟以蕃屏周」，下係晉；《定四年》「昔武王克商，成王定之，選建明德以蕃屏周」，下係魯、衛、唐；《昭二十六年》「昔武王克殷，成王靖四方，康王息民，並建母弟以蕃屏周」，下文一則曰「諸侯莫不並走其望」，固指畿外諸侯……再則曰「諸侯釋位以間王政」。

339. 且成十一年，昔周克商，使諸侯撫封蘇忿生，以溫為司寇。溫今懷慶所領縣。僖二十四年，捍，禦侮者，莫如親親，故以親屏周。

按，撫封，據有封地。不能說「撫封某人」。《左傳·成公十一年》：「昔周克商，使諸侯撫封。」杜預注：「各撫有其封內之地。」閻君正引此文。「捍禦」為一詞，抵禦也。故當為：且《成十一年》；「昔周克商，使諸侯撫封，蘇忿生以溫為司寇。」溫，今懷慶所領縣。《僖二十四年》：「捍禦侮者，莫如親親，故以親屏周。」

340. 又按司馬溫公《諫院題名記》，古者諫無官，自公卿大夫至於工商，無不得諫者。漢興以來始置官，案《漢·百官公卿表》，

按，「置官」以上，是司馬溫公語；「案」以下為閻君之議論。而以逗號隔之，是整理者以為皆為司馬溫公語也。當為：又按司馬溫公《諫院題名記》：「古者諫無官，自公卿大夫至於工商，無不得諫者。漢興以來始置官。」案《漢·百官公卿表》，

341. 如用兵凶事，偏將軍居左，上將軍居右，固是。以喪禮處之，若行伍則又軍尚左，卒尚右。

按，此用《老子》第三十一章語：「君子居則貴左，用兵則貴右……吉事尚左，凶事尚右。偏將軍居左，上將軍居右。言以喪禮處之。」故「固是」後之句號必須去掉。

第七十二

342. 既而思《禮記》畢竟出七十子後之學者，及漢儒所共作故，劉原父筆力高，復寢食行走，浸灌於經學中，放筆摹擬，尚可得其神。

按，「及」前不宜逗，「故」當屬下。宋劉原父知識淵博、覃思研精，故贊其「寢食行走浸灌於經學中」。故當為：既而思《禮記》畢竟出七十子後之學者及漢儒所共作，故劉原父筆力高，復寢食行走浸灌於經學中，放筆摹擬，尚可得其神。

343. 漢武帝元狩六年夏四月乙巳，廟立皇子閎為齊王，旦為燕王，胥為廣陵王，初作誥。誥既武五子傳所載賜策三篇

按，既，當作「即」。《武五子傳》，《漢書》篇名。

344. 茲讀蘇伯衡平仲集，

按，《蘇伯衡平仲集》，即《蘇平仲集》，明蘇伯衡著，十六卷。當加書名號。

345. 其文曰：「周公既得命木，庸作書以誥曰，伻來乃命，賚予以嘉禾，

按，「命木」，顯為「命禾」之誤，下文即曰「賚予以嘉禾」。伻，使者也。又，「乃命賚予以嘉禾」當連讀。實當作：周公既得命禾，庸作書以誥曰：「伻來，乃命賚予以嘉禾。」

346. 嗚呼，予旦尚懼，弗克恭于王，以獲戾於天。

按，「予旦尚懼弗克恭于王」當作一句讀。否則「懼」無賓語。

347. 夙夜不自皇其皇，敢行貪天之功。

按，「不自皇」即不自安，「皇」通「遑」；後「皇」通「況」。句意為，我日夜不敢自安，又何況敢貪天之功？故當為：夙夜不自皇，其皇敢行貪天之功？

348. 其惟王克嗣文武德，天乃用申。厥眷命，休祥攸集。

按，「天乃用申」，無賓語，句意不完。此亦「上天乃下善穀之種」之類句式。後句當為：天乃用申厥眷命，休祥攸集。

349. 惟不畏，畏乃誕，縱厥淫，泆怠傲，以速厥辜。

按，前「畏」，畏懼；後「畏」，可畏之事（或讀為威）。《書·無逸》：「相小人，厥父母勤勞稼穡，厥子乃不知稼穡之艱難，乃逸，乃諺，既誕。」誕，放肆放縱。故當為：惟不畏畏，乃誕，縱厥淫泆怠傲，以速厥辜。

350. 故自古小大邦罔不用降災，日興。罔不用降祥，日亂。

按，此說國家往往因災而興、因祥而亂。故當為：故自古小大邦，罔不用降災日興，罔不用降祥日亂。

351. 王尚若商王中宗之祗謹於桑穀哉。

按，「穀」字當為「榖」，樹木名，即楮樹。非「穀」，如此則文不成義，且亦必簡化為「谷」矣。

352. 王克謹，惟天眷命，有申王，惟不謹天，不惟不有申命，亦作孽王，亦入於畏。

按，此一節上應「其惟王克嗣文武德，天乃用申厥眷命」句，故當為：王克謹，惟天眷命有申；王惟不謹，天不惟不有申命，亦作孽，王亦入於畏。

353. 我非敢多誥王惟心我惟股肱心，不覭股肱，克有濟，鮮哉，

按，覭（máng），《書·洛誥》：「汝乃是不覭，乃時惟不永哉。」陸德明釋文：「馬云：勉也。」當為：我非敢多誥。王惟心，我惟股肱；心不覭，股肱克有濟，鮮哉！

354. 又按《唐文粹》有陳黯《禹誥》一篇，亦自以補《尚書》，此則如蘇伯衡所謂陶竆缶與殳丁卣父辛爵屈生敦臺夫鼎比妍，其真不知量哉，

按，此一節閻君謂陳黯作《禹誥》以補《尚書》，亦如蘇伯衡作《周書補亡》，如以劣質陶器與名貴寶器媲美。元姚遂《康瓠亭記》：「嘗建一亭名曰「康瓠」，而特居之，於商則殳丁卣、父辛爵、禾目鬲，周則屈生敦、臺夫鼎、麟鳳罍。」故後半當為：此則如蘇伯衡，所謂陶竆缶與殳丁卣、父辛爵、屈生敦、臺夫鼎比妍，其真不知量哉！

卷五下

第七十三

355. 詩歌之名肇見於《命夔》，然《南風》《卿雲》《康衢》之類，

按，命夔，無此書或詩文，只是《尚書‧堯典》「夔，命汝典樂」句之縮略語，下文有「詩言志，歌詠言」，故曰：「詩歌之名肇見於命夔。」

356. 蓋孟詩古奧，變化不逮二雅，而纏綿悱惻之致，溢於言表，猶三百篇遺。則玄成號為有文采者，

按，二雅，指《大雅》《小雅》，習慣上作「二《雅》」。「遺則」一詞，如《離騷》：「願依彭咸之遺則。」「三百篇」指《詩經》。當為：猶《三百篇》遺則。玄成號為有文采者，

357. 又按邦之六典，八則首見天官大宰、小宰之職，

按，《周禮‧天官冢宰‧太宰》：「太宰之職，掌建邦之六典。」《小宰》：「小宰之職，掌邦之六典、八法、八則。」六典、八則，為並列關係。當作：又按邦之六典、八則首見《天官‧大宰》《小宰》之職，

358. 張燕公曲，江世所稱初唐宗匠也。燕公自岳州以後，詩章淒婉，傳得江山之助，則燕公亦初亦盛。曲江自荊州已後，同調諷詠，尤多暮年之作，則曲江亦初亦盛。以燕公係初唐也。

按，張燕公指張說，以其封燕國公；曲江為張九齡號，以其為曲江人。當為：張燕公、曲江，世所稱初唐宗匠也。

359. 以王右丞係盛唐也，訕春夜竹亭之贈，同左掖梨花之詠，

按，王維有《春夜竹亭贈錢少府歸藍田》詩，錢起有《酬王維春夜竹亭贈別》；王維又有《左掖梨花》詩。依例皆應加書名號，標點為：以王右丞係盛唐也，《訕春夜竹亭之贈》同《左掖梨花》之詠，

360. 不惟唐人選唐詩不序世次前後，即宋人之萬首絕句，金人之鼓吹，猶不論也。高柄無識，不論神意，祇論皮毛，奉嚴羽之說以選品匯

按，《萬首絕句》即宋洪邁《唐人萬首絕句》，《鼓吹》即金代元好問《唐詩鼓吹》，《品匯》即明高柄《唐詩品匯》。皆當加書名號。

361. 蓋唐人作詩，隨題成體，非有定體。沈、宋諸公七律之高華典重，以應制故然，非諸詩皆然，而可立為初唐之體也。

按，閻君所批評者，即高柄所主張之「初唐高華典重」之說，此正強調沈、宋七律之高華典重，乃為應制，非諸詩皆然。故末句「而可立為初唐之體也」，必為反問句，豈可標句號以肯定之？此與後論「豈可謂為南宋詞體邪」正相呼應，同為反問句。

第七十四

362.「堯曰：咨爾舜」一段，「躬中窮終」韻協。

按，「躬、中、窮、終」是「天之曆數在爾躬。允執厥中，四海困窮，天祿永終」四句之韻字，故其間應該用頓號。

363.《太誓》曰：「我武惟揚，揚疆張光」，韻協，

按，《太誓》：「我武惟揚，侵于之疆。取彼兇殘，我伐用張，于湯有光。」閻君引第一句「我武惟揚」以概其餘，「揚疆張光」是諸句韻字，非《太誓》句也。故當為：《太誓》曰：「我武惟揚……」，「揚、疆、張、光」韻協。

364.《墨子》引《太誓》之言于去發曰：「惡乎君子，

按，「於去發曰」，《墨子·非命下》原文。於，歎詞，不可簡化為「于」。去發，孫星衍曰「或為『太子發』三字之誤」。故當作：《墨子》引《太誓》之言：「於！去發曰：『惡乎君子……

365. 又按梅鷟幼龢又謂，古文《尚書》，東晉上者，較前偽《泰誓》引書加詳，故遂亂本經。然。尚幸其有紕漏顯然，以可指議者。

按，「然」此處不當為表示肯定之語而單獨成句，而應為轉接連詞，屬下句。整理者以此處加「然」，似乎以下皆閻若璩語，其實非也。段末「正與余互相發」句，方為閻若璩語。

366. 如改「今失其行」為「今失厥道」，不與唐常方綱亡協，則昧經書用韻之體矣。

按，此說偽古文《尚書·五子之歌》，「唐、方、綱、亡」為其三章「惟彼陶唐，有此冀方。今失厥道，亂其紀綱，乃底滅亡」之句尾韻字。故其間必加頓號。

367. 離堯曰首節為三段，而增加其上，則非舜亦以命禹之文矣。

按，引語當標引號：離「堯曰」首節為三段，而增加其上，則非「舜亦以命禹」之文矣。

368. 又按梅氏鷟亦謂「堯曰：咨，爾舜」僅五句，《大禹謨》于五句上下輒益之，共三十三句。是在堯為寂寥乎短章，在舜為春容乎大篇矣。亦可絕倒。

按，此梅氏用唐韓愈《送權秀才序》「其文辭引物連類，窮情盡變，宮商相宣，金石諧合。寂寥乎短章，春容乎大篇，如是者閱之累日而無窮焉」典，故當於「寂寥乎短章」「春容乎大篇」加以引號，以提醒讀者，此說者之諷刺、幽默處，否則有些讀者不明為何「亦可絕倒」。

369. 又謂孔安國注《論語》「舜亦以命禹」，曰「舜亦以堯命己之辭命禹」，不言今見《大禹謨》。比此加詳，則可證東晉時古文，非西漢時安國所見之古文決矣。

按，「不言今見《大禹謨》比此加詳」當做一句讀，以言西漢時孔安國未曾見東晉時古文《大禹謨》。如彼標點則文義不明矣。

370. 又按《荀子》引《道經》四語，亦是以危、微、幾之成韻。《論語》雖有周親四語，以親人人成韻。

按，《荀子・解蔽》：「道經曰：『人心之危，道心之微，危微之幾，惟明君子而後能知之。』」《論語・堯曰》：「雖有周親，不如仁人。百姓有過，在予一人。」故當為：又按《荀子》引《道經》四語，亦是以「危、微、幾、之」成韻。《論語》「雖有周親」四語，以「親、人、人」成韻。

371. 又按毛先舒稚黃曰：《易》小象尤屬韻語

按，當為：《易・小象》。又，此一段內卦名如《坤》、《需》、《履》、《噬嗑》乃至全書，卦名及「十翼」之名皆宜標以書名號。

372. 竄改者何？《禮記》，兌命曰，

按，《兌命》，古文《尚書》篇名。

373. 于「嗟乎騶虞」一句，自為餘音，不必葉也……于「嗟麟兮」一句，亦不必葉也。

按，此二句為《毛詩·召南·騶虞》「于嗟乎騶虞」與《周南·麟之止》「于嗟麟兮」，「于嗟」歎詞，不可分。

374.《周顒傳》始著四聲切韻行於時，

按，周顒，南朝宋國子博士，著《四聲切韻》，韻書名。《周顒傳》指《南史·周顒列傳》。當作：《周顒傳》：「始著《四聲切韻》行於時。」

375.《穀梁傳》云，吳謂善伊謂稻緩。

按，《穀梁傳·襄公五年》「仲孫蔑、衛孫林父會吳於善稻。吳謂善伊，謂稻緩。」（吳地人把「善」叫作「伊」，把「稻」叫作「緩」）此為以漢字注音，兼釋方言。故當為：《穀梁傳》云：「吳謂善伊，謂稻緩。」

376.《呂氏春秋》云，君呿而不唫，所言者莒也。高誘《注》，呿開，唫閉。

按，此事出《呂氏春秋·重言》，兩「唫」字皆當作「唫」，整理者不識「唫」字，而生造「唫」字（實無此字）。

第七十五

377. 偽作此篇者，止見《書序》有「旅獒」字，遂當以《左傳》公嗾夫獒焉。《爾雅》，狗四尺為獒之獒。

按，此說作偽古文者錯讀「獒」字，誤當作《左傳》《爾雅》之「獒」。故當為：偽作此篇者，止見《書序》有「旅獒」字，遂當以《左傳》「公嗾夫獒焉」、《爾雅》「狗四尺為獒」之獒。

第七十六

378. 文有以譬喻出之，而理愈顯，而事愈著，而意味愈深。永若改而正言，則反索然。

按，「深永」一詞，猶「雋永」也，不可中分。

379. 譬如「為山」出於《旅獒》，譬如平地又出何書乎？

按，閻君謂《旅獒》「為山九仞，功虧一簣」句，為勦襲《論語》「譬如為山，未成一簣，止，吾止也」。若有人以為《論語》該句出於《旅獒》，那麼，

「譬如為山」句出於《旅獒》,《論語》下句「譬如平地,雖覆一簣,進,吾往也」之「譬如平地」又出何書呢?標點者不熟《論語》,故有此誤。故當為:「譬如為山」出於《旅獒》,「譬如平地」又出何書乎?

380.「君子德風,小人德草」,出於《君陳》。而「子帥以正,孰敢不正」,勢又必出《君牙》,「爾身克正,罔敢弗正。」

按,《君牙》:「爾身克正,罔敢弗正。」此閻君用論辯之「歸謬法」:假設某一謬論成立,勢必導致承認另一更荒謬之論調,從而使對方折服。標點必須體現閻君此法:「君子德風,小人德草」出於《君陳》,而「子帥以正,孰敢不正」勢又必出《君牙》「爾身克正,罔敢弗正」。

381. 將夫子為不能自吐一語之人乎?而必古文之是襲也,亦待之太薄矣。

按,此閻君推論,若以夫子為不能自吐一語之人而必因襲古文,則未免待之太薄。故問號不當加於中間。而當為:將夫子為不能自吐一語之人乎,而必古文之是襲也?亦⋯⋯

382. 如襄九年,穆姜舉元體之長也。已先文言有之,豈孔子襲穆姜乃撰穆姜語者?用孔子耳而代之,後先事之虛實有不暇顧。

按,「元,體之長也」是《周易・文言》語,而整理者不標引號、書名號。又後半語義不明。當為:如《襄九年》穆姜舉「元,體之長也」,已先《文言》有之。豈孔子襲穆姜?乃撰穆姜語者用孔子耳。而代之後先、事之虛實有不暇顧。

383.《論語》言學莫大於仁,言仁莫精於《顏淵》《仲弓問》兩章。

按,《論語》有《顏淵》篇,而無《仲弓問》篇;且閻君言「章」不言「篇」。其《顏淵》篇有「顏淵問仁」「仲弓問仁」二章,孔子遂答以「仁」之精要:「克己復禮,為仁由己,出門如見大賓,使民如承大祭,己所不欲,勿施於人」云云,「兩章」即指此。故當為:《論語》言學莫大於仁,言仁莫精於「顏淵、仲弓問」兩章。

384. 縱是詩已有,安得甫脫於曹風人之手,而輒遠述於楚成王之口?向其臣曰曹詩彼己之子,不遂其媾乎?

按,「安得」當一直管到句末,故中間不得加問號。且詩句又當加引號。故

當為：縱是詩已有，安得甫脫於曹風人之手，而輒遠述於楚成王之口，向其臣曰《曹詩》「彼己之子，不遂其媾」乎？

第七十七

385. 予曾戲以《荀子》「聖也者，盡倫者也；王也者，盡制者也」，櫽栝為「惟聖盡倫，惟王盡制」，以語一酷信古文者，云此古逸《書》，其人欣相賞，叩出何書？而不悟其為君無口為漢輔之類也。

按，「君無口，為漢輔」是用典。《後漢書·尹敏列傳》：「帝以敏博通經記，令校圖讖，使蠲去崔發所為王莽著錄次比。敏對曰：『讖書非聖人所作，其中多近鄙別字，頗類世俗之辭，恐疑誤後生。』帝不納。敏因其闕文增之曰：『君無口，為漢輔。』帝見而怪之，召敏問其故。敏對曰：『臣見前人增損圖書，敢不自量，竊幸萬一。』」加引號則提示讀者注意其用典，不可忽略也。

第七十八

386. 余向謂《說文》皆古文，今異者亦隻字句間。然從其異處論之已，覺義理長，非安國《書》可比。

按，「已」非句末語助詞，乃副詞，當屬下：然從其異處論之，已覺義理長，非安國《書》可比。

387. 《周書》曰「宮中之冗食，讀若《周書》，若藥不瞑眩」，

按，此本二句，錄《說文》引《周書》釋二字：「《周書》曰『宮中之冗食』」是《說文》釋「冗」字所引；「讀若《周書》『若藥不瞑眩』」是《說文》釋「㝵」字所引。而整理者誤合為一。當為：《周書》曰「宮中之冗食」，「讀若《周書》『若藥不瞑眩』」，

388. 「怨匹曰逑」與桓二年嘉耦曰「妃怨耦曰仇古之命也」同，

按，當作：「怨匹曰逑」與《桓二年》「嘉耦曰妃，怨耦曰仇，古之命也」同，

389. 伯冏「重今《冏命》」，蓋鄭、孔各有一《冏命》，故其稱名同，唯字別。

按，「伯冏」缺書名號，《史記·周本紀》：「穆王閔文武之道闕，乃命伯冏

申誡太僕國之政，作《騤命》。」即《冏命》。《說文·夰部》：「騤，《周書》曰《伯騤》。」而引號為多餘。

390.「貜有爪而不敢以撅」出《周書》。周祝解《說文》脫逸字，

按，《周祝解》是《周書》篇名，爪，今本作「蚤」。《說文·豸部》釋「貜」引《周書》，脫出「逸」字。故當作：「貜有爪而不敢以撅」出《周書·周祝解》，《說文》脫「逸」字，

第七十九

391. 左氏文七年郤缺引《夏書》曰：「戒之用休，董之用威。勸之以九歌，勿使壞書辭。」止此九功之德，皆可歌也，謂之九歌；六府、三事，謂之九功；水、火、金、木、土、穀，謂之六府；正德、利用、厚生，謂之三事。釋《書》辭如此，

按，整理者不明何者為《書》辭、閻君之辭與《左傳》郤缺之解釋語，造成錯誤。實當為：《左氏·文七年》郤缺引《夏書》曰「戒之用休，董之用威，勸之以九歌，勿使壞」：《書》辭止此。「九功之德，皆可歌也，謂之九歌；六府、三事，謂之九功；水、火、金、木、土、穀，謂之六府；正德、利用、厚生，謂之三事」：釋《書》辭如此。

392. 又恐九歌終未明也，遂倒裝於前，曰：水、火、金、木、土、穀，惟修正德、利用、厚生，惟和九功，惟敘九敘，惟歌戒之用休云云。

按，此又整理者不查《大禹謨》而亂加標點，實當為：又恐「九歌」終未明也，遂倒裝於前，曰：「水、火、金、木、土、穀，惟修；正德、利用、厚生，惟和。九功惟敘，九敘惟歌，戒之用休」云云。

393. 按《周禮》，大司樂職九德之歌。鄭司農以《春秋傳》六府三事一段注之。始明作《周禮》者，不顧也，足徵彼時其樂見存，人所共曉云。

按，此一節說作《周禮》者不詳釋九德之歌之原因，是因彼時其樂見存，人所共曉。而整理者憑空於「作《周禮》者」後加一逗號，反而使文意不明。故當為：按《周禮·大司樂》職「九德之歌」，鄭司農以《春秋傳》「六府三事」

一段注之。始明作《周禮》者不顧也,足徵……

394. 孝文時,得其樂人竇公,獻其書,乃《周官·大宗伯》之大司樂章
也……則魏文侯當六國初,已寶愛大司樂章,謂其為六國陰謀之書
者,

按,《大司樂》,《周禮》官職名。標示法同《周官·大宗伯》

395. 又按《晉書》,張華問李密:孔明言教何碎?密曰:昔舜、禹、皋
陶,相與語,故得簡。大雅誥與凡人言宜碎。孔明與言者,無己敵,
言教是以碎耳。

按,《晉書·李密列傳》中華書局本校勘記:「各本『雅大』二字顛倒,致
文義難曉。殿本乙正,今從殿本。」閻若璩所據《晉書》乃誤本,整理者失校,
故標點亦誤,使人不知所云。故當校正並標點為:張華問李密:「孔明言教何
碎?」密曰:「昔舜、禹、皋陶相與語,故得簡雅;《大誥》與凡人言,宜碎。
孔明與言者無己敵,言教是以碎耳。」

第八十

396. 讀左氏定四年《傳》,祝佗述蔡仲之事,其命書云:王曰,胡無若
爾考之違王命也。

按,杜預注:「胡,蔡仲名。」偽古文《尚書·蔡仲之命》亦曰:「王若曰:
『小子胡!』」閻君下文評論「蓋若劈面一喝,聞者心悸」。則「胡」非疑問代
詞。故當為:其命書云:「王曰:『胡!無若爾考之違王命也!』」

397. 在祝佗述其事……而蔡蔡叔以車七乘,徒七十人……而偽作是篇
者,亦如其例,彷彿其辭曰:「……囚蔡叔於郭鄰。以車七乘,降
霍叔於庶人。三年不齒,蔡仲克庸祗德,周公以為卿士。

按,既然偽作《蔡仲之命》者,「亦如其例,彷彿其辭」,「以車七乘,徒七
十人」在《左傳》中上屬於「蔡蔡叔」,到了《蔡仲之命》,「以車七乘」怎麼就
下屬於「降霍叔」了呢?這是整理者自己也說不通的。又,依文意,蔡仲既受
命為侯,不可能對其「三年不齒」。「三年不齒」應該是說霍叔。故後半當為:
囚蔡叔於郭鄰,以車七乘。降霍叔於庶人,三年不齒。蔡仲克庸祗德,周公以
為卿士。

398. 或曰：據子言，《書》直以「爾考之違王命」起，其蔡叔獲罪之由終，且莫知矣。

按，「獲罪之由終」，文不成義。終，「終且」，「終將」之意。如《新唐書·田布列傳》：「臣觀眾意，終且負國。」當為：其蔡叔獲罪之由，終且莫知矣。

399. 吾願學者以《書》自《書》，不必如引《書》者之追其事傳自傳，亦無庸以《傳》之文闌入於《書》而已矣。

按，「《書》自《書》」與下文「傳自傳」相對，故當標點為：吾願學者以《書》自《書》，不必如引《書》者之追其事；《傳》自《傳》，亦無庸以《傳》之文闌入於《書》而已矣。

400. 按王伯厚以此《傳》為未足信云：

按，「未足信」後必得加一逗號，否則「云」易誤解為語助詞。

401. 盟於踐土。蔡侯次在第五，衛子次在第七。此會也，祝佗述其載《書》「王若曰：晉重、魯申、衛武，蔡甲午鄭捷，齊潘，宋王，臣莒期」，衛又在蔡上此盟也。盟所以敬共明神本其始也。較會之次為重。

按，此一節有三誤：一、不知載書是會盟時所訂的誓約文書，而誤以為是《尚書》；二，不知踐土之盟參加者名；三不明句意而亂加標點。實當為：此會也，祝佗述其載書：「王若曰：『晉重、魯申、衛武、蔡甲午、鄭捷、齊潘、宋王臣、莒期。』」衛又在蔡上。此盟也，盟所以敬共明神，本其始也，較會之次為重。

402. 《傳》固云：乃長衛侯於盟，不曾云會何有誤？

按，此閻君答王伯厚「此傳為未足信」語，當為：《傳》固云：「乃長衛侯於盟。」不曾云會，何有誤？

403. 郭鄰正作郭凌，出《周書》，作雒解。

按，當作：出《周書·作雒解》。

404. 鄭後徙溱洧之間，施舊號於新邑，亦名鄭。未聞蔡復爾。爾不獨臆且瞀說矣。緣其瞀說則誤。讀《世本》，蔡叔居上蔡。宋仲子《注》云：胡徙居新蔡。

按，爾爾，如此也。當標點為：未聞蔡復爾爾。不獨臆，且瞽說矣。緣其瞽說，則誤讀《世本》「蔡叔居上蔡」宋仲子《注》云：「胡徙居新蔡。」

405. 故《世本》宋忠《注》曰：封從畿內之康，徙封衛，衛即殷墟畿內之康，不知所在良然。

按，「良然」為作者之評論語，不可屬上。

406. 竊以古人不甚拘。與或以乃作虛辭用，亦可。

按，此一節討論同族子孫互稱其祖，亦可用「乃」。故當為：竊以古人不甚拘與？或以「乃」作虛辭用，亦可。

407. 《伯禽》《唐誥》皆《書》篇名，皆不見今百篇《書》中，豈夫子所黜去乎？抑聖人亦有未及也。

按，「豈夫子所黜去乎，抑聖人亦有未及也」是選擇問句，故當為：豈夫子所黜去乎，抑聖人亦有未及也？

408. 然則，其所可知者，何則？三百五篇之序意是也；其所不可知者，何則？諸逸詩之不以序行於世者是也。

按，整理者有一不良之讀書習慣，即一律以本當屬下句之連詞「然則」單獨成句，古人語無此讀法也。又，連詞「則」有表對舉者。故似當為：然則其所可知者何？則三百五篇之序意是也；其所不可知者何？則諸逸詩之不以序行於世者是也。

409. 「天之所支，不可壞也，其所壞，亦不可支也」，此非武王所作《支之》詩乎？

按，以上文「此非祭公謀父所作《祈招》之詩乎」例之，當作：此非武王所作《支》之詩乎？

410. 今《風》《雅》《頌》皆無焉，其不以序行於世者耶，

按，此一節駁馬端臨之論：逸詩之所以不可知，是其不以序行於世。而閻君舉數例逸詩，皆以序行於世，卻沒有收入今《風》《雅》《頌》，故反問馬端臨：這些詩難道因為「不以序行於世」嗎？故當為：其不以序行於世者耶？

411. 存此三百五篇，以為其美，其刺已足立吾教矣。

按，「其美、其刺」是並列關係，不可隔斷。

412. 愚嘗反覆詳考，而覺朱未盡，非毛未全，是至《詩》有不可解處，
亦幾與《春秋》等。

按，此一節謂蘇子由說《詩》排擊紫陽（朱熹），而閣君迴護之。故當為：
愚嘗反覆詳考，而覺朱未盡非，毛未全是。至《詩》有不可解處，亦幾與《春
秋》等。

413. 周公居東二年，則罪人斯，得于後。公乃為詩以貽王，

按，此即《尚書·金縢》之文，亦即《毛詩·豳風·鴟鴞》之序，標點為：
周公居東二年，則罪人斯得；于後公乃為詩以貽王，

414. 《春秋》隱三年《傳》曰：「衛莊公娶於齊，東宮得臣之妹，曰莊
姜，

按，「齊東宮」不必分。

415. 閔二年《傳》曰：「初，惠公之即位也少，齊人使昭伯烝於宣姜，
不可強之，

按，「不可強之」是兩句：（昭伯）不可，（齊人）強之。故必須斷開。當作：
衛莊公娶於齊東宮得臣之妹，曰莊姜……齊人使昭伯烝於宣姜，不可，強之。

416. 若他非序而說之，得其旨，即從其序來者一。叔向曰：昊天有成命，
是道成王之德也。成王能明文昭能定武烈者也一。左史倚相曰：昔
衛公年數九十有五矣，猶箴儆於國，曰：……於是乎，作懿戒以自
儆。及其沒也，謂之睿聖武公。懿讀為抑，不勝於郊祀天地。衛武
公刺厲王之說乎？

按，此閣君論《毛詩序》與國史的關係，第二種是國史所述非《毛詩序》
原文，而從其《序》來，舉有二例，一為叔向所言《周頌·昊天有成命》，一是
左史倚相所言衛武公所作《大雅·抑》。《毛詩序》：「《抑》，衛武公刺厲王亦以
自警也。」故當標點為：若他非序，而說之得其旨，即從其序來者：一叔向曰：
「《昊天有成命》，是道成王之德也。成王能明文昭能定武烈者也。」一左史倚
相曰：「昔衛公年數九十有五矣，猶箴儆於國……於是乎，作《懿》戒以自儆。
及其沒也，謂之睿聖武公。」《懿》讀為《抑》。不勝於「郊祀天地，衛武公刺
厲王」之說乎？

417. 余曰：莫不善於抑。《序》曰：衛武公刺厲王，亦以自警也。

按，《抑》，已見於上條。此閻君贊同「朱子攻《毛傳》，正在講師之傳授，極中其要害」，故曰「莫不善於《抑·序》曰：『衛武公刺厲王，亦以自警也。』」

418. 或曰：追刺尤非虐君見在，始得出辭，其人已逝，即當杜口是也。

按，當斷作：或曰「追刺尤非。虐君見在，始得出辭。其人已逝，即當杜口」是也。

419. 而無奈《國語》有「作懿戒以自儆」一言，

按，《懿》即《抑》，已見於 416.。

420. 嗚呼，魯史不傳，朱子怯於說《春秋》。而《春秋》存，國史不傳，朱子果於說《詩》。而《詩》亡，我固謂朱子於《詩》亦得失相半爾。

按，此為對句，當標點為：嗚呼！魯史不傳，朱子怯於說《春秋》而《春秋》存；國史不傳，朱子果於說《詩》而《詩》亡：我固謂朱子於《詩》亦得失相半爾。

421. 宋晁說之以道論作詩者不必有序，夫既有序，而直陳其事，則詩可以不作矣。說詩者或不可以無序斷會一詩之旨，而序之庶幾乎發明先民之言，以告後生弟子焉。

按，此亦為對句，當為：宋晁說之以道論作《詩》者不必有序，夫既有序，而直陳其事，則《詩》可以不作矣；說《詩》者或不可以無序，斷會一詩之旨而序之，庶幾乎發明先民之言，以告後生弟子焉。

422. 今之說者日：序與詩同作，

按，日，當作「曰」。此整理者之誤。

423. 須知當日大師陳詩，遒人采詩，皆知此詩之所以作。其所以作之故，錄掌於國史。

按，「此詩之所以作、其所以作之故」皆是「知」的賓語，中間不得用句號。

424. 觀《金縢》、左氏則可得其體式。

按，左氏，這裡指《左傳》；下文「至謂岐下石鼓安睹序」，石鼓，指《石鼓文》；下文「詩者，其事也，齊、魯、韓、毛則證驗之人也」，「詩」字指《詩經》：

皆當加書名號。推之下文「齊、魯、韓三家」「則譬之公羊氏而已矣，穀梁氏而已矣」，亦當仿此而辦理。

425.《離騷》無序而序出于玉逸。

按，玉逸，王逸也。

426. 桑間即鄘之桑。中篇巫臣所謂有桑中之喜，正指竊妻事，

按，《桑中》乃《毛詩·鄘風》篇名。「巫臣所謂有桑中之喜」是《左傳》事。故當為：《桑間》即《鄘》之《桑中》篇，巫臣所謂「有桑中之喜」，正指竊妻事，

427. 安得有鄭衛，是長淫導奸矣……大抵詩之言淫譴者，為里巷所布，

按，鄭衛，當為《鄭》《衛》，指《鄭風》《衛風》。詩，當為《詩》。其他處當同此。

428. 鄭亦注《新宮》，《小雅》逸篇。

按，此說不明。當為：鄭亦注《新宮》「《小雅》逸篇」。

429. 孔子時年三十五，去孔子年四十三退修《詩》《書》《禮》《樂》，弟子彌眾，僅八年。

按，「退修《詩》《書》《禮》《樂》，弟子彌眾」是閻君引《史記·孔子世家》語，當加引號：去孔子年四十三「退修《詩》《書》《禮》《樂》，弟子彌眾」僅八年。

430.《周禮》射人王以《騶虞》九節，諸侯以《狸首》七節，孤卿大夫及士以《采蘋》《采蘩》五節。

按，此一節閻君乃節略引《周禮·夏官司馬·射人》職，故當為：《周禮·射人》：「王以《騶虞》九節，諸侯以《狸首》七節，孤卿大夫及士以《采蘋》《采蘩》五節。」

431. 余嘗疑何彼襛矣屬東遷以後之詩，

按，《何彼襛矣》是《毛詩·召南》篇名。當標書名號。

432.《宋史·儒林傳》亦載柏之言曰：今詩三百五篇，豈盡定於夫子之手所刪之《詩》？容或有存於閭巷浮薄之口，漢儒取以補亡，

按，當作：今《詩》三百五篇，豈盡定於夫子之手？所刪之《詩》，容或有

存於閭巷浮薄之口，

433. 又按固哉為《詩》，孟子以謂高叟。

按，《孟子・告子下》：「固哉，高叟之為《詩》也！……固矣夫，高叟之為詩也！」「固哉為詩」已為成語，當加引號。

434. 《旄邱》，《詩序》，「狄人追逐黎侯……」

按，當作：《旄邱》詩序：「狄人追逐黎侯……」

435. 或曰：錢與朱畢竟，孰為是？

按，「錢」指錢牧齋（謙益），「朱」指吳江朱長孺。「畢竟」是副詞。當標為：錢與朱畢竟孰為是？

436. 朱子所謂本之二《南》，以求其端；參之列國，以盡其變；正之於
　　　《雅》，以大其規；和之於《頌》，以要其止者，學《詩》之旨，

按，以上下文例之，「參之列國」，「國」即《國風》也，當加書名號。又，「本之」之前，「其止」之後，朱子之言，加引號為宜。

437. 又其官屬所掌，皆有世奠。係之說方采詩之時，大師掌其事，

按，《周禮・春官宗伯・瞽矇》：「諷誦《詩》、世奠繫，鼓琴瑟。」鄭玄注：「世奠繫謂帝系、諸侯、卿大夫，《世本》之屬是也……瞽矇主誦《詩》並誦世系，以戒勸人君也。」世奠繫相當於君王之家史，瞽矇誦之以教育人君。故當為：又其官屬所掌，皆有「世奠繫」之說。方采詩之時，大師掌其事，

438. 胡朏明曰：采詩采字，均當作陳。蓋詩有采有陳。

按，此說「采」字當作「陳」字。故當為：胡朏明曰：「『采詩』『采』字，均當作『陳』。」蓋詩有「采」有「陳」。

439. 班孟堅曰：自孝武立樂府而采歌謠，於是有代趙之謳，奏楚之風。

按，奏，當作「秦」。

440. 萬石君謂子慶曰：內史貴人坐車中，自如固當，夫豈真以不下車為
　　　是乎？

按，此閻君約引《史記・萬石張叔列傳》，萬石君之子慶，酒後回家，入里門不下車，「萬石君讓曰：『內史貴人，入閭里，里中長老皆走匿，而內史坐車中自如，固當！』」故當為：「內史貴人，坐車中自如，固當！」

441. 吾友閣百詩次魯齊，華川、篔墩、陽明、鹿門、諸論為一帙，有味哉。

按，次，編纂。「魯齊」為「魯齋」之誤。魯齋蓋指元許衡，有《魯齋遺書》傳世。故當為：吾友閣百詩次魯齋、華川、篔墩、陽明、鹿門諸論為一帙，有味哉！

442. 某謂夫子之所錄，得以流傳者，維此之故；天子之所刪，得以篡入者，亦維此之故。

按，「天子」，顯為「夫子」之誤。此又整理者自誤。

443. 馬貴與舉此以明《序》之不可廢，以為之四詩者，皆賴《序》而明。若舍《序》以求之，則子云美新之作，袁宏九錫之文耳。

按，揚雄作《劇秦美新》（簡稱《美新》）以讚美王莽，袁宏受桓溫脅迫而作《九錫》之文，皆不得其正。故二者皆當加書名號。

444. 自此義不明，世遂以子夜讀曲宮體諸詩，為得國風之遺意，下逮花間諸人及柳、晏、秦、周輩倚聲填詞，

按，子夜、讀曲、國風、花間，皆當加書名號。

445. 回憶少疑《鄉飲酒》、《燕》、《鄉射禮》、并歌《召南》首三篇，越《草蟲》，取《采蘋》，為亂次。

按，此句謂語「疑」之賓語為一小句，故「並歌」前不得有頓號，「為亂次」前不得有逗號：回憶少疑《鄉飲酒》、《燕》、《鄉射禮》並歌《召南》首三篇，越《草蟲》取《采蘋》為亂次。

446. 以此法觀詩可也，觀書亦可也，

按，「詩、書」皆當加書名號。

447. 所去者，亦不過三十有二篇，使不得滓穢雅頌殽亂。二《南》初不害其為全經也。

按，此是閣君主張從《毛詩》中刪去所謂「淫詩」。故後句當斷為：使不得滓穢《雅》《頌》，殽亂二《南》，初不害其為全經也。

448. 至《采葛》，曾謂作淫詩，而情款未明，今復云爾。殆所謂自亂其說者歟？

按，云爾，作「如此說」解。今復云爾，殆所謂自亂其說者歟，二句之間乃假設關係，故不能用句號。

449. 且如褒姒滅之幽王之詩也，而次於前召伯營之宣王之詩也，而次於後序者，不得其說，

按，《小雅・正月》：「赫赫宗周，褒姒威之。」毛序：「大夫刺幽王也。」又，《黍苗》：「肅肅謝功，召伯營之。」鄭箋：「陳宣王之德。」整理者於《詩》不熟，故照錄了事。當為：且如「褒姒滅之」，幽王之詩也，而次於前；「召伯營之」，宣王之詩也，而次於後：序者不得其說，

450. 武王作《武》……其三曰「鋪時繹思我徂維求定」；其六曰「綏萬邦，屢豐年」。

按，「綏萬邦，屢豐年」為兩句，何以《周頌・賚》「鋪時繹思，我徂維求定」為一句？

451. 知今日之《詩》已失古人之次，非夫子所謂雅頌各得其所者矣。

按，當為：非夫子所謂「《雅》《頌》各得其所」者矣。

卷六上

第八十一

452. 當仲康即位，初有九月日食之變，

按，本書第八，已標點為「當仲康即位初，有九月日食之事」。

453. 以仲康四年九月朔日食，而誤附于「肇位四海」之後。以元年五月朔日食，而謬作季秋集房之文皆非也。

按，「皆非也」否定所有上文，故當作：以仲康四年九月朔日食，而誤附於「肇位四海」之後；以元年五月朔日食，而謬作「季秋集房」之文：皆非也。

454. 案星傳太白辰星常附日而行，十月日在尾箕，昏沒于申南，而東井方出，于寅北二星，何得背日而行？

按，《星傳》，書名。「申南」與「寅北」相對。故當為：案《星傳》：「太白、辰星常附日而行。十月，日在尾箕，昏沒于申南，而東井方出于寅北。」

二星何得背日而行？

455. 五星乃以前三月聚東，井非十月也。

按，東井，星宿名，即井宿。

456. 而魏晉間《書》乃出一妄男子，多憑虛安處之。論以曆法，則不合於天文；以典禮，則不合於夏制。屢折之於理，既如彼其乖。茲參之以數，復如此其謬。曾謂天下萬世，人兩目盡眯，而無一起而正之者乎？

按，標點訛亂，文不成義，且頓失其整齊對應之格式。當為：而魏晉間《書》乃出，一妄男子，多憑虛安處之論：以曆法，則不合於天文；以典禮，則不合於夏制；屢折之於理，既如彼其乖；茲參之以數，復如此其謬。曾謂天下萬世人兩目盡眯，而無一起而正之者乎？

457. 善夫，元行沖有言：章句之士，疑於知新。果於仍故，比及百年，當有明哲君子，恨不與吾同世者。予實有此慨歎耳。

按，此乃閻君略引唐元行沖《釋疑》文句，整理者未核對，遂使讀者不明原文迄於何處。當為：元行沖有言：「章句之士，疑於知新，果於仍故。比及百年，當有明哲君子，恨不與吾同世者。」予實有此慨歎耳。

458. 孔《疏》云：漢世通儒未有以歷考此辛卯日食者，似是康成考之方作箋云。

按，整理者不加引號，似二句皆正義文，實則不然。當為：孔《疏》云：「漢世通儒未有以歷考此辛卯日食者。」似是康成考之，方作箋云。

459. 後之算曆者，於夏之辰弗集房周之十月之交，皆欲以術推之。

按，此說兩事，當為：後之算曆者於夏之「辰弗集房」、周之「十月之交」，皆欲以術推之。

460. 案呂氏載秦八年有秋甲子朔朔之日之文。

按，文出《呂氏春秋·序意》篇。當為：案《呂氏》載，秦八年有「秋甲子朔，朔之日」之文。

461. 蓋予推步以曆仲康十三年中惟十一年壬申歲，

按，「以曆」後當加逗號。

462. ……四月戊申日酉正初刻合朔，亦入食，限加柰時，

按，此「入食，限」必當如他處作：入食限

463. 然亦直至唐浮圖一行，始闡發無遺，深合《周禮保章氏》以星土辨
　　 九州之義。

按，作《周禮保章氏》，則無此書；作《周禮‧保章氏》，則知為《周禮‧春
官宗伯》官名，「以星土辨九州」正其職。當作：深合《周禮‧保章氏》「以星
土辨九州」之義。

464. 其地當南河之北北河之南界以岱宗至于東海自碣首逾河，

按，當斷為：其地當南河之北、北河之南，界以岱宗，至于東海，自碣首
逾河，

465. 於《易》，氣以陽決陰，夬象也。

按，夬，卦名，當加書名號。

466. 今又天下一統，而直以鶉火為周分，則疆場舛矣。

按，疆場，「疆場」之誤字，整理者失校。

第八十二

467.「帝曰：咨，汝羲暨和」一節，純用朱子訂。《傳》既非堯曆，亦非
　　 宋曆，

按，此謂蔡氏《書集傳》純用朱子說訂之。故當為：「帝曰：咨，汝羲暨
和」一節，純用朱子訂《傳》，既非堯曆，亦非宋曆，

468. 故置閏之法，其先則三年一閏者三，繼以兩年一閏者一續，又三年
　　 一閏者二，繼以兩年一閏者一。

按，「續」與「繼」同，屬下。

469. 而日與天會月一，日不及天一十三度三十六分八十七秒五十微，
　　 積二十九日五十三刻五分九十三秒。而月與日會，十二會通計得
　　 日三百五十四日三十六刻七十一分一十六秒，是一歲月行之數，
　　 日與天會而多五日二十四刻二十五分，為氣盈。月與日會，而少
　　 五日六十三刻二十八分八十四秒，為朔虛。

按，閻君此一節依太陰曆每日與太陽曆比較，每日之長略短，以闡述置閏之原因及其方法。又據後文之「月與日會」「日與天會」，可知前句當斷為：而日與天會，月一日不及天……

470. 唐蘇源明常語人，吾不幸生衰俗，所不恨者，識元紫芝若。生今之世，去唐抑又遠矣，吾不惟不恨，且大幸者，獲從諸君子游，洞悉今日之曆法。

按，《新唐書‧元德秀列傳》：「元德秀字紫芝……蘇源明常語人曰：『吾不幸生衰俗，所不恥者，識元紫芝也。』」故當為：唐蘇源明常語人：「吾不幸生衰俗，所不恨者，識元紫芝。」若生今之世……

471. 晁說之言，「以閏月定四時」，古文「定」作「正」，《開元方》誤作「定」。

按，「開元」當指《開元占經》，唐瞿壇悉達撰，占天象物異。故當為：晁說之言：「以閏月定四時，古文『定』作『正』，《開元》方誤作『定』。」

472. 明鄭善夫繼之言，定歲差，宜定歲法，於二至餘分絲忽之間定日法，於氣朔盈虛一晝之際定日月交食，於半秒難分之所而後曆法始為精密。

按，以後推前，當為：明鄭善夫繼之言：定歲差，宜定歲法於二至餘分絲忽之間，定日法於氣朔盈虛一晝之際，定日月交食於半秒難分之所——而後曆法始為精密。

473. 以三十六日食論，有誤五為三者。莊公十八年，僖公十二年；是有誤三為二者，文公元年是；有誤十為七者，宣公八年是……

按，此閻君列舉《春秋》記日食失誤之處。故當為：有誤五為三者，《莊公十八年》、《僖公十二年》是；有誤三為二者，《文公元年》是……

474. 惟金擅蔡仲全告其弟子秦雲九曰

按，「金擅」當作「金壇」，整理者失校。

475. 想因當日史官算失一閏，誤以二十一年之九月作十月，朔日食，已書之史矣。他日又誤以二十四年七月作八月，朔日食，已書之史矣。既而見其失閏不合也。乃于兩年各補足一閏，書為二十一

年九月朔日食,二十四年七月朔日食。

按,「某月朔日食」,是史家記載日食通例。故此一節前半兩句「十月,朔日食」「八月,朔日食」皆誤,而後半兩句不誤。

476. 余謂此或出於錯簡乎?如《論語》「誠不以富,亦祇以異」,脫簡於齊景公章內,而錯簡於是惑也之下。

按,《論語·顏淵》「既欲其生,又欲其死,是惑也。誠不以富,亦祇以異。」下章即「齊景公問政於孔子」。故閻君疑「誠不以富,亦祇以異」為錯簡。故當標出錯簡位置:如《論語》「誠不以富,亦祇以異」,脫簡於「齊景公」章內,而錯簡於「是惑也」之下。

477. 逮程子、鄭康成出,方始覺悟。意襄公二十一年、二十四年之前、之後,必有某公其年為冬十月庚辰朔日有食之者,又有為八月癸巳朔日有食之者。脫其簡于彼,而錯其簡于此。

按,比照上條,則當為:逮程子、鄭康成出,方始覺悟,意襄公二十一年、二十四年之前、之後,必有某公其年為「冬十月庚辰朔,日有食之」者,又有為「八月癸巳朔,日有食之」者。脫其簡於彼,而錯其簡於此。

478. 則今曆上推哀公十一年當閏二月,如是史舊書五月,公會吳,伐齊者,

按,公會吳,伐齊者,文不成義。《左傳·哀公十一年》:「五月,公會吳伐齊。」

479. 又按董仲舒以為襄二十四年比食,又既象陽,將絕楚子主上國之兆,

按,如此,文不成義。《漢書·五行志下之下》:「『八月癸巳朔,日有食之』,董仲舒以為比食又既,象陽將絕,夷狄主上國之象也。」故當為:又按董仲舒以為《襄二十四年》「比食又既,象陽將絕,楚子主上國之兆。」

480.《漢·五行志》載谷永占歲首正月朔日是為三朝尊者惡之。

按,據《漢書·五行志下之下》原文,當為:《漢·五行志》載:「谷永占歲首正月朔日,是為三朝,尊者惡之。」

481. 又推十二月癸亥日辰時合朔十二月初二乃為甲子日，

按，「合朔」後當逗。

482.《綱目》書法云：

按，元劉友益著《通鑒綱目書法》，故當為《綱目書法》。

483. 夫以非常之曆，紀舉非常之祀典，

按，「曆紀」一詞，即曆法。上文「於是年祀明堂，則書甲子朔旦，何重曆紀也」則是。

484. 又按《洪範》篇自有傳注月之從星，則以風雨。星皆承上文箕、畢二星來，

按，閻君此文討論《尚書》及孔傳真偽問題，則整理者必然應對閻君所引《尚書》及孔傳文字十分敏感，必加引號。而「月之從星，則以風雨」為《尚書·洪範》篇原文。當為：又按《洪範》篇自有傳，注「月之從星，則以風雨」，「星」皆承上文箕、畢二星來，

485. 是月之從五星，又非盡貼經星言歷。歷驗而不爽。

按，經星，舊稱二十八宿等恒星，與行星稱緯星相對。「言歷歷」常連說，故當為：是月之從五星，又非盡貼經星，言歷歷驗而不爽。

486. 然《漢·天文志》，箕星為風東北之星也。下即以書星有好風。

按，《漢·天文志》：「箕星為風，東北之星也。」下文為：《書》曰：「星有好風，星有好雨。」故後句當為：下即以《書》「星有好風」。

487. 史《天官書》不有軫星好風，星占不有東井好風雨說乎？

按，「史」指《史記》，《星占》亦書名，故當為：《史·天官書》不有「軫星好風」、《星占》不有「東井好風雨」說乎？

488. 又按《天官書》《天文志》並云：軫為車主風，蓋軫車之象也，與異同位，為風車動行疾似之。

按，當為：軫為車，主風。蓋軫，車之象也，與巽同位，為風，車動行疾似之。

489.《說文》璣珠不圓者。

按，此說不明。當作：「璣，珠不圓者。」

490. 十二月經朔則壬午日，而定朔在癸未，日子時乃夜食，不見。

按，當為：而定朔在癸未日，

491.《綱目》書法曰：

按，元劉友益撰《通鑒綱目書法》，簡稱《綱目書法》。

第八十三

492. 劉歆《三統曆》有「惟十有二年六月康午朏」之文。

按，「康午」為「庚午」之誤。下文「則庚午實為月之三日」可證。

493. 蓋康王十二年歲在甲戌者，邵子皇極經世之數也。

按，《皇極經世》，宋邵雍所著書，上文已標為書名，此處則奪去。下文「皇極」亦指此書，又奪去書名號。

494. 天祚宋代絕學，有繼程子出而理明……邵子出而數明。

按，當為：天祚宋代，絕學有繼：程子出而理明……邵子出而數明。

495. 參以《周本紀》，穆王即位春秋已五十，立五十五年崩。此百年謂《書》所作之年，在位仍五十五年，皆合《夏本紀》帝相崩，子帝少康立。

按，「皆合」指《呂刑》所載「王享國百年」與《周本紀》所記皆合，非關《夏本紀》事。故「皆合」後當加句號或分號。「《夏本紀》」云云，是下一句。

496. 又按《多士》本在《多方》，前金仁山案《多方》云：「惟五月丁亥，王來自奄」，《多士》云「昔朕來自奄」，則《多方》在《多士》之前明甚。

按，首句當作：又按《多士》本在《多方》前，

497. 從而緒正，繫《多士》於成王七年三月，下為即甲子周公朝用書之書。《多方》繫成王五年五月，下篇有「奔走臣我監五祀」之文，

按，謂《多方》當列於《多士》之前：「甲子，周公朝用書」是《召誥》中語，而「奔走臣我監五祀」是《多方》中語。故當為：從而緒正：繫《多士》於「成王七年三月」下，為即「甲子，周公朝用《書》」之《書》；《多方》係成王五年五月下，篇有「奔走臣我監五祀」之文。

498. 殷見曰，同鄭注眾見。四方諸侯，四時分來，亦以夏時。

按，《周禮・春官宗伯・大宗伯》「時見曰會，殷見曰同」鄭玄注：「殷猶眾也。」故當為：「殷見曰同」鄭注：「眾見。四方諸侯，四時分來。」亦以夏時。

499.《堯典》所云作訛成易，是萬古一也。

按，「作訛成易」，概括了《堯典》中的四時農事，即「平秩東作」「平秩南訛」「平秩西成」「平在朔易」。因此必加引號，以給讀者以必要的提示：《堯典》所云「作、訛、成、易」，是萬古一也。

500. 莫善於《周書》周月解一段。

按，《周月》是逸《周書》篇名（實際此書篇名皆無「解」字，「解」是晉孔晁注解書之名。即如《淮南子》諸篇「訓」字，是東漢高誘注釋書之名一樣。然古人多不解此事，故多稱其篇名為《度訓解》《周月解》《天文訓》《時則訓》云云。今姑仍其舊）。故當為：莫善於《周書・周月解》一段。

501. 又按《三國志》，魏明帝景初元年改《大和曆》曰《景初曆》，其春、夏、秋、冬，孟仲、季月，雖與正歲不同，至於郊祀、迎氣、祐祠、蒸嘗、巡狩、搜田、分至、啟閉，班宣時令中氣早晚，

按，「孟、仲、季」本並列，整理者卻將「孟、仲」合一；「分、至、啟、閉」本亦並列，整理者卻將其兩兩合一（《左傳・僖公五年》：「凡分、至、啟、閉，必書雲物。」分：春分、秋分，至：夏至、冬至，啟：立春、立夏，閉：立秋、立冬）。「時令中氣早晚」也宜斷為三事。

502. 正歲即《周官》大宰之正歲建寅者。

按，《周官・天官冢宰・大宰》「正月始吉」孔穎達疏有「正歲建寅之月」語。故當標點為：正歲即《周官・大宰》之「正歲建寅」者。

503. 然猶曰：字有不同也。若何以卒歲？夏正之歲也。曰：為改歲，周正之歲也。《月令》，季秋曰來歲，秦正之歲也；季冬曰來歲，夏正之歲也。「十月蟋蟀入我床下」，夏正之十月也。十月之交朔日辛卯，周正之十月也。

按，此一節閻君雜引《毛詩》及《禮記・月令》之文，斷其是周正抑或夏正。但因整理者不諳經典，只知「十月蟋蟀入我床下」為《豳風・七月》之句，不知「何以卒歲」「曰為改歲」亦其句，又不知「十月之交，朔日辛卯」

為《小雅·十月之交》之句,遂皆未加引號。故當為:然猶曰「字有不同也」。若「何以卒歲」,夏正之歲也;「曰為改歲」,周正之歲也。《月令》「季秋」曰「來歲」,秦正之歲也;「季冬」曰「來歲」,夏正之歲也。「十月蟋蟀入我床下」,夏正之十月也;「十月之交,朔日辛卯」,周正之十月也。

504.《論語》「莫春」者,夏之暮春也。

按,閻文例引句,而《論語·先進》「莫春者,春服既成。」則「莫春者」,「者」宜在引號內。

505.《君雅》「夏日暑雨冬祁寒」,不改時即不改氣者也。

按,嚴格地說,《君雅》(《尚書·君牙》)原文為「夏暑雨,小民惟曰怨咨;冬祁寒……」故當作:「夏日暑雨、冬祁寒」……

506.《左傳》昭十七年「當夏四月,建巳也」,

按,《左傳·昭公十七年》:「當夏四月,是為孟夏。」「建巳也」是閻君斷語,不在引號之中。

507. 若曾子「一人口中,病於夏畦」,夏,夏之夏也。「秋陽以暴」之秋,周之秋也。

按,「一人口中」非曾子語,「病於夏畦」「秋陽以暴之」方曾子語。故當為:若曾子一人口中,「病於夏畦」,夏,夏之夏也;「秋陽以暴之」,秋,周之秋也。

508. 故十一月有蘭射千芸荔之應天以為正。周以為春十二月,陽氣上通,雉雊雞乳,地以為正。殷以為春十三月,陽氣已至,天地已交,萬物皆出,蟄蟲始振。人以為正,夏以為春。

按,此一節全取《後漢書·陳寵列傳》:「夫冬至之節,陽氣始萌,故十一月有蘭、射干、芸、荔之應……天以為正,周以為春。十二月陽氣上通,雉雊雞乳,地以為正,殷以為春。十三月陽氣已至,天地已交,萬物皆出,蟄蟲始振,人以為正,夏以為春。」李善注引《易卦通驗》:「十一月廣莫風至,則蘭、夜干生。」《月令》:「仲冬日短至,陰陽爭,諸生蕩,芸始生,荔挺出。」又釋「芸,香草。荔,馬薤。」則「蘭、射干、芸、荔」皆香草,整理者不明文義,又誤「射干」為「射千」。當為:故十一月有蘭、射干、芸、荔之應,

天以為正，周以為春；十二月陽氣上通，雉雊雞乳，地以為正，殷以為春；十三月陽氣已至……人以為正，夏以為春。

509. 陽生而春始盡，於寅而猶夏之春也；陰生而秋始盡，於申而猶夏之秋也。

按，謂「陽生而春始盡」，於理不可通。十一月（子月，周曆正月春）一陽生，五月（午月，周曆七月秋）一陰生，寅、申分別為夏曆之一月、七月，故當為：陽生而春始，盡於寅而猶夏之春也；陰生而秋始，盡於申而猶夏之秋也。

510. 近王恭簡亦以可。兩言而決者，子月為一歲之始，猶子時為一日之始。安在建子不可以為春也與？

按，當為：近王恭簡亦以可兩言而決者：子月為一歲之始，猶子時為一日之始。安在建子不可以為春也與？

511. 或曰：子於「親喪不行三年之喪，而僅期年」為曰：此固當時之變禮也。

按，前「曰」為問，後「曰」為答，故「為」乃句末表疑問語助詞，當屬上。當為：或曰：「子於『親喪不行三年之喪，而僅期年為』曰：『此固當時之變禮也……。』」

512. 彼春秋之末且然，何有于秦？秦猶勝，既葬而除者多矣。猶為近古。

按，此句意為「秦遠比葬禮後即除喪為強」。故後句當為：秦猶勝既葬而除者多矣，猶為近古。

513. 始死，則正嗣子之位，《顧命》「逆子釗於南門之外，延入翼室」。是也。既殯，則正繼體之位，《顧命》「王麻冕黼裳」，「入即位」是也。

按，兩「是也」用法一致，後者是而前者非：始死，則正嗣子之位，《顧命》「逆子釗於南門之外，延入翼室」是也。既殯，則正繼體之位，《顧命》「王麻冕黼裳」「入即位」是也。

514.《周書‧時訓》解立春之日，東風解凍，

按，余於 500.已辨逸《周書》篇名不當有「解」字，「解」是晉孔晁注解書之名（此下文即直稱此篇為《時訓》）。然舊文人或習以為常，故此仍當算作篇名。且此章首二句即「立春之日，東風解凍」。

515. 又按，「維暮之春」鄭箋謂，周時之寅月，蓋諸侯來朝，助祭於廟，
    畢時當寅月，遣之歸，

按，「維暮之春」，《周頌・臣工》之句。鄭箋：「周之季春，於夏為孟春。」「周時之寅月」是閻君以意說之，非直接引語。然整理者如此標點，似乎「周時」以下，全為鄭箋之語；實則「蓋」以下，是閻君按語。故當為：又按，「維暮之春」，鄭箋謂周時之正月。蓋諸侯來朝，助祭於廟畢，時當寅月，遣之歸，

516. 漢武紛紛制作，惟改用夏正，足為萬世之法。以此坊民猶有魏明帝
    以建丑為正，並改三月為孟夏。唐武氏以十一月為正月，復以正月
    為春一月。肅宗不以數紀月，以斗所建辰為名，

按，「以此坊民」，此閻君用《禮記・坊記》「以此坊民，民猶得同姓以弒其君」「以此坊民，民猶偝死而號無告」「君子以此坊民，民猶薄於孝而厚於慈」筆法，故「以此坊民」當斷，其後諸事並列，不得輒用句號，以阻斷文氣，妨礙句意之貫通。故當為：以此坊民，猶有魏明帝以建丑為正，並改三月為孟夏；唐武氏以十一月為正月，復以正月為春一月；肅宗不以數紀月，以斗所建辰為名……

517. 故杜既有《荒村建子月》以紀其始，復有《元年建巳月》二篇以紀
    其終。

按，杜甫《草堂即事》：「荒村建子月，獨樹老夫家。」《戲贈友二首》其一曰：「元年建巳月，郎有焦校書。」其二曰：「元年建巳月，官有王司直。」則閻君乃以詩句代篇，非篇名也。篇自有名，《草堂即事》《戲贈友二首》是也。

518. 三百篇有改歲者，「曰為改歲」；有改時者，「維莫之春」；有改月者，
    《十月之交》。

按，三百篇，此指《詩經》，故當加書名號。「曰為改歲」（《豳風・七月》）「維莫之春」（《周頌・臣工》）皆《詩》句，則「十月之交」（《小雅・十月之交》首章首句）不必為《詩》名，因此處強調的是《詩》句反映的時令內容。

519. 楊升庵曰：《詩》可以觀。予則于茲益徵之矣。

按，「《詩》可以觀」，是《論語·陽貨》孔子語，當加引號，原因有三：一、是楊升庵言，二、為引用孔子言，三、於此處表示特定意義。當為：楊升庵曰：「『《詩》可以觀。』」

520. 又按吾聞諸嘗熟諸公，經解，元儒勝宋儒，擊節以為知言。他勿論，只歲、時、月之改，斷斷鑿鑿，遠本漢儒。近詆蔡《傳》之非，

按，末二句「遠、近」相對而言，不可用句號間隔。

521.《戰國策》《易傳》不云乎：居上位，未得其實，而喜其為名者，必以驕奢為行，據慢驕奢，則凶必從之。荀卿書國風之好色也，《傳》曰：盈其欲，而不愆其止。其誠可比於金石，其聲可內於宗廟。《小雅》不以於污上自引而居下，疾今之政，以思往者。其言有文焉，其聲有哀焉。

按，此一節引兩書：《戰國策·齊策四》與《荀子·大略篇》，頭緒複雜，正須整理者條分縷析，以標點明之：《戰國策》：「《易傳》不云乎：『居上位，未得其實，而喜其為名者，必以驕奢為行，據慢驕奢，則凶必從之。』」《荀卿書》：「國風之好色也，《傳》曰：『盈其欲而不愆其止，其誠可比於金石，其聲可內於宗廟。』《小雅》不以於污上，自引而居下，疾今之政，以思往者。其言有文焉，其聲有哀焉。」

522. 又按有以歸熙甫《經序》錄序來問者，余曰：此《序》最佳，今人那復辦此。

按，清俞樾《茶香室四鈔·諸經序錄》：「國朝光聰諧有《不為齋隨筆》云：『《歸震川集》有《代作經序錄序》云：「宗室西亭公為《諸經序錄》，凡為經之傳注訓詁者，皆具載其序之文，使學者不得見其書而讀其序，固已知其所以為書之意，實嘉惠後學之盛心也。」西亭公謂朱睦㮮，《經序錄》凡五卷，《明史·藝文志》載之。據震川所序，則此書實為秀水朱氏《經義考》之嚆矢。』」則知《經序錄序》乃明學者歸有光為明宗室朱睦㮮所著《經序錄》而作之序。

523.《春秋》公穀浸微。

按，《公》、《穀》，《公羊傳》與《穀梁傳》，必加書名號。

524. 朱子本義以八月為自《復》卦一陽之月，

按，朱子本義，指朱熹《易本義》。「本義」當加書名號。

525. 至《遯》卦二陰之月，陰長陽《遯》之時。

按，後「遯」與「長」相對，不過是敘述之辭，與「消」義近，非卦名。

526.《復》之《彖》曰：「七日來復」，是自夏正五月，一陰長數，至夏
　　正十一月，一陽來復，日屬陽，故陽稱七日扶之，欲其亟長也。

按，此一節為舊說卦者之辭，釋「七日來復」，謂自夏正五月，一陰長；
從五月數七，正夏曆十一月，一陽生。日為陽，七亦陽數，故曰「七日」。蓋
以「扶」釋「復」，故曰「扶之」，欲陽氣速長。故當為：《復》之《彖》曰：
「七日來復」，是自夏正五月，一陰長；數至夏正十一月，一陽來復。日屬陽，
故陽稱「七日」；扶之，欲其亟長也。

527.「八月有凶」，是自夏正十二月，二陽長數，至夏正七月三陰長月，
　　屬陰，故陰稱八月，抑之欲其難長也。

按，此與上一節同理，故當為：「八月有凶」，是自夏正十二月，二陽長；
數至夏正七月，三陰長。月屬陰，故陰稱八月，抑之，欲其難長也。

528. 於卦為《否》三陰長而陽消，

按，「於卦為《否》」後當加逗號。

529.《否》……其凶甚矣。非若《遯》，猶有厲，而《觀》絕無凶也。而
　　沈《否》之《彖》曰

按，此一節比較《否》《遯》《觀》諸卦，謂《觀》絕無兇險而深沉（「上
九，觀其生，君子无咎。」《象》：「觀其生，志未平也。」此深沉也）。故當
為：非若《遯》猶有厲，而《觀》絕無凶也而沈。《否》之《彖》曰

530.《周官》遂大夫正歲，簡稼器謂耒耜，錢鎛之屬，修稼政謂修，封
　　疆、相丘陵、原隰皆孟春之事。

按，此段閻君雜引《周官‧地官司徒‧遂大夫》職文及注：「正歲，簡稼器，
修稼政。」鄭玄注：「簡猶閱也。稼器，耒耜、錢鎛其之屬。稼政，孟春之《月令》
所云『皆修封疆，審端徑、術，善相丘陵阪險原隰土地所宜。』」故當為：《周
官‧遂大夫》「正歲，簡稼器」謂耒耜、錢鎛之屬，「修稼政」謂修封疆、相丘

陵原隰：皆孟春之事。

531. 若待建辰之三月始始新畬，始峙錢鎛不亦晚乎？

按，據清顧棟高《春秋時令表》卷一，後「始」當作「治」，整理者失校。
則當作：若待建辰之三月，始治新畬、始峙錢鎛，不亦晚乎？

532. 孟春之時，三陽發動，麥已生長，是以祈穀之辭。先言將受「來牟」
之明賜，繼之以「迄用康年」，而終之以「奄觀銍艾」。

按，此一節全用《周頌·臣工》「於皇來牟，將受厥明。明昭上帝，迄用康
年。命我眾人，峙乃錢鎛，奄觀銍艾」文，此即「祈穀之辭」。「是以祈穀之辭」，
既承上數句，又引起下數句，故絕不可用句號，只能用逗號。

533. 又按金德純素公《周正匯考》，序三代異，建朔必與正合，

按，《周正匯考》是清學者萬斯大著，而金德純為之序。「異建」即曆制不
同。清黃以周《禮書通故·即位改元禮通故》：「何休云：『春秋之義，三代異
建。有適勝以別貴賤，有佀娣以廣親疏；立適以長不以賢，立子以貴不以長。』」
故當為：又按金德純素公《周正匯考序》：「三代異建，朔必與正合……」

第八十四

534. 古文《湯誥》……其辭曰：「維三月，王自至於東郊，告諸侯羣后，
毋不有功於民，勤力迺事，予乃大罰殛，女毋予怨。曰古禹皋陶久
勞于外，其有功乎民，民乃有安。東為江，北為濟，西為河，南為
淮，四瀆已修，萬民乃有居。后稷降播，農殖百穀，三公咸有功于
民，故后有立。昔蚩尤與其大夫作亂百姓，帝乃弗，予有狀，先王
言，不可不勉，曰不道毋之在國，女毋我怨。」

按，「予乃大罰殛」必有賓語「女」，方可起警戒作用。又，「曰」後皆當加
引號，以標明其告示語。「帝乃弗予」，予，讀為「與」，「贊成」之義。今《史
記·殷本紀》點斷如下：

「維三月，王自至於東郊，告諸侯群后：『毋不有功於民，勤力乃事。予
乃大罰殛女，毋予怨。』曰：『古禹、皋陶久勞于外……昔蚩尤與其大夫作亂
百姓，帝乃弗予，有狀。先王言不可不勉。』曰：『不道，毋之在國，女毋我
怨。』」

535. 桀以乙卯日亡……步至夏正八月……則乙卯為月之七日。蓋師初發。當於前此七月所謂「舍我穡事」而割正夏者。

按，閻君推桀亡於夏正八月七日，「蓋師初發」當屬下「前此七月」。又「舍我穡事而割正夏」乃《湯誓》原句。故後半當為：蓋師初發，當於前此七月，所謂「舍我穡事而割正夏」者。

536. 余曰：《三統曆》誤猶可將《武成》逸篇所云「壬辰」為建子之月二日，亦不可信。周曆固如是乎？

按，此誤以二句合為一句：「猶可」後當逗。

537. 則知古曆為誤。授時為真也……以此知授時為真。

按，《授時》，即《授時曆》。見 326.。又，「為誤」與「為真」相對，皆為「知」的賓語，中間不得用句號。

538. 正朔有改月數，有改有不改，人皆以為然。予獨否之。

按，當為：正朔有改，月數有改有不改，

539. 予因悟一部《毛詩》「七月陳王業」，「六月北伐」，「四月維夏」，「六月徂暑」，「二月初吉」皆夏正也。

按，「《七月》，陳王業也」「《六月》，宣王北伐也」，分別為《毛詩·豳風·七月》與《小雅·六月》之《毛序》語，與其他《詩》句不同，故《七月》《六月》皆當有書名號。

540. 既改為《大統曆》法，通行天下。竟未及頒而明亡。

按，當作《大統曆法》。《明史·曆志一》：「八月，詔西法果密，即改為《大統曆法》，通行天下。未幾國變，竟未施行。」

541. 又按陳第季立謂分命羲仲曰

按，「分命羲仲」是《尚書·堯典》語，當加引號。

542. 上言曆象、日月、星辰，敬授人時，論其統體也。

按，「曆象日月星辰，敬授人時」亦《尚書·堯典》語，整理者誤以動詞「曆象」為名詞，與「日月、星辰」並列。當為：上言「曆象日月星辰，敬授人時」，論其統體也。

543. 是經文次序最明。且悉蔡《傳》於曆象、日月，便謂作曆已成；於分命，則云此下四節言曆既成，而分職以頒布，且考驗之，恐其推步之或差也。

按，此一節贊《堯典》經文而貶蔡《傳》之誤，「分命」指「分命羲仲」。故當為：是經文次序最明且悉，蔡《傳》於「曆象日月」，便謂「作曆已成」；於「分命」，則云「此下四節言曆既成……」。

544. 至下文平秩東作又云，

按，「平秩東作」亦《尚書·堯典》語，當加引號。

545. 《傳》曰：履端於始，序則不愆。舉正於中，民則不惑。歸餘於終，事則不悖。此三者，治曆一時事也，

按，此錄《左傳·文公元年》語：「先王之在時也，履端於始，舉正於中，歸餘於終。履端於始，序則不愆；舉正於中，民則不惑；歸餘於終，事則不悖。」整理者不加引號，讀者遂不易知「此三者」云云為閻君語。

第八十五

546. 《曆》又云：甲子昧爽而合矣，增而合矣。字妙蓋自昧爽誓師起，誓畢即戰，一戰而殺商王紂，僅以時計耳。

按，此說《三統曆》增「而合矣」三字。故當為：《曆》又云「甲子昧爽而合矣」，增「而合矣」字妙。蓋……

547. 又按歸熙甫亦有考定《武成》云：

按，《明史·藝文一》：「歸有光《洪範傳》一卷、《考定武成》一卷。」則《考定武成》為書名。

548. 但既生魄乃四月之十六日甲辰，錯簡在十九日丁未，二十二日庚戌下不加釐正，可乎？

按，「既生魄」是《武成》原文。當為：但「既生魄」乃四月之十六日甲辰，錯簡在十九日丁未、二十二日庚戌下，不加釐正，可乎？

549. 上與《湯誓》「予畏上帝，不敢不正」，下與《論語》「臨事而懼」，子之所慎戰同一心法。

按，「子之所慎，戰」乃《論語・述而》「子之所慎：齊、戰、疾」之節引，故當為：上與《湯誓》「予畏上帝，不敢不正」，下與《論語》「臨事而懼」「子之所慎，戰」同一心法。

550. 又按《湯誓》有「爾尚輔予一人」，下不過曰「致天之罰」而已。《泰誓》「爾尚弼予一人」下則曰「永清四海，時哉弗可失」，豈湯武辭氣各不同乎？抑文有今古爾。

按，上文已說明「時哉弗可失」涉急欲有功之心，非武王所當言。此一節閻君謂真《湯誓》與偽古文《泰誓》，於同一征伐暴君事，湯、武文辭迥異，是湯武辭氣各不同呢，還是文有今古之別？此亦歸謬之法：若兩者皆不成立，則必有真偽之別。故後為選擇問句，結尾必用問號。若用句號，則為肯定「文有今古」，文義恰好相反，作者之論述則前後矛盾而淆亂也。故後句當為：豈湯武辭氣各不同乎，抑文有今古爾？

551. 予曰：左氏昭十一年，《傳》：「楚子城，陳蔡不羹」……十二年《傳》：「今我大城，陳蔡不羹」，

按，此一節有二誤：一、「左氏昭十一年，《傳》」，中間逗號多餘。二、「城」為動詞「建築城牆」之意；陳、蔡、不羹（四小國。二不羹），皆其賓語。整理者卻誤以為是判斷句「楚子之城乃陳、蔡、不羹」。當作：予曰：「《左氏・昭十一年傳》：『楚子城陳、蔡、不羹』……十二年《傳》：『今我大城陳、蔡、不羹。』」

552. 考《史記・周本紀》，敘諸侯不期而會盟津者八百。諸侯在武王渡河之下。《齊太公世家》，敘遂至盟津，在師尚父與爾舟楫之下。

按，《史記・周本紀》：「既渡……諸侯不期而會盟津者八百諸侯。」《齊太公世家》：「師尚父……與爾舟楫……遂至盟津。」故當為：考《史記・周本紀》，敘「諸侯不期而會盟津者八百諸侯」，在「武王渡河」之下；《齊太公世家》，敘「遂至盟津」，在「師尚父……與爾舟楫」之下。

553. 又按孔安國《傳》又東至於孟津云：孟津，地名，在洛北，都道所湊，古今以為津。

按，如此標點，何者為經文，何者為傳語，淆亂不清。實際「又東至於孟津」是《尚書・禹貢》文句，「孟津，地名」云云為孔安國傳文。而文中「傳」

是「解釋」之意，不當加書名號。故當為：又按孔安國傳「又東至於孟津」云：「孟津，地名，在洛北，都道所湊，古今以為津。」

554.《史記正義》所謂在河陽縣南門外者，為方孟津以其為孟之地也。

按，「為方孟津」，文不成義。王鳴盛《尚書後案》作「方為孟津」，是。「以其為孟之地也」，另作一句。

第八十六

555. 又按傅遜士凱，歸熙甫之門人也，著《左傳屬事》。《序》稱某前語王執禮，《通鑒》有何難解，胡三省安用注為？執禮答以不然，先生云其注地理極可觀。某復讀之，信先生蓋熙甫也。

按，此一節說歸有光門人傅遜著《春秋左傳屬事》，於其序中述其先生稱讚胡三省注《通鑒》長於地理，讀之信然事。此句式猶柳宗元《捕蛇者說》「今以蔣氏觀之，猶信」。故後半當為：《序》稱「某前語王執禮：『《通鑒》有何難解，胡三省安用注為？』執禮答以『不然，先生云其注地理極可觀』。某復讀之，信。」先生蓋熙甫也。

556. 所以太宗時得古本《禹貢》，雲夢二字不連，作雲土，夢作乂。蓋雲才土見，而夢已可耕治也，

按，《禹貢》本作「雲土、夢作乂」，整理者誤認「乂」為「又」。下文乃曰：雲方土而夢已作乂矣。

557. 至《周禮》職方荊州其澤藪曰雲瞢，

按，《周禮·夏官司馬》屬官有「職方氏」，掌天下之圖、地、人民、出產等。所掌「正南曰荊州……其澤藪曰雲瞢」。故當為：至《周禮·職方》：「荊州……其澤藪曰雲瞢。」

558. 又按蔡《傳》顯然謬誤者，如雍之責道有二，其東北境則自積石至於西河，其西南境則會於渭、汭。

按，《禹貢》：「黑水西河惟雍州……厥貢惟球琳琅玕。浮於積石，至於龍門西河，會於渭汭。」則「責道」當為「貢道」，整理者失校。下文即說：果東境有貢，當遡自入河，

559. 而《唐書》劉元鼎,蔡《傳》劉作薛。非唐有薛大鼎,無薛元鼎也。

按,當作:而《唐書》劉元鼎,蔡《傳》「劉」作「薛」,非。唐有薛大鼎,無薛元鼎也。

560. 《元史》,河源附錄亦作薛,似沿蔡《傳》,

按,當是《元史·地理志·河源附錄》,故當作:《元史·河源附錄》

561. 弱水則見雍州內。豈得云之外?

按,前後句語義關聯,中間不得用句號。

562. 觀此則岷山言導江,導河積石,不言自未必悉如蔡氏所云。

按,此閻君說《禹貢》用詞多變化,無義例:先說「岷山導江」,繼說「導河積石」,而不說「自岷山導江、導河自積石」。

故當作:觀此則「岷山」言「導江」,「導河積石」,不言「自」,未必悉如蔡氏所云。

563. 惟唐孔氏《疏》云:漾、江,先山後水,淮渭、洛,先水後山。

按,此孔穎達總結《禹貢》敘事規律:「蟠冢導漾」「岷山導江」(先山後水);又說「導淮自桐柏」「導渭自鳥鼠同穴」「導洛自熊耳」(先水後山)。淮、渭二水,為何不加頓號?

564. 江漢、朝宗于海。

按,江漢朝宗于海,是《禹貢》名句,何來頓號?

565. 西傾朱圉、鳥鼠,至於太華。呂伯恭以《漢志》言朱圉在天水郡,冀縣則在鳥鼠東,與經文次不合,疑不在此……依山之次,宜曰西傾鳥鼠、朱圉,至於太華。茲卻曰西傾朱圉、鳥鼠者,倒也。

按,「西傾、朱圉、鳥鼠,至於太華」,本《禹貢》之文,下文呂伯恭以《漢志》疑此諸山排列次序不對(西傾,山名,下文即說「依山之次」),故「至於太華」後,不用句號。當作:「西傾、朱圉、鳥鼠,至於太華」,呂伯恭……宜曰「西傾、鳥鼠、朱圉,至於太華」。茲卻曰「西傾、朱圉、鳥鼠」者,倒也。

566. 南海不名海南,而曰南海耳。總屬倒裝文法。古人語多倒至。又云:濟陰,在濟水之陰也。

按,無「語多倒至」之說。至,至於也,連詞,表示另提一事。當屬下句。

567. 又按蔡氏煞有未盡者，如「會于渭、汭」，汭字無傳。讀者多以即上文涇屬渭汭，汭入涇，涇入渭，當其為渭也。且不知有涇，奚有于汭。自與洛汭之汭同一解。蓋河之南，洛之北，其兩間為汭也，在今鞏縣。河自北來，渭自東注，實交會于今華陰縣，故曰渭汭。

按，閻君謂《禹貢》「渭汭」之「汭」非河流名，與上文「涇屬渭汭」之「汭」不同，而蔡沈於「汭」字無傳，無傳則不以為河流名，然又不予確解，貽讀者疑，故閻君不謂其誤，但謂其「煞有未盡者」。今查蔡氏《書集傳》，「會于渭汭」凡三處，「渭汭」二字均不分開，是以為一詞也。則知閻君引「渭汭」，亦不分開。整理者不明此意，誤斷為二，是誣閻君兼及蔡氏也（上文閻君引蔡氏所誤，《禹貢》原文整理者亦斷作「其西南境則會于渭、汭」）。當為：又按蔡氏煞有未盡者，如「會于渭汭」，汭字無傳。讀者多以即上文「涇屬渭、汭」，汭入涇，涇入渭。當其為渭也，且不知有涇，奚有于汭？自與「洛汭」之汭同一解。蓋河之南，洛之北，其兩間為汭也，在今鞏縣。河自北來，渭自東注，實交會于今華陰縣，故曰「渭汭」。

568. 又按《堯典》，蔡《傳》，《爾雅》曰：水北為汭。

按，連列三種文獻名，其關係如何？不明白。當是：又按《堯典》蔡《傳》：「《爾雅》曰：『水北為汭。』」

569. 忽讀宋葉氏曰：雍言織皮，崑崙、析支、渠搜，非中國之貢明矣。

按，《禹貢》：「織皮崑崙析支渠搜」鄭玄注：「織皮，毛布。有此四國，在荒服之外。」孔穎達疏：「四國皆衣皮毛，故以織皮冠之……四國，崑崙也，析支也，渠也，搜也，四國皆是戎狄也。」「雍」指《禹貢》「雍州」。則當為：雍言「織皮：崑崙、析支、渠、搜……」

570. 酈道元曰：岷山西傾，俱有桓水。

按，岷山、西傾，是兩山名。

571. 郭璞賦江曰：源二分於崌崍，流九派乎尋陽。

按，郭璞有《江賦》。故可標為：郭璞賦《江》曰

572. 可知九江孔殷，繼于江漢，朝宗于海之下者，蓋上句大概說，下句其細目。

按，《禹貢》：「江漢朝宗于海。九江孔殷。」此處閻君分析其上下句語義關係。故當作：可知「九江孔殷」繼於「江漢朝宗于海」之下者，蓋上句大概說，下句其細目。

573. 詳玩《水經》之文，上有衡山，下有東陵敷淺原。曰九江，地在長沙下雋縣西北，似為導山之九江，導江之九江作「注於九江，孔殷無涉」。

按，《禹貢》有「九江孔殷」及「過九江」之文。舊學者讀《禹貢》文，分九江為「導山之九江」與「導江之九江」。故當標為：詳玩《水經》之文，上有衡山，下有東陵、敷淺原，曰「九江地在長沙下雋縣西北」，似為「導山之九江、導江之九江」作注，於「九江孔殷」無涉。

574. 況九江一為禹所疏以人工名，一為九水所會聚以澤浸名。

按，當作：況九江一為禹所疏，以人工名；一為九水所會聚，以澤浸名。

第八十七

575. 何前始元庚子三十載，輒知有金城郡名？《傳》《禹貢》曰：積石山在金城西南耶？

按，「傳」與「知」相承，當為動詞，「注釋」之意，非名詞《孔傳》。且「何」管到句尾，故前問號當改為逗號故當作：何……輒知有金陵郡名，傳《禹貢》曰「積石山在金城西南」耶？

576. 一一成曰岯，《釋山》文也。及余登濬縣東南二里大伾山，臣瓚所謂黎陽縣山臨河者，覽其形實，再重覺安國改之為是。作偽者亦不可沒哉。

按，此一節說偽孔傳作者為魏晉時人，必多見聞，而真孔安國不到四十而亡，不至如偽孔傳作者覺實情與《爾雅》不同而擅改其文。《爾雅·釋山》「一成曰岯」，而《尚書·禹貢》「至於大伾」偽孔傳：「山再成曰岯。」閻君親臨其山而目驗之，覺確如偽孔傳所言，故諷刺曰「作偽者亦不可沒哉」。當標點為：一「一成曰岯」，《釋山》文也。及余登濬縣東南二里大伾山，臣瓚所謂「黎陽縣山臨河」者，覽其形，實再重，覺安國改之為是。作偽者亦不可沒哉！

第八十八

577. 又按庚午季夏置書局於洞庭東山，撰輯《一統志》。有分得福建者，
來質余曰：欲傚宋梁克家《三山志》，建置沿革，斷自周職方之有
七閩始，不上繫《禹貢》，何如？

按，是說《一統志》之撰輯者有分得福建者，欲傚宋梁克家《三山志》之
建置沿革，斷自《周禮·夏官·職方氏》之「七閩」。其原文為：「掌天下之
圖，以掌天下之地，辨其邦國、都鄙、四夷、八蠻、七閩、貉、五戎、六狄之
人民與其財用、九穀、六畜之數要，周知其利害。」故後半當為：欲傚宋梁克
家《三山志》建置沿革，斷自《周·職方》之有「七閩」始，不上繫《禹貢》，
何如？

578. 惟歐公妙有斟酌，所撰《新唐志》於淮南道曰，蓋古揚州之域。江
南道曰，蓋古揚州之南。境嶺南道曰，蓋古揚州之南境。南境與域
字頗別。

按，「南。境」誤。故後半當為：所撰《新唐志》於「淮南道」曰：「蓋古
揚州之域。」「江南道」曰：「蓋古揚州之南境。」「嶺南道」曰：「蓋古揚州之
南境。」南境與「域」字頗別。

579. 甚且許楊署都水掾，為太守興鴻卻陂數千頃田，汝南以饒，均寧得
遺。

按，「寧」，表反問的語氣副詞，句末用問號。

580. 亟呼僕取我篋，衍此《序》來。

按，盛物竹器曰衍。《莊子·天運》：「夫芻狗之未陳也，盛以篋衍。」閻
君正用此語。

卷六下

第八十九

581. 雖經枯竭，其後水流徑通，津渠勢改，尋梁脈，水不與昔同者，後
魏酈道元之言也。

按，尋梁脈水，出《水經·濟水注》，《沅水注》作「脈水尋梁」，《沽河注》
作「脈水尋川」，蓋為兩河。當為：「雖經枯竭，其後水流徑通，津渠勢改，尋

梁脈水不與昔同」者，後魏酈道元之言也。

586. 《通典》據彪之言，以折《水經》謂濟渠。既塞，都不詳悉，

按，「謂濟渠」以下，為《通典》折《水經》之言。故當為：《通典》據彪之言，以折《水經》，謂濟渠既塞，都不詳悉，

583. 今濟水自滎陽卷縣，東經陳留，至濟陰北，東北至高平（杜氏《釋例》於「濟水東北至高平」五字作「經高平東平至濟北」八字，餘並同），

按，「濟水東北至高平」，非五字，乃七字矣。《水經注·濟水》：「經陳留至濟陰北，東北至高平。」當是：（杜氏《釋例》於《濟水》「東北至高平」五字作「經高平東平至濟北」八字，餘並同）

584. 《禹本紀》見《史·大宛傳》，《漢·張騫傳注》，

按，《史·大宛傳》後逗號當改為頓號。又，「注」當為「贊」，此閻君記憶偶誤。

585. 而璞引《禹本紀》，除見《史》《漢》之外，多「卻去嵩高五萬里，蓋天地之中也」二語。酈《注》，《禹本紀》與此同。

按，《禹本紀》，逸書。《水經注·河水一》有（崑崙）「去嵩高五萬里，蓋地之中也」文，蓋酈道元引《禹本紀》語。「多卻」即「多了」。故當標點為：而璞引《禹本紀》，除見《史》《漢》之外，多卻「去嵩高五萬里，蓋天地之中也」二語。酈《注》：「《禹本紀》與此同。」

586. 又按璞注《爾雅》成，未審為晉之何年。而《注》引元康八年、永嘉四年事，未一及元明年號，知成於未渡江以前。

按，元康，是西晉末惠帝（司馬宗）年號；永嘉，是西晉末懷帝（司馬宗）年號；元，指東晉初元帝（司馬睿）；明，指東晉初明帝（司馬紹）。郭璞注中既未及東晉元、明二帝年號，故知其成於晉未渡江以前。「元康八年、永嘉四年」之間既有頓號，「元、明」二帝之間也應有頓號，以予讀者以必要的提示。

587. 《尚書·孔氏傳》曰「共為雌雄」，又曰「犬高四尺曰獒」。

按，如此標書名，「孔氏傳」則為《尚書》篇名。依整理者習慣，可標為《尚書》孔氏《傳》。

588. 識直者寡，振古如斯，悲夫。

按，直，當作「真」。整理者失校。

第九十

589. 試取經文諷誦，「彭蠡既豬，陽鳥攸居」為一呼一應，則「三江既
　　入震澤底定」亦一呼一應，

按，既說「三江既入震澤底定」與「彭蠡既豬，陽鳥攸居」亦一呼一應，
緣何其中不加逗號？且加逗號，「三江既入」可以理解為入海，非入震澤，正
可證明「朱子言，孔安國解經最亂道」。

590. 汾水浸平陽，或亦有之。絳水浸安邑，未識所由，作此駭語乎？

按，所，何也。當為：未識所由作此駭語乎？

591. 貞元元年，竇參在相位，據淮，割地舉濠州隸屬徐州，

按，《元和郡縣志》稱濠州本屬淮南，為淮南之險。而竇參不知，將其隸屬
徐州。故當作：據淮割地，舉濠州隸屬徐州，

592. 夫長城始於魏惠，繼於趙武靈、燕昭，而極於秦始皇。魏惠所築
　　者。固陽武靈所築者；自代并陰山至高闕，燕昭所築者；自造陽
　　至襄平，始皇所築者；起臨洮至遼東，皆非雁門崞石應蔚之跡也。

按，如此標點，「魏惠所築者」，不知何處；固陽本為戰國魏地，卻屬趙；
代本趙之北地（《史記·匈奴列傳》「趙武靈王……築長城，自代并陰山下，至
高闕為塞」），變為燕昭王地；造陽、襄平乃戰國燕邑（《匈奴列傳》謂「燕亦
築長城，自造陽至襄平」），卻謂始皇所築；則「起臨洮至遼東」者不知何人，
而下文又曰：「始皇既併天下，則起臨洮至遼東。」正《匈奴列傳》「始皇帝……
因河為塞……起臨洮至遼東」文，前後失照。實當為：魏惠所築者固陽，武靈
所築者自代并陰山至高闕，燕昭所築者自造陽至襄平，始皇所築者起臨洮至遼
東。

593. 乃悟蓋是時東林二胡尚強，樓煩未斥趙之境，守東為蔚應，西則雁
　　門耳。故肅侯所築以之。

按，斥，驅逐也。當為：乃悟蓋是時東林二胡尚強，樓煩未斥，趙之境守，
東為蔚應，西則雁門耳。故肅侯所築以之。

594. 始皇既并天下，則起臨洮至遼東，延袤萬餘里所保者大，則所城者逾遠也。

按，「延袤萬餘里」後當有句號。

595. 一《志》稱潞澤之交，橫亙一山，起丹朱嶺至馬鞍，鑿有古長城一道。

按，馬鞍鑿，地名。閻君所謂《志》當是《晉乘蒐略·肇域記》：「潞、澤之交，橫亙一嶺，起丹朱嶺至馬鞍鑿，有古長城一道。」

596. 考之五代史記……計此城必此時築，以限趙之南北也。

按，《五代史記》，歐陽修《新五代史》原名。又，至「以限趙之南北也」，皆是閻君引《肇域記》文字，以說馬鞍鑿之古長城。整理者竟不予標出，惜哉。

597. 其源亂泉如蜂房蟻穴，觱沸於淺沙平麓之間，未數十步，忽已驚湍，怒濤盈科，漲溢南北，漑田數百頃。

按，「盈科」出《孟子·離婁下》：「原泉混混，不舍晝夜，盈科而後進，放乎四海。」趙岐注：「盈，滿；科，坎。」故後半當為：未數十步，忽已驚湍怒濤，盈科漲溢，南北漑田數百頃。

598. 鼓堆之泉亦未詳，予欲補以明喬宇記曰

按，明學者喬宇有《恒山遊記》，當即此《喬宇記》。當加書名號。

599. 懷慶向未蒙亂，又地方熟，所以糧多於地郡。

按，「地郡」當為「他郡」之訛。整理者失校。

第九十一

600. 竊以果太華山之陽，為《禹貢》梁州地。武王歸馬於此，無乃太遠。桃林塞為今靈寶縣，西至潼關，廣圍三百里皆是。而馬獨驅，而跨出太華山南，事所不解。

按，「竊以果太華山之陽，為《禹貢》梁州地。武王歸馬於此，無乃太遠」，此為假設關係複句，中間不可用句號。「馬獨驅」，句意不明。句當為：而馬獨驅而跨出太華山南，事所不解。

601. 故桃林其中多野馬。周穆王時造父於此得驊騮、綠耳，盜驪之乘以
　　　獻，非當日歸馬之遺種乎？

　　按，「驊騮、綠耳、盜驪」皆造父所得駿馬名，無關盜竊。《爾雅·釋畜》：
「小領，盜驪。」郭璞注：「《穆天子傳》曰：『天子之駿：盜驪、綠耳。』又曰：
『右服盜驪。』盜驪，千里馬。領，頸。」當作：周穆王時造父於此得驊騮、
綠耳、盜驪之乘以獻，

602. 而樂書趙高曰：何必華山之騄耳。

　　按，此節引《史記·樂書》：「何必華山之騄耳而後行遠乎？」故當為：而
《樂書》「趙高曰：『何必華山之騄耳？』」

603. 又按胡胐明注庾信《哀江南賦》「致佳於華陽奔命」曰：華陽，地
　　　名，在今陝西西安府雒南縣，即武王歸馬處。子山自江陵奉元帝命
　　　使于周，取道商洛入武關，此陽華山之南，正其所必經，故曰「華
　　　陽奔命」。

　　按，「致佳」者，極佳也（致，通至。閻君下文即有「此句致確」語）。當
為：又按胡胐明注庾信《哀江南賦》致佳，於「華陽奔命」曰：

604. 誤書思之亦是一適。

　　按，此用典，《北齊書·邢邵傳》：「且誤書思之，更是一適。」故當加引
號。

605.《禹貢》揚州曰，彭蠡既豬荊州曰九江孔殷，

　　按，當作：《禹貢》「揚州」曰「彭蠡既豬」，「荊州」曰「九江孔殷」，

606. 宋楊蟠《金山詩》云：天末樓臺橫北固，夜深燈火見揚州。王平甫
　　　譏之曰：莊宅牙人語解量四至。余謂談地理者，能量四至得確，斯
　　　亦足矣。

　　按，莊宅牙人，蓋猶今之「房屋中介」。「莊宅牙人語」為評斷語，「解量四
至」為解釋語，當加逗號。

607. 或又問：職方氏，揚州其川三江。解孰為定？

　　按，「職方氏」，《周禮·夏官司馬》官名，又為《周禮》篇名（下文「職
方」亦然），故宜加書名號。當作：或又問：「《職方氏》「揚州，其川三江」，

解孰為定？

608. 又程氏大昌有論，東匯澤為彭蠡，東迤北會于匯。是二經語者，非附著南江以概。其所不書者，與夫同為一水。既別其北流以為北江矣，又命其中流為中江矣，而彭蠡一江方自南而至，橫絕兩流，與之迴轉，而得名之曰匯。

按，「東匯澤為彭蠡」「東迤北會於匯」，《禹貢》語，故謂之「二經語」，當加引號。以下用反問句，說此乃總說，以概多水。「概」作動詞，必有賓語。故當為：又程氏大昌有論：「『東匯澤為彭蠡』『東迤北會于匯』，是二經語者，非附著南江以概其所不書者與？夫同為一水，既別其北流以為北江矣，又命其中流為中江矣；而彭蠡一江，方自南而至，橫絕兩流，與之迴轉，而得名之曰匯。」

609. 然於其合并江與漢而以匯會名之。使天下因鼎錯之實參北中之見，而南江隱然在二語之中，此真聖經之書法錯落，所謂觀書眼如月者。

按，此一節評《禹貢》敘述、命名水流、湖澤之合理準確，其中不應有句號以致阻斷文氣。金劉祁《歸潛志》載趙閑閑詩「邇來雲卿復秀出，論事觀書眼如月。」故當為：然於其合并江與漢而以「匯、會」名之，使天下因鼎錯之實，參北中之見，而南江隱然在二語之中：此真聖經之書法錯落，所謂「觀書眼如月」者。

第九十二

610.「豐水東注，維禹之績」，則《禹貢》之豐水攸同也。「奄有下土，纘禹之緒」，則指禹平汝水上。「后稷播時百穀，洪水芒芒，禹敷下土方」，則指禹敷王天命。「多辟設都，于禹之績」則指五百里侯服等。

按，此一節論「《詩》與《書》相表裏」，故列舉《詩》與《書》相對應之文句，而整理者於引文不熟，故或不盡加引號，或斷句錯亂，或文字錯訛。一、《禹貢》「汝平水土」訛作「平汝水上」；二、《禹貢》舜語「后稷，播時百穀」訛作《詩·商頌·長發》「洪水芒芒，禹敷下土方」之前句；三、《禹貢》「禹敷土」訛作「禹敷王」；四、「天命多辟，設都于禹之績」是《詩·商頌·殷武》

句，整理者不知而錯亂之。當為：「豐水東注，維禹之績」，則《禹貢》之「豐水攸同」也；「奄有下土，纘禹之緒」，則指「禹，汝平水土」「后稷，播時百穀」；「洪水芒芒，禹敷下土方」，則指「禹敷土」；「天命多辟，設都于禹之績」，則指「五百里侯服」等。

611. 豈「奕奕梁山，維禹甸之」為當日韓侯入覲之道，

按，「奕奕梁山，維禹甸之」「韓侯入覲」皆《大雅·韓奕》之句。

612. 且於冀曰治岐，他日於其本州但曰岐，既旅而已。

按，《禹貢》作「荊、岐既旅」。故當為：且於「冀」曰「治岐」，他日於其本州但曰「岐既旅」而已。

613. 至梁與岐當日勢同連難，工宜並舉，其所以然之，故千載而下，殆難以臆度。

按，「故」，原因，當屬上。當作：其所以然之故，千載而下，殆難以臆度。

614. 又按鄭端簡《禹貢圖說》曰：冀州，天下所當，先壺口。又帝都所當先導山。嘗先岍岐矣。

按，《禹貢》平水土次序：「冀州既載，壺口治梁及岐……導岍及岐。」是因其地位重要。當為：又按鄭端簡《禹貢圖說》曰：「冀州天下所當先，壺口又帝都所當先，導山嘗先岍岐矣。」

615. 又按呂梁有四，一出《尸子》《禹貢》之梁山也；一出《列子》，即孔子所觀者，在今徐州東南六十里；

按，當為：一出《尸子》，《禹貢》之梁山也；

616. 一出酈道元，稱呂梁山巨石崇竦，壁立千仞，河流激蕩，濤湧波襄，雷奔雲泄，震天動地。

按，自「巨石崇竦」以下，皆酈道元《水經·河水注》原文，宜加引號。

617. 子鴻曰：淮浦見于班《志》，不見于劉宋書，蓋省入子山陽縣也。

按，「入子」，「入于」之誤。當作：蓋省入于山陽縣也。

618. 岍山在隴州西四十里。《唐六典》，隴右道名山曰：秦嶺者是。吳嶽山在隴州南八十里，《唐六典》，關內道名山曰：吳山者是。

按，清顧祖禹《讀史方輿紀要》：「《六典》云：『隴右道名山曰秦嶺。』」則

當為：岍山在隴州西四十里，《唐六典》「隴右道名山曰秦嶺」者是；吳嶽山在隴州南八十里，《唐六典》「關內道名山曰吳山」者是。

619. 又按《溝洫志》，王橫引周譜曰：定王五年，河徙固述。《溝洫志》曰：

按，《周譜》，古周室譜系之書。當加書名號。「固述《溝洫志》」即班固所作《漢書‧溝洫志》。故當為：又按《溝洫志》，王橫引「《周譜》曰『定王五年，河徙。』」固述《溝洫志》曰：

620. 酈道元亦不能詳其地，但言周定王五年河徙，故瀆。

按，《水經‧河水注》：「河之入海，舊在碣石，今川流所導，非禹瀆也。周定王五年河徙故瀆，故班固曰『商竭周移』也。」「河徙故瀆」做一句讀。

621. 余因疑魏郡鄴縣下注，故大河在東此，為禹之故河，至定王五年始不復從此行，故曰河徙。

按，《漢書‧地理志上》：「鄴，故大河在東北，入海。」則「東此」之「此」為「北」之誤。下句「不復從此行」，原文作「北」，是

622. 砱礫，人多不曉。考諸《漢書》，有滎陽漕渠如淳，曰砱（今本作令）礫溪口是也。

按，如淳，三國曹魏學者，注《漢書》。《漢書‧溝洫志》「滎陽漕渠」有如淳注曰：「今礫溪口是也。」故當為：考諸《漢書》，有「滎陽漕渠」，如淳曰：「砱（今本作令）礫溪口是也。」

623. 《（元和）志》云山即《禹貢》治梁及岐。《周本紀》，古公亶父逾梁山，止於岐下。

按，此為一句話，誤為兩句。當為：《（元和）志》云：「山即《禹貢》『治梁及岐』，《周本紀》『古公亶父逾梁山，止於岐下』。」

第九十三

624. 胡蔡《傳》，灉沮會同，引許慎曰：河灉水在宋。又曰：汳水受陳留、濬儀、陰溝至蒙為灉水，東如于泗。

按，胡，疑問代詞，用於句首，其後句末必為問號，以相呼應，而其後卻

用了句號，辭氣不對。又，「傳」為動詞。如于泗，當為「入于泗」當為：胡蔡傳「灉沮會同」引許慎曰「河灉水在宋」，又曰「汳水受陳留、濬儀、陰溝至蒙為灉水，東入于泗」？

625.《元和志》：云灉水、沮水，

按，當作：《元和志》云：灉水、沮水，

626. 楊泉物理論語曰：能理亂絲，乃可讀《詩》。

按，《物理論》，楊泉所著書。當加書名號。

627. 天下之水大河而外，重濁而善決者，在北則漳與沁，在南則漢漳，附衛入海，而後漳水之決少；漢附江入海，而後漢水之決少。

按，漳既為北方之河，則不可能又在南。故當為：在北則漳與沁，在南則漢。漳附衛入海，而後漳水之決少；漢附江入海，而後漢水之決少。

628. 或問王伯厚，謂漢《志》有兩泗水，其一濟陰郡乘氏縣注泗水，東南至睢陵入淮；又一泗水，魯國卞縣注西南，至方與入沛。沛自沛之訛。其說信乎？余曰：殆王氏考之不審，泗一而已，安得復出乘氏？

按，從「余曰：殆王氏考之不審」觀之，是「王伯厚謂漢《志》有兩泗水」。而《漢書‧地理志》原文與注文混淆不清。故當為：或問：「王伯厚謂《漢志》有兩泗水：其一，『濟陰郡乘氏縣』注『泗水，東南至睢陵入淮』；又一泗水，『魯國卞縣』注『西南，至方與入沛』，沛自沛之訛。其說信乎？」余曰：「殆王氏考之不審：泗一而已，安得復出乘氏？」

629. 朔州……領大安、廣寧、神武、太平附化五郡者。

按，太平附化，二郡名。中間宜有頓號。

630. 沈約《宋書》志所載，

按，沈約《宋書》有《州郡志》，故當作沈約《宋書‧志》所載，

631. 然則，胡氏指三江口在廣信，亦路所經，由王象之《輿地紀勝》，云：

按，「經由」一詞，後半當作：亦路所經由。王象之《輿地紀勝》云：

632. 封州據邕、桂、賀三江之口。似宋時始有此，目何如用酈道元少，在靈運，後者之三江口且去徙所尚遙，合黨要謝，惟此為宜。

按，目，看法。典籍中常云「有此目」者，是也。又，閻君以為結黨以篡取謝靈運之三江口，當是載於《水經注》者。故當為：封州據邕、桂、賀三江之口，似宋時始有此目。何如用酈道元少在靈運後者之三江口？且去徙所尚遙，合黨要謝，惟此為宜。

633. 又按朏明讀張子壽為洪州都督，秋晚，登樓望南江，入始興郡路。又《自豫章南還江上作》云：「歸去南江水，磷磷見底清」。告余，此可為唐人稱贛水曰南江之證。

按，張子壽即唐名相、詩人張九齡。朏明讀其兩詩《秋晚登樓望南江入始興郡路》等告閻君，以為唐人稱贛水曰南江之證。故當為：又按朏明讀張子壽為洪州都督《秋晚登樓望南江入始興郡路》，又《自豫章南還江上作》云「歸去南江水，磷磷見底清」，告余：「此可為唐人稱贛水曰『南江』之證。」

634. 樂史云：江都縣城臨江，今圮於水江都既爾，刊城可知。

按，此強合二句為一。當為：樂史云：「江都縣城臨江，今圮於水。」江都既爾，刊城可知。

635. 案《禹貢》，淮水出桐柏，會泗，溯以入於海。

按，《禹貢》：「導淮自桐柏，東會於泗、沂，東入於海。」蓋閻君誤記首二句，「沂」以形訛為「泝」，又以聲訛為「溯」。整理者失校。當作：案《禹貢》：「淮水出桐柏，會泗、沂以入於海。」

636. 一夫差起師北征，闕為深溝於商魯之間，北屬之溯，西屬之濟，以會晉公午於黃池，見《左氏外傳》。

按，《國語·吳語》及其他典籍皆作「北屬之沂，西屬之濟」，原因參見上條。

637. 蓋自江而淮，自淮而溯，而深溝，以達濟，會於黃池。

按，溯，為「泝」，「沂」之訛字，原因同上二條。

638. 皆一水相通，無復阻間。吳之勞民力亦不甚哉。

按，此為反問句，兼表感歎，故當用問號或感歎號。

639. 善夫，鄒平馬公驌有言：鯀與水爭地，禹以地讓水，事相反也。奈何傳稱禹能修鯀之功，蓋……

按，此問鯀與禹治水方式正相反，為何傳稱禹能修鯀之功？則必當用問號。

640. 則九河奚利哉？北數語足喚醒漢人。

按，「北數語」，應作「此數語」。此整理者失校。

641. 《周禮・地官》所載豬防溝遂之法甚詳。

按，豬、防、溝、遂皆水利設施，則「豬」必「瀦」之借字。「豬、防、溝、遂」字間當用頓號。

642. 且先王彊理井田之制壞，而後水利之說興。

按，「強」，當作「彊」。「彊理天下」「彊理土田」是古語。且此乃閻君引《元史・河渠志一》之言。蓋「彊」因整理者不識古字而誤作「彊」，又規範簡化作「強」，

643. 周成烈王十三年，晉河岸傾，壅龍門至干底柱。

按，周成烈王當為「周威烈王」之誤。「至干」，「至于」之誤。此整理者誤。

644. 雖盤庚之誥有「蕩析離居」之言，

按，盤庚之誥，即《盤庚》篇。宜加書名號。

645. 儒者雖博稽載藉，口耳而已矣。無惑乎，言之不詳也哉。

按，無惑乎言之不詳也哉，作一句說，且當用感歎號。

646. 此足正朱子往往使官屬，去相視山川，具其圖說，以歸作此一書。又分遣官屬，而不了事底記述得文字不整齊之說之非。

按，此一句閻君諷刺朱子不能躬身跋涉山川，進行實地考察，而徒分派官屬代勞調查、著書。且前用「足正」，後用「之非」，兩者為動賓關係，雖首尾相處而遙相呼應也，句中豈得用句號割斷文義、辭氣哉？

647. 夫禹以一人而領九州之水，必不得而往，取通衢、巨川，相其大勢可矣。其他泥淖山徑之處，盡遣其屬以行而已，不勞焉，豈不可哉？而禹方且崎嶇跋涉，惟恐不及意者，救饑拯溺之心橫於中，不暇顧事體之宜不宜也。

按，「可」與「不可」，兩兩相對，不宜以句號阻斷文意。又，「意者」，揣度

之辭。故當為：夫禹以一人而領九州之水，必不得而往，取通衢、巨川，相其大勢可矣；其他泥淖山徑之處，盡遣其屬以行而已，不勞焉，豈不可哉？而禹方且崎嶇跋涉，惟恐不及：意者救饑拯溺之心橫於中，不暇顧事體之宜不宜也。

648. 余尤歎人情之不可解。大河已徙，雖神禹復生，亦不能挽之復故流。而必仍求九河處穿之，穿之河不復行。奈何震澤入海之路，不過以松江暫塞，去其塞，斯復流矣。

按，此一節閻君歎息兩事：一、穿故九河；二、不去松江之塞。故當為：余尤歎人情之不可解：大河已徙，雖神禹復生，亦不能挽之復故流；而必仍求九河處穿之，穿之，河不復行，奈何？震澤入海之路，不過以松江暫塞；去其塞，斯復流矣。

649. 見《初學記》引鄭氏《書注》曰：左合漢為江北，右會彭蠡為南江，岷江居其中，則為中江。

按，《初學記‧地部中》：「左合漢為北江」，不為「江北」。整理者失校。

650. 按明金藻著《三江水學》，首引《禹貢》「三江既入，震澤底定」，又引「九川滌源，九澤既陂」……三江，流水也。滌源，流水之所以治也。震澤止水也，既陂止水之所以定也。

按，後半前後對文，以釋「滌源、既陂」。故當為：三江，流水也；滌源，流水之所以治也。震澤，止水也；既陂，止水之所以定也。

651. 但澱湖之東，已塞不復，徑趨入海，而北流乃合吳淞江，故曰東江已塞也。

按，前半當為：但澱湖之東已塞，不復徑趨入海，

652. 揚雖北邊淮而於徐，已書乂。雖中貫江而於荊，已書朝宗。

按，此一節閻君隸栝《禹貢》之語：「海岱及淮惟徐州，淮沂既乂」「荊及衡陽惟荊州，江漢朝宗于海」，故當為：揚雖北邊淮，而於「徐」已書「乂」；雖中貫江，而於「荊」已書「朝宗」。

第九十四

653. 蔡氏曰：「今滄州之地，比與平州接境，相去五百餘里。」

按，依文意，「比」為「北」之誤字。此為整理致誤。

654. 今按南郡枝江縣有沱水，然其流入江，而非出于江也。案漢枝江縣
注江，沱出西，東入江。顏師古曰：沱即江，別出者也。分明已說
自江出，何如云非出於江。況酈氏又有枝江縣，以江沱枝分而獲名
乎？

按，此一節閻君駁斥蔡氏《禹貢傳》「沱水流入江，而非出於江」之說，
引顏師古《漢書‧地理志上》「枝江縣」注以為證。然其注文為「江沱出西，
東入江」，「江沱」即沱，非二水也。《說文‧水部》：「沱，江別流也。出岷山
東，別為沱。」且如說「顏師古曰：沱即江，別出者也」，又混同沱與江，顏
注中並無逗號。故當為：今按南郡枝江縣有沱水，然其流入江，而非出于江也。
案《漢》「枝江縣」注：「江沱出西，東入江。」顏師古曰：「沱即江別出者也。」
分明已說自江出，何如云『非出于江』？況酈氏又有枝江縣，以江沱枝分而獲
名乎？

655. 蓋蟠冢一山跨于兩縣云……下到宋，去漢之西縣南北相距五六百
里，豈得一山跨其境。

按，豈，表反問語氣的副詞，其句後不宜用句號。

656. 隴州吳山舊縣西南五十里有吳嶽山，方與《寰宇記》合。為宋人語
又引晁氏曰：

按，「為宋人語」當屬上，斷作：方與《寰宇記》合，為宋人語。又引晁氏
曰：

657. 夏水從無沱稱，不知蔡、沈何所自來，應屬臆說。

按，上文說「黃子鴻極詆蔡《傳》者」，即《書集傳》作者蔡沈。不應為
「蔡、沈」。

658. 惟導河蹟石、岷山，導江與此導洛、熊耳皆非其源，

按，「導河積石」「岷山導江」「導洛自熊耳」皆《尚書‧禹貢》語。今閻君
引此文字略有小誤，而整理者不加釐正說明又從而亂點之。按閻君原文為：惟
「導河蹟石」「岷山導江」與此「導洛熊耳」皆非其源，

659. 又按上謂止論山所在之縣不論縣名合於漢固已孰知又有山所在之縣，只為縣，不合於漢縣，並山亦不真在此縣，如岷山為江源是也，不可不極論之。

按，上文已論及「此止論山所在之縣，不論縣名合于漢與否」，此節續論之，為何不加點斷？故當為：又按上謂止論山所在之縣，不論縣名合于漢，固已。孰知又有山所在之縣，祇為縣不合于漢縣，並山亦不真在此縣，如岷山為江源是也，不可不極論之。

660. 又按蔡《傳》，三苗，國名，在江南荊揚之間。從《史記》，吳起曰：昔三苗，左洞庭，右彭蠡，來洞庭，屬荊州，彭蠡屬揚州。今零陵九疑有舜冢，云從《史記》，「舜葬于江南九疑，是為零陵」來，則不是。

按，《史記·孫子吳起列傳》：「昔三苗氏左洞庭，右彭蠡。」故後半當為：從《史記》「吳起曰『昔三苗左洞庭，右彭蠡』」來。洞庭屬荊州，彭蠡屬揚州。今零陵九疑有舜冢，云從《史記》「舜葬於江南九疑，是為零陵」來，則不是。

661. 蓋以宋輿地當作今道州寧遠縣有九疑山。為舜所葬云，

按，閻君言「蓋、當作」，乃推測之辭，看來他並未查《宋史·地理志》，故以《宋·輿地》代之，然亦當有書名號。宋王應麟《通鑒地理通釋》：「道州寧遠縣有九疑山，其山九溪相似。」此可證閻君的推測是合理的。

662. 又按「和夷底績」蔡《傳》一段紕繆實甚。晁氏主水名言云夷水，出巴郡魚復縣，即漢志南郡巫縣之夷水，宋為巫山縣，此猶在荊、梁二州之界。然東去和川水幾二千里，二水不相距太遠乎？不可從蔡氏主地名言云。嚴道以西有夷道，或其地夷道即漢志南郡之夷道縣，宋為宜都縣，遠在嚴道以東二千餘里，豈以西乎？且實是荊州域，於梁州曷與乎？尤不可從。

按，此一節討論「和夷底績」之「夷」究為何指，晁氏主水名，而蔡氏主地名；「不可從」與「尤不可從」相對而言。故當為：又按「和夷底績」蔡《傳》一段紕繆實甚。晁氏主水名，言云：「夷水，出巴郡魚復縣。」即《漢志》南郡巫縣之夷水，宋為巫山縣，此猶在荊、梁二州之界。然東去和川水幾二千里，二水不相距太遠乎？不可從。蔡氏主地名，言云：「嚴道以西有夷道，或

其地。」夷道即《漢志》南郡之夷道縣，宋為宜都縣，遠在嚴道以東二千餘里，豈以西乎？且實是荊州域，於梁州曷與乎？尤不可從。

663. 或曰：晉《地道記》云：

按，《晉地道記》是東晉王隱所著地理書。

664. 又按地名有前人所未詳，而後人漸知者，從之可也；有前人所不可知，而後人強以指實者，闕之可也。《禹貢》之蔡山是蔡山，班《志》酈《注》並闕，唐孔穎達、司馬貞並言不知所在。

按，「《禹貢》之蔡山是蔡山」，意不可曉。實際「《禹貢》之蔡山是」屬前句，而後一「蔡山」屬下。後半當為：闕之可也，《禹貢》之蔡山是。蔡山，班《志》、酈《注》並闕……

665. 旅獨於蔡、蒙、荊、岐言之者，蓋紀梁之山終於蔡蒙紀，雍之山始于荊岐，以見州內諸名山皆有祭也。

按，兩「紀」字前後相對，故當為：旅獨於蔡、蒙、荊、岐言之者，蓋紀梁之山終於蔡、蒙，紀雍之山始于荊、岐，

666. 德州安德有馬頰河，德平有馬頰河，滄州樂陵亦有馬頰止及滴河者何？與鬲津河既見安德，又見德州，將陵而止，云樂陵、饒安又何也？

按，上句問「何與」，下句問「何也」，文正相對。滴河，乃「滴河」之誤。鬲津河，《寰宇記》云：「在樂陵東，西北流入饒安。」下文又曰「若德州安德有鬲津河，將陵有鬲津河」。則當為：德州安德有馬頰河，德平有馬頰河，滄州樂陵亦有馬頰，止及滴河者何與？鬲津河既見安德，又見德州將陵，而止云樂陵、饒安又何也？

667. 甘，地名，有扈氏，國之南郊在扶風鄠縣鄠縣，自元魏改屬京兆郡，

按，此全用宋蔡沈《書集傳》：「甘，地名。有扈氏國之南郊也。在扶風鄠縣。」故當為：甘，地名，有扈氏國之南郊，在扶風鄠縣。鄠縣，自元魏改屬京兆郡，

668.《五子之歌》窮國名，當補引《水經注》，在平原郡鬲縣。

按，孔傳作「有窮，國名」，蔡傳作「窮，國名。」故當為：《五子之歌》，「窮，國名」，當補引……

669. 又按蔡《傳》煞有不可曉處。徐州云：徐州之土，雖赤而五色之土亦間有之，故制以為貢。《元和志》明云：徐州彭城郡，開元貢五色土各一斗。《寰宇記》，徐州歲貢五色土各一斗。彭城縣北三十五里之赭土山，即出此土較著。如此捨之不引，而想像言之何與與？淮白魚正相反，

按，此一節批評蔡傳，確切之事（貢五色土）以想像之言出之，與淮白魚正相反。故當為：又按蔡《傳》煞有不可曉處：「徐州」云：「徐州之土雖赤，而五色之土亦間有之，故制以為貢。」《元和志》明云：「徐州彭城郡，開元貢五色土各一斗。」《寰宇記》：「徐州歲貢五色土各一斗。彭城縣北三十五里之赭土山，即出此土。」較著如此，捨之不引，而想像言之何與？與淮白魚正相反，

670. 今平望八尺震澤之間，水彌漫而極淺，與太湖相接，而非太湖，

按，清張怡《玉光劍氣集·才能》：「黃公童，永樂中按浙、直，時吳江之平望、八尺多盜。」則「平望、八尺」與震澤皆地名，宜加頓號。

671. 又按疏必遵傳唐人定例也。

按，「傳」後當有逗號。

672. 茅氏瑞徵則云：此處逗出一導字，為下文導山、導水，張本要見禹之治水，全以疏導。為事亦通。

按，古人行文之慣例，「為……張本」、「以……為事」句式，「張本」「為事」前無標點。當為：茅氏瑞徵則云「此處逗出一『導』字，為下文導山、導水張本，要見禹之治水，全以疏導為事」，亦通。

673. 且鄭注《職方》氏其浸波

按，即《周禮·夏官·職方氏》，當為：且鄭注《職方氏》「其浸波」，

674. 余又謂豫州之水，惟洛與濟為要害，他若桐柏，淮之導已爾。洛、汭，河之過已爾。

按，此一節後半，閻君約引《禹貢》「導淮自桐柏」「導河……東過洛汭」

兩事,「洛汭」一詞(孔傳:洛汭,洛入何處),

因之當為:他若桐柏,淮之導已爾;洛汭,河之過已爾。

675. 淮之治大書于徐之淮,其又河之治大書于冀之覃懷、底績固有不
必復書於本州者。曰既入,曰既豬,曰導,曰被,而豫州之水已
畢治矣。

按,此一節閻君分敘《禹貢》文描述禹治理各地之業績:于徐州「淮沂其
乂」(整理者誤以乂為又),于冀州「覃懷底績」,說到「本州」,即豫州之水,
有「伊洛瀍澗既入于河」「滎波既豬」「導菏澤,被孟豬」(閻君概述為「既入、
既豬、導、被」)。故當為:淮之治大書于徐之「淮其乂」,河之治大書于冀之
「覃懷底績」,固有不必復書於本州者:曰「既入」,曰「既豬」,曰「導」,曰
「被」,而豫州之水已畢治矣。

676. 導洛文于澗、瀍曰:會于伊,曰會。

按,此閻君節引《禹貢》「導洛自熊耳,東北會于澗、瀍。又東會于伊」,
來說明蔡《傳》「蓋二水勢均,相入謂之會」之「會」何所指。一則因閻君節引
原文(他認為他的讀者皆熟知原文),二則因整理者不加引號,故今之讀者難以
理解。當為:「導洛」文「于澗、瀍」曰「會」,「于伊」曰「會」。

677. 後始覺欲改作:河下流,兗冀受之;濟下流,兗青受之;淮下流,
徐揚受之。於青雖近海之下增一句曰「惟濟於此入接」,然「不當
眾流之衝」句更確。朏明又謬以余為然。

按,此一節閻君與胡朏明討論如何修訂蔡沈《書集傳》,其原文為:「河濟
下流,兗受之;淮下流,徐受之;江漢下流,揚受之。青雖近海,然不當眾流
之衝。」故閻君之改正意見當為:河下流,兗冀受之;濟下流,兗青受之;淮
下流,徐揚受之。於「青雖近海」之下增一句曰「惟濟於此入」,接「然不當眾
流之衝」句,更確。

678. 又按鄭端簡曉言江漢二川源于梁,委干揚,而荊州其所經。此說江
則得說漢,失之。

按,干,「于」之誤字。當作:又按,鄭端簡曉言,江漢二川源于梁,委于
揚,而荊州其所經。此說江則得,說漢失之。

679. 酈《注》，滱水又東，恒水從西來注之，自下滱水，兼納恒川之通
　　　稱焉。即《禹貢》之「恒衛既從也」。

按，當為：酈注滱水：「又東，恒水從西來注之。」自下滱水兼納恒川之通
稱焉。即《禹貢》之「恒衛既從」也。

680. 冀州北境，其水如遼、濡、滹，易皆中高，不與河通，

按，遼、濡、滹、易，四水名，易，即易水。則「滹」後逗號當改為頓
號。

681. 又按蔡《傳》大陸云者四無山阜曠然平地解最妙謂杜佑、李吉甫以
　　　邢、趙、深三州為大陸者，得之。

按，此當作：又按蔡《傳》「大陸云者，四無山阜，曠然平地」解最妙，謂
「杜佑、李吉甫以邢、趙、深三州為大陸」者得之。

682. 又按禹、廝二渠載《河渠書》，

按，《史記·河渠書》：「於是禹……乃廝二渠以引其河。」故當為：又按禹
廝二渠，載《河渠書》，

683. 獨北瀆經貝丘西，南行於禹，未有所考。

按，前文已有「其一出貝丘西南」，則當為：獨北瀆經貝丘西南行，於禹未
有所考。

684. 桓譚《新論》云，太史三代世表旁行邪，上並效《周譜》。

按，「旁行邪上」是講譜系圖表格式的成語。《史記·十二諸侯年表》：「太
史公讀《春秋曆譜諜》」索隱案：「劉杏云：『《三代系表》旁行邪上，並放《周
譜》。譜起周代。』」

685. 又曰：太史公讀《春秋》，曆譜諜。《周譜》蓋遷所讀。

按，《春秋曆譜諜》即上條所云。

686. 詳北過洚水，是禹河自大伾以下至入海處了了，然見於《水經
　　　注》。

按，了了然，一詞。

第九十五

687. 堯當洪水既平之後，分疆經野，廓然一新，是乾坤再闢時也。何所復礙，而不截然方正，以與經文合示，宅中圖大之規模於萬世哉？

按，「示」當屬下句。

688. 《周官》載師漆林之征二十而五，

按，當作：《周官・載師》：「漆林之征二十而五。」

689. 或舉此段以難予予曰：是不難辨，

按，當作：或舉此段以難予，予曰：

690. 金仁山本後解益，引申之曰：

按，此句說前有數解，金仁山本於後解而益引申之。不用逗號。

691. 若夫自冀州至訖于四海，皆禹具述治水本末，與夫山川之主名，草木之生，遂貢賦之高下，土色之黑白，

按，生遂，生長，發育。當作：若夫自「冀州」至「訖于四海」，皆禹具述治水本末與夫山川之主名、草木之生遂、貢賦之高下、

692. 然此書所紀事亦眾矣，而謂之《禹貢》其間言，賦亦詳矣，乃不略及之，何哉？

按，此說《禹貢》言賦亦詳不略及之之原因，故當為：然此書所紀事亦眾矣，而謂之《禹貢》，其間言賦亦詳矣，乃不略及之，何哉？

693. 若人子具甘旨溫清之奉於慈親焉。

按，溫清，字當作清，涼。本出《禮記・曲禮上》：「凡為人子之禮，冬溫而夏清，昏定而晨省。」

第九十六

694. 汴渠當日已具，世謂創自隋煬帝非。

按，非，前加逗號。

695. 頗自幸其考，比蘇氏加詳矣。

按，句中逗號去掉。又，「加」當「差」之誤字。

696.《袁紹傳》，將伐操，宣檄曰：青州涉濟漯注，紹長子譚為青州刺史，濟漯二水名。

按，當作：《袁紹傳》，將伐操，宣檄曰：「青州涉濟漯。」注：「紹長子譚為青州刺史。濟、漯，二水名。」

697.《北史·齊本紀》武成帝河清。二年六月，齊州上言濟河水口見八龍昇天。

按，河清，武成帝年號。「河清二年六月」連讀。

698. 薄姑在今博興縣東南，《括地志》云：青州博昌縣，東北六十里則縣治，徙矣。

按，《括地志·博昌縣》：「薄姑故城在青州博昌縣東北六十里。」則當作：薄姑在今博興縣東南，《括地志》云「青州博昌縣東北六十里」，則縣治徙矣。

699. 蓋于欽，齊乘謂淄出今益都岳陽山東麓。

按，于欽，元代歷史地理學家，《齊乘》為其所著方志。故當作：于欽《齊乘》

700. 既書曰土、曰作，又其非為水之鍾也明甚。

按，《禹貢》「荊州」有「雲土，夢作乂」，故閻君云「書曰『土』、曰『作乂』」，「作乂」不可分。

701. 余因數禹治水成功至周公作禮，時凡一千一百四十九年。

按，「數」的賓語是「時」，當屬上。

702. 余則以劉昭，葛嶧山，《注》，山出名桐伏滔。《北征記》曰：今盤根往往而存，證《禹貢》當在此。

按，《續漢志》劉昭注《禹貢》句「嶧陽孤桐」：「山出名桐。」又，伏滔乃晉人，見《晉書·文苑列傳》，《北征記》是其作。故當為：余則以劉昭「葛嶧山」注「山出名桐」、伏滔《北征記》曰「今盤根往往而存」，證《禹貢》當在此。

703. 余則以《漢志》蒙陰縣《注》，《禹貢》，蒙山在西南，有祠，顓臾國在蒙山下。證其為一山。

按，依《漢書·地理志上》，當為：余則以《漢志》「蒙陰縣」注「《禹貢》

蒙山在西南，有祠，顓臾國在蒙山下」證其為一山。

704. 經文「岷嶓既藝，導嶓冢至於荊山」，山為梁州之山，

按，《禹貢》「岷嶓既藝」「導嶓冢至於荊山」兩句並不相連，故或當分引，或當中間加頓號。

705. 嶓冢導漾東流為漢，則水即為梁州之水，

按，「嶓冢導漾，東流為漢」乃《禹貢》語，不加引號，則混同作者之語矣。

706. 常璩曰：巡葭萌入漢，今寧羌州有三泉故城，金牛廢縣，皆古葭萌地。何曾見兩川同注？異者，直至魏收撰《地形志》曰：嶓冢縣有嶓冢山，漢水出焉。此地方顯，此名前此，僅《班志》有於西縣，《水經》有於氐道縣耳。何《禹貢》三千年後始知？當日導漾，實在此地，故世翻滋擬議。

按，因整理者於引文不加引號，實為懶惰，然難免錯誤。實當為：常璩曰「巡葭萌入漢」，今寧羌州有三泉故城、金牛廢縣，皆古葭萌地，何曾見兩川同注？異者，直至魏收撰《地形志》，曰「嶓冢縣有嶓冢山，漢水出焉」，此地方顯此名，前此僅班《志》有於西縣、《水經》有於氐道縣耳。何《禹貢》三千年後始知當日「導漾」實在此地？故世翻滋擬議。

707. 余曾至秦州此山下，山不甚高而峰岫，延長連屬若邱塚。

按，峰岫，猶峰巒也。當作：山不甚高，而峰岫延長連屬若邱塚。

708. 沔水出武都沮縣東狼谷中，此為東漢水，又言沔水，東南逕沮水，戍而東南流注漢。

按，《水經注·沔水》作「沮水戍」，清王鳴盛《尚書後案》謂「沮水戍在略陽縣東南，與沔縣接界」。戍，乃駐軍城堡營壘，即防守據點。陳橋驛《水經注地名彙編》舉水流沿岸地名，「沮水戍」之外，尚有白馬戍、興勢戍、黃金戍、葵丘之戍、巴溪戍等，不一而足。故後句當作：東南逕沮水戍，而東南流注漢。

709. 久之，胐明復告予曰：西東二源不相牽合，《水經》固為得之。而以西源為漾，則與《班志》同失東源。知有沔，而不知有漾；知有東狼谷，而不知有嶓冢山。

按，閻君上文已言：「西漢水可單曰漢水，亦可曰漾水，亦可曰沔水；東漢水可單曰漢水，亦可曰漾水，亦可曰沮水，亦可曰沔水。」則為《水經》與《班志》同失者：東源知有沔，而不知有漾；知有東狼谷，而不知有嶓冢山。

710. 至說錯，則石城縣《注》，分江水首受江，東至餘姚入海，行千二百里。石城廢縣在今貴池縣西七十里，無復斯水，信如首受江之說。餘姚乃在浙江東岸，又中隔宣、歙諸水，安得越而東過，至餘姚以入海乎？

按，此一節閻君駁「石城縣」注「分江水首受江」之說，謂如其說則江水不能至餘姚以入海。「信如首受江之說」是假設分句，下文即說：不知南江，班氏指吳淞尾泄太湖之水者，豈首受江者乎？故句後當標逗點：信如首受江之說，餘姚乃在浙江東岸，又中隔宣、歙諸水，安得越而東過，至餘姚以入海乎？

711. 兩河議曰，高堰去寶應高丈八尺有奇，

按，《兩河議》，清人潘宮保所著議河道之書。

712. 昔人築堰，使淮不南下而北趨者，亦因勢而導之。不然，淮一南下，因三丈餘之地勢，灌千里之平原，安得有淮南數郡，縣儼然一都會耶？

按，末二句當作：安得有淮南數郡縣，儼然一都會耶？

713. 《爾雅》水自江出為沱漢為潛，

按，此閻君略引《爾雅·釋水》：「水自河出為灉……漢為潛……江為沱」，故當為：《爾雅》：「水自江出為沱。」「漢為潛。」或《爾雅》：「水自江出為沱、漢為潛。」

714. 則西漢導源之地，初無伏而又發之，狀如宕渠。葭萌所云者，

按，宕渠、葭萌，皆地名（或水名），中間不能用句號。

715. 而《括地》《元和》、廣元舊志，則但言其南口之所出也。

按，《廣元舊志》，即《廣元志》，為廣元縣志。故須加書名號。

卷七

第九十七

716. 《大禹謨》「朕宅帝位，三十有三載」，即唐虞曰「載」。《胤征》「每歲孟春，遒人以木鐸徇於路」，即夏曰「歲」。《伊訓》「惟元祀」，《太甲》「惟三祀」，商曰「祀」也。《泰誓》「惟十有三年春」，《畢命》「惟十有二年」，周曰「年」也。

按，《爾雅·釋天》：「夏曰歲，商曰祀，周曰年，唐虞曰載。」閻君即引典藉以證此數語，不可僅於「載、歲、祀、年」字加引號。當作：《大禹謨》「朕宅帝位，三十有三載」，即「唐虞曰載」；《胤征》「每歲孟春，遒人以木鐸徇於路」，即「夏曰歲」；《伊訓》「惟元祀」，《太甲》「惟三祀」，「商曰祀」也；《泰誓》「惟十有三年春」，《畢命》「惟十有二年」，「周曰年」也。

717. 《爾雅》，夏為昊天……秋為旻天……「鳥曰雌雄，獸曰牝牡」，

按，前二句為《爾雅·釋天》之文，整理者未加引號。

第九十八

718. 嘗讀《文中子·述史篇》，太熙之後，述史者幾乎罵矣，故君子沒稱焉，曰：嗟乎，罵史尚不可，況經乎？

按，閻君引《文中子·述史篇》之語，至「故君子沒稱焉」句而止；自「曰」以下，是閻君評論之辭。而整理者於「故君子沒稱焉」後施以逗號，似「曰」以下亦《文中子》語，謬矣。當為：嘗讀《文中子·述史篇》：「太熙之後，述史者幾乎罵矣，故君子沒稱焉。」曰：「嗟乎！罵，史尚不可，況經乎？」

719. 樹德莫如滋，去疾莫如盡，發端汛語也，

按，「樹德莫如滋，去疾莫如盡」，《左傳·哀公元年》語，故當加引號。汛語，文不成義。當作「汎語」（泛語），即通常普遍之語。整理者失校。

720. 《湯誓》，師不過曰：「爾尚輔予一人致天之伐」，牧野誓師曰：「今予發惟恭行天之伐」，

按，「誓師」一詞，後句是而前句非。當曰：湯誓師不過曰：

721. 先儒曰：不識聖賢氣象，乃後世學者一大病，道之不明，厥由於此。
余每讀之三歎焉。

按，此元代陳普《檀弓辨》語，為：「不識聖賢氣象，乃後世學者一大病，
道之所以不明也。」則「道之不明，厥由於此」乃閻君意引，也括於引
號內。「余每讀之三歎焉」才是閻君感歎語。如此方覺眉目分明。而整理者為免考查
之功，引語極少用引號，功則省矣，於讀者實未便也。

722. 故于文王之雅，稱殷士曰「膚敏」，《酒誥》曰「殷獻臣」，《洛誥》
曰「殷獻民」，

按，文王之《雅》，指《大雅·文王》，其句為「殷士膚敏，祼將於京」。故
當加書名號，以與《酒誥》《洛誥》一致。

723. 誓辭之體，告眾皆以行軍政令及賞罰之法。為主告以左右御馬之
攻，正用命弗用命之賞罰者，《甘誓》也；

按，「以……為主」，乃文章習用句式，中間不可斷也。「告以左右御馬之攻
正……」是概說《甘誓》之辭：「左不攻於左，汝不恭命；右不攻於右，汝不恭
命；御非其馬之正，汝不恭命：用命賞於祖，弗用命戮於社。」以證「誓辭之
體，告眾皆以行軍政令及賞罰之法為主」。且後句當為：告以左右御馬之攻正、
用命弗用命之賞罰者，《甘誓》也。

第九十九

724. 嘗思緯書萌於成帝，成於哀平，逮東京尤熾，有非識者，至比諸非
聖無法罪，殊死。

按，哀平，哀帝、平帝，當加頓號。「罪殊死」，例連說，不分開。如《漢
書·宣帝紀》：「其父母匿子，夫匿妻，大父母匿孫，罪殊死。」當斷為：有非
識者，至比諸非聖無法，罪殊死。

725.《隋志》讖緯篇云，賈逵之徒獨非之。與范書逵能附會文致最差貴
顯者不合，何也？

按，此「賈逵之徒獨非之」乃《隋書·經籍志一》中語，謂「《隋志·讖
緯》篇，乃閻君記憶偶誤。雖然，亦當如此標，依例不得不爾也。「范書」指
范曄《後漢書》，其《賈逵列傳》「論曰：賈逵能附會文致，最差貴顯。」故當

為:《隋志・讖緯》篇云「賈逵之徒獨非之」,與《范書》「逵能附會文致,最差貴顯」者不合,何也?

726. 又按後漢《劉盆子傳》……《耿弇傳・注》……

按,當作:《後漢・劉盆子傳》……《耿弇傳》注……

第一百

727. 按《武帝紀》,贊曰:如武帝之雄才大略,

按,所按者非《武帝紀》,乃《武帝紀》之「贊」,故只能說「《武帝紀贊》曰」。

728. 彼劉深父對客,能誦「奈何妾薄命,端遇竟寧前」,及設為屏風,張某所等語無一字差經生技耳。

按,此一節涉及兩個互有聯繫的故事。《漢書・外戚傳・孝成許皇后》載,許皇后聰慧,善史書,自為妃至即皇后位,常有寵。因為劉向、谷永等上言,於是皇帝下令省減椒房掖廷用度。許皇后不滿,乃上疏,其中有「設妾欲作某屏風張於某所,曰故事無有,或不能得,則必繩妾以詔書矣……誠太迫急,奈何妾薄命,端遇竟寧前?竟寧前於今世而比之,豈可耶」等語。宋文人真德秀,於《跋天台劉深父〈杯水編〉》一文中,回顧劉深父一日對客講論許后上孝成帝書這一段學者很少關注的史事,背誦「奈何妾薄命,端遇竟寧前」及「設為屏風張某所」等語,說他細聽無一字差,於是至今猶想其風度。而閻君以為此經生之技,不足道。故當詳盡標出引語,以啟發讀者思考、查對:彼劉深父對客,能誦「奈何妾薄命,端遇竟寧前」及「設為屏風,張某所」等語,無一字差:經生技耳。

729. 又按余向謂作古文者,生于錯解未正之日,故《書》亦隨之而誤。今又得一事,是「怵惕惟厲」,穎達《疏》,厲訓危也,即《易》稱「夕惕若厲」之義也。予謂《乾》之九三「君子終日乾乾」為句,「夕惕若」為句,「厲无咎」為句。證以下文言「雖危无咎」,益驗句讀斷宜如此。三代以上人,必不誤讀「厲」聯上「若」,王輔嗣輩可知詎意周穆王。時以輔嗣為本而摹脫之乎?其出魏晉間可知。

按,此一節閻君論述王弼誤讀《乾》之九三「夕惕若厲」(實當讀為「君

子終日乾乾，夕惕若，厲无咎」），而《偽古文尚書・冏命》（稱周穆王作）有「怵惕惟厲」句，與王弼誤同。三代以上人，必不會像王弼一樣，誤讀「厲」字聯上。故閻君嘲笑說，豈能料到周穆王時會模仿王弼的說法而脫漏「若」字呢？故得出結論：《偽古文尚書・冏命》「出魏晉間可知」。今整理者誤解文義，又於「周穆王」後置一句號，則文不成義。故後半當為：三代以上人，必不誤讀「厲」聯上，若王輔嗣輩可知；詎意周穆王時以輔嗣為本而摹脫之乎？其出魏晉間可知。

730. 予曾寄語之曰：文王世子問內豎之御者，曰「內豎」，非奄人乎？《周禮》不明言其倍寺人之數乎？

按，《文王世子》，《禮記》篇名；「問內豎之御者」，亦其中文句。又《周禮・天官冢宰・內豎》：「內豎，倍寺人之數。」故當為：予曾寄語之曰：「《文王世子》『問內豎之御者』，曰『內豎』，非奄人乎？《周禮》不明言其『倍寺人之數』乎？」

731. 又憶《後漢書・宦者傳序》，《易》曰：「天垂象，聖人則之。宦者四星在皇位之側，故《周禮》置官亦備其數。」

按，《周易・繫辭上》：「天垂象……聖人則之。」「宦者四星」云云，是范曄語。如此標點，全為《易》之言矣。故當作：又憶《後漢書・宦者傳序》：「《易》曰：『天垂象，聖人則之。』宦者四星在皇位之側，故《周禮》置官亦備其數。」

732. 成周號稱百官備，庶務繁，數僅如此，況上古之代，某用彌寡，取諸天之所生而已足，

按，「某用」，當為「其用」，整理者失校。

733. 宦者……可恥孰甚。故（太史公）每感慨，嗚咽不自禁。

按，感慨嗚咽，必當連讀，否則「不自禁」者僅「嗚咽」，與「感慨」無涉矣。

734. 姚際恒立方曰：《周本紀》，王道衰微，穆王閔文武之道缺，乃命伯冏申誡太僕國之政，作《冏命》，復寧。

按，閻君引姚際恒之言，一字不易地引述《周本紀》語，目的是揭露《古文尚書・冏命》之序為偽。其序曰：「穆王命伯冏為周太僕正，作《冏命》。」

而且強調說：「《紀》謂『太僕國之政』，非太僕正也；命伯冏申誡之，非命伯冏為太僕正也。」惜乎整理者全不顧閻君之良苦用心，引《周本紀》語不用引號，致讀者未能注意，此類事在其書中不可勝數。

第一百一

735.《序》謂「將黜殷，作《大誥》，既黜殷，殺武庚是也。」

按，「將黜殷，作《大誥》」為《大誥》之《序》文，「既黜殷，殺武庚」為《微子之命》之《序》文，「是也」二字乃閻君之語，不當括於《書序》之中。當作：《序》謂「將黜殷，作《大誥》」「既黜殷，殺武庚」是也。

736. 曖昧片語，奚損聖德？而擅興師旅，甘心同氣，兄弟之惡，不過鬩牆。而羽檄星馳，播告四方，豈聖人所為？

按，此一段標點，各句之語氣，多有不安。似當作：曖昧片語，奚損聖德？而擅興師旅，甘心同氣？兄弟之惡，不過鬩牆，而羽檄星馳，播告四方，豈聖人所為？

737.《詩》云「鼠思泣，血無言不疾」，

按，《毛詩·小雅·雨無正》：「鼠思泣血，無言不疾。」

738. 舜所以卒能容弟，而公卒不能救兄。今古遭遇有幸不幸哉。

按，「今古遭遇有幸不幸哉」一句，是對前二句之解釋，全句是由果溯因的複句，故「兄」後只能用逗號。

739. 世儒不察《蔡仲之命》為妄作，顧謂《金縢》為可疑。某嘗哂千古少讀書人非誑語也。

按，「非誑語也」指「某嘗哂千古少讀書人」，故其間逗號不可缺。

740. 按讀辟為避，太史公書亦然，王肅始解作刑辟。漢儒當是魏儒也。以《康誥》為成王書。《書序》及《傳》定四年皆然。蔡氏從經文證辨，屬之武王，良是。

按，「漢儒當是」為閻君肯定太史公看法，「魏儒也」當屬下。故後半當為：漢儒當是。魏儒也，以《康誥》為成王書，《書序》及《傳·定四年》皆然。

當說明者，《書序》：「成王既伐管叔蔡叔，以殷餘民封康叔，作《康誥》。」

則《書序》謂《康誥》為成王書,《傳・定四年》亦然。而《左傳・定公四年》:「聃季授土,陶叔授民,命以《康誥》,而封於殷虛,皆啟以商政,疆以周索。」明是武王之事,故謂「蔡氏從經文證辨,屬之武王,良是」。

741. 讀《文王世子》,不信「我百爾九十」,吾與爾三焉,聖人豈能與子以年?

按,「吾與爾三焉」亦文王語。當作:讀《文王世子》,不信「我百爾九十,吾與爾三焉」:聖人豈能與子以年?

742. 又按郝氏自謂,《金縢》之解,古所無達者,信之。余亦謂仁山《梓材》之解,古所無,惜少未盡。

按,以下句例之,全節當為:又按,郝氏自謂《金縢》之解古所無,達者信之。余亦謂仁山《梓材》之解古所無,惜少未盡。

743. 而仁山則以《洛誥》乃告卜往復成王,往來周公留後之文,與咸勤誥治之事不合,

按,《洛誥》有周公向成王告卜、成王回答之文,是「告卜往復」也;有「戊辰,王在新邑……王命周公後」之文,是「成王往來,周公留後」也。「咸勤誥治」是王樵《紹聞編》語。故當為:而仁山則以《洛誥》乃「告卜往復、成王往來、周公留後」之文,與「咸勤誥治」之事不合,

744. 翼日己未望,方大與斧斤版築之事,

按,「大與斧斤版築之事」,不通。它本皆作「大興」。蓋原文作「興」,整理者誤認為「與」,遂簡化為「与」。此又因「整理」而改正為誤,滋可歎也。

745. 即下召公旅王,若公亦以誥告庶殷為詞,

按,《召誥》原文為:「厥既命庶殷,庶殷丕作,太保……錫周公曰:『拜手稽首,旅王若公。誥告庶殷,越自乃御事。』」孔傳:「陳王所宜順周公之事。」故當為:即下召公「旅王若公」,亦以「誥告庶殷」為詞,

746. 三后在天,文王在上,于昭于天。

按,「三后在天」是《大雅・下武》句,「文王在上,于(於)昭于天」是《大雅・文王》句,當加引號。且「於昭于天」,「於」是歎詞,音wū,不可簡化為「于」。

747. 然于詩《鴟鴞》卻云：破巢取卵，比武庚之敗。管蔡及王室，則又同於《詩傳》。

按，當作《詩‧鴟鴞》……武庚之敗管蔡及王室，

第一百三

748. 詳味「堯曰：咨爾舜一節」，

按，「一節」非堯語，不當入引號中。當作：詳味「堯曰『咨爾舜』」一節，

749. 故於上文先作「警辭曰：欽哉，慎乃有位，敬修其可願」，下即續「堯言曰：四海困窮，天祿永終」。

按，此一節引《偽古文尚書‧大禹謨》文字「欽哉，慎乃有位，敬修其可願。四海困窮，天祿永終」，「警辭曰」「堯言曰」皆閻君語，不當闌入經文。故當為：故於上文先作警辭曰「欽哉，慎乃有位，敬修其可願」，下即續堯言曰「四海困窮，天祿永終」。

750. 然謂是脫文，亦不必。要堯之告舜，卻應在斯時。

按，「要」字當屬上句。

751. 讓于德弗嗣下無再命之辭，

按，「讓于德弗嗣」是《尚書‧舜典》語，必加引號。

752. 堯曰：吾不敖無告，不廢窮民，若死者，嘉孺子而哀婦人，

按，《莊子‧天道》作「苦死者」，王先謙集解：「苦，悲憫。」整理者失校。

753. 又按《論語》「孝乎惟孝，天祿永終」等，朱子一以二十五篇為據，更其句讀，效其語意，

按，《論語》「孝乎惟孝」，《為政》篇語也；「天祿永終」，《堯曰》篇語也。而曰《論語》「孝乎惟孝，天祿永終」等，易使不熟《論語》之讀者誤以為此二句出於一篇且相連。

754. 《春秋》，三傳之祖也，反以三傳疑《春秋》；《孟子‧班爵祿章》，王制之祖也，反以漢文令博士諸生作者，而疑《孟子》此章不與相合《詩》《楚辭》，音韻之祖也，反以沈約韻而改《詩》《楚辭》古音以合之。

按，《三傳》（《左傳》《公羊傳》《穀梁傳》）《王制》（《禮記》篇名），皆當有書名號。《孟子・班爵祿章》，無此書篇名。《孟子・萬章下》：「北宮錡問曰：『周室班爵祿也如之何？』」孟子作答，當即此章。故只能作《孟子》「班爵祿」章。又「相合」後當加分號。

755.《周易》《歸妹》象辭「君子以永終知敝」。

按，如此標點，《周易》《歸妹》為二書矣。當作《周易・歸妹・象辭》。

756. 漢元帝紀詔曰：不得永終性命，

按，當作：《漢・元帝紀》詔曰：

757. 有注如是已足不必贅者，有彼善於此者有未會歸于一者。

按，此說四子書注種種不足，「有彼善於此者，有未會歸于一者」顯然是兩條。

758.《廣韻》，絿，急。引《集傳》卻云：絿，緩也。

按，《廣韻・尤韻》：「㧬，急引也。絿，同上。」則當為：《廣韻》：「絿，急引。」《集傳》卻云：「絿，緩也。」

759.《說文》，罪，犯法也，從辛從自，言罪人蹙鼻，苦辛之憂。秦以罪似皇字，改為罪。不知罪者，捕魚行罔也

按，辠、罪，古今字。閻君所辨，正「辠、罪」之別。此處不可用簡化字，用之則驢脣不對馬嘴：何謂「《說文》，罪，犯法也，從辛從自，言罪人蹙鼻，苦辛之憂」？「罪」又何以「似皇字」？易為「辠」字，則順理成章：「從辛從自，言辠人蹙鼻，苦辛之憂」，而「辠」字形正似「皇」（皇的古字）。順便言之：閻君此書，只宜以繁體字印刷，用簡化字則自取病焉：有些字是不可簡化的，如此「辠」字；又如上文遇到過的歎詞「於」（音 wū），作「于」則誤；又如 64.「适子、适媵」，皆難以讀為「嫡子、嫡媵」。

760. 雖朱子前有長樂劉氏，訓縣蠻作鳥聲。終當從《毛傳》，縣蠻，小鳥貌。《韓詩薛君章句》，縣蠻，文貌。為是。

按，「鳥聲」用句號，則前「雖」字落空。「從……為是」也是古人習用的句式，「為是」前一般不做停頓。又，整理者於無把握之文，或漫不加標點，或故使碎亂，此為後者。當為：雖朱子前有長樂劉氏訓「縣蠻」作「鳥聲」，終當

從《毛傳》「縣蠻，小鳥貌」、《韓詩薛君章句》「縣蠻，文貌」為是。

761.「白鳥鷺鷺」，雖朱子前有五臣《文選注》，皬皬，白貌。終當從《毛傳》，鷺鷺，肥澤也。《說文》，鳥白肥澤兒。《字林》，鳥白肥澤曰鷺。為是。

按，情況與上句同，此則改不勝改也。「肥澤兒」，「兒」乃「皃」（貌的古字）之誤。蓋原作「肥澤皃」，「皃」與「兒」形相近，遂誤為「兒」，又簡化為「儿」。當作：「白鳥鷺鷺」，雖朱子前有五臣《文選注》「皬皬，白貌」，終當從《毛傳》「鷺鷺，肥澤也」、《說文》「鳥白肥澤皃」、《字林》「鳥白肥澤曰鷺」為是。

762. 若我輩窮聖人，經自當博考焉，精擇焉，不必規規然於一先生之言。

按，若曰「窮聖人」，則寧有「富聖人」乎？窮者，窮究也，下文正說「窮經」。當為：若我輩窮聖人經，自當博考焉，

763. 後之學者，猶苦以舉業之見施之窮經。朱子有靈，正恐未必，實以為知言也矣。

按，「未必」後不可斷。

764. 又按顧氏《音學五書》，古音分為十部，第二部以去聲，十九代人聲，二十四職，二十五德，通為一。

按，人聲，當為「入聲」。後半當為：第二部以去聲十九代、入聲二十四職、二十五德通為一。

765. 少前則《三國志》。《志》載明帝詔曰：山陽公深識天祿永終之運，禪位文皇帝。又曰：山陽公昔知天命永終於已，深觀曆數久在聖躬。

按，非「永終於巳」乃「永終於己」也。《三國志·魏書·明帝紀》「追諡山陽公為漢孝獻皇帝，葬以漢禮」注引明帝詔，正作「己」。

第一百四

766. 又曰：「昆弟五人須于洛汭，作《五子之歌》」，此必仲康等以羿實逼處，相率出奔須，于洛水之北作歌敘怨，

按，前既有「須于洛汭」之文，後何忽作「出奔須，于洛水之北」？後半當作：相率出奔，須于洛水之北，作歌敘怨，

767. 且即如太康出畋于其母何與？

按，此當為兩句：且即如太康出畋，于其母何與？

768. 禹言「予創若時，娶于塗山，辛壬，癸甲啟呱呱而泣，予弗子惟荒度土功。」

按，此《尚書·益稷》文字：「辛壬癸甲」，四日也。子，撫育也。當作：禹言「予創若時，娶于塗山，辛壬癸甲；啟呱呱而泣，予弗子，惟荒度土功。」

769. 蓋禹自堯七十二載乙卯受命平水土，則娶塗山氏女，當在丁巳。戊午啟生，即次歲，方去癸亥告成功之年頗遠。故中間數年得三過其家門。

按，「戊午啟生即次歲方去……」文不成義。據清王先謙《尚書孔傳參正》引閻若璩此句作「戊午啟生，即次歲方生，去癸亥告成之年頗遠，」則「方」後奪一「生」字。

770. 惟堯舜逾上壽之外，他不少慨見。

按，慨，當作「概」。此蓋整理失校。

771. 援據辨駁，亦從十三經注疏來，

按，當為：《十三經注疏》。

772. 蓋《孟子》有「《凱風》何以不怨」，則《凱風》不宜怨。此與《小弁》之詩親與兄之過大，皆宜怨者也。

按，《孟子·告子下》：「曰：『《凱風》何以不怨？』曰：『《凱風》，親之過小者也。《小弁》，親之過大者也。」則「親與兄之過大」，正引《孟子》「親之過大」（古學者常憑記憶引文），故亦應加引號。

773. 許慎《說文解字》云：陶丘，再成也，在濟陰，《夏書》曰：東至陶丘。

按，許慎解釋的是字「陶」，而非「陶丘」。故閻君引文必是「陶，丘再成也」。查《說文解字》：「陶，再成丘也，在濟陰。《夏書》曰：東至陶丘。」閻君引文略有不同，是記憶偶誤，然符合《說文解字》釋字規律，語義不誤。閻

君之流學者是不會犯「《說文解字》：陶丘，再成也」類錯誤的。

774. 又按杜氏《釋例》云：晉、大鹵、大原、大夏、參虛、晉陽，一地而六名。余謂尚不止此，昭元年曰：唐定四年曰夏虛，晉語曰：實沈之虛……又六名，皆是也。

按，此說晉之異名，曰，「叫作」而已，整理者皆誤解為「說」，又有斷句之誤。後部當作：余謂尚不止此：《昭元年》曰唐，《定四年》曰夏虛，《晉語》曰實沈之虛……又六名，皆是也。

第一百五

775. 百篇《序》謂之《小序》……孔安國始據以序古文《書》兩漢諸儒並以為孔子作。

按，「《書》」後當加句號。

776. 作《汩作》《九共》九篇。槁飫，

按，《槁飫》，亦逸《書》篇名。孔傳：「凡十一篇，皆亡。」故當為：作《汩作》、《九共》九篇、《槁飫》。

777. 皋陶矢厥謨，禹成厥功，帝舜申之，作《大禹皋陶謨》《益（馬、鄭、王本作棄）稷》。

按，《大禹皋陶謨》當為兩篇：《大禹》《皋陶謨》。

778. 禹別九州，隨山濬川，任土作貢，

按，依閻君意，此「貢」即「《禹貢》」，故其字宜加書名號，否則少此一《書》。

779. 啟與有扈戰手甘之野，作《甘誓》。

按，「戰手」當為「戰于」之誤。此亦整理致誤。

780. 自契至于成湯八遷，湯始居亳，從先王居，作帝告，釐沃，

按，《帝告》《釐沃》，亦逸《書》篇名。孔傳：「二篇皆亡。」

781. 入自北門，乃遇汝鳩汝方，作《汝鳩汝方》。

按，《汝鳩》《汝方》，是二篇逸《書》。孔傳：「二篇皆亡。」

782. 湯既勝夏，欲遷其社，不可，作《夏社》。疑至臣扈，

按，《疑至》《臣扈》，亦逸《書》篇名。孔傳：「三篇皆亡。」

783. 湯歸自夏，至於大坰，仲虺作誥，

按，依閻君意，此「誥」即《仲虺之誥》，故其字宜加書名號，否則少此一《書》。

784. 伊陟相太戊，亳有祥，桑穀共生於朝，

按，「祥桑穀」習慣上連讀。「穀」，實當作「榖」，樹名，非「穀物」之「穀」。

785. 殷既錯天命，微子作誥父師少師，

按，依閻君意，此「誥」即《微子》，故其字宜加書名號，否則少此一《書》。

786. 成王既踐奄，將遷其君於蒲姑，周公告召公作《將蒲姑》。

按，「周公告召公」後當加逗號，否則作《將蒲姑》者將為召公也。

第一百六

787. 馬、鄭、王三家本係真古文，宋代已不傳，然猶幸見其互異處於陸氏《釋文》及孔《疏》。愚故得摘出之，整比於後，以竢後聖君子，慨然憤發，悉黜梅氏二十五篇，

按，「以竣」，四庫本作「以竢」，是。整理者失校。

788. 又考《釋文》云：《尚書》考靈曜及《史記》作禹鉶，是鄭所改。

按，《尚書考靈曜》，緯書名。

789. 曰蒙（王肅《注》，霿，天氣，下地不應暗冥也。鄭康成以霿者，氣澤。鬱鬱，冥冥也。）

按，當作：（王肅《注》：「霿，天氣下，地不應，暗冥也。鄭康成以霿者，氣澤鬱鬱冥冥也。）

790. 曰繹（鄭康成以圛為明，言色澤，光明也。）

按，「言色澤光明也」，中不點斷。

791.「嶓冢導漾」，鄭本「漾」作「瀁」，注曰：瀁水出隴西氏道。

按，「氏道」乃「氐道」之誤。此字本不誤，整理致誤。

792.「天其申命用休」，鄭本「申」作「重」，注曰：天將重命汝以美應謂符瑞也。

按，「謂符瑞也」，是「美應」的解釋語，故當為：注曰：「天將重命汝以美應，謂符瑞也。」

793.《牧誓》「弗迓克奔以役西土」，鄭本「弗迓」作「不禦」，注曰：禦強禦謂強暴也。

按，鄭注本當作：「禦，強禦，謂強暴也。」

794.「我先王亦永有依歸」，鄭本有「下有所」字。

按，後句本當作：鄭本「有」下有「所」字。

795.「毋逸爰暨小人」，

按，當作：《毋逸》「爰暨小人」，

796.「肸誓魯人三郊三遂」，王本「遂」作「隧」。

按，《肸誓》即《費誓》，《史記‧魯周公世家》作《肸誓》。當作：《肸誓》「魯人三郊三遂」，

797.《宋微子世家》「微子我其發出狂」，鄭本「狂」作「往」，注曰，發，起也，我其起作出往也。

按，《宋微子世家》「微子」不與「我其發」連說；且作「出往」，其注方作「我其起作出往也」。此閻君記憶偶誤。

798.「土爰稼穡」，王本「爰」作「曰」「從」作「乂」，馬本「乂」作「治」。

按，「從作乂」是另一句，其前宜加分號。

799. 注日：於天為順也。

按，注日，當為「注曰」。

800. 又曰：雨者、濟者、圛者、霧者、克者，則鄭本曰圛，在曰霧之上，王本亦然。又「曰霧」鄭本作「曰濟」。

按，依例，「曰圛」「曰霽」當加引號。

801.《呂刑》：「度作刑以詰四方」，「作度」作「詳刑」。

按，《周禮·天官冢宰·大宰》「五曰刑典，以詰邦國」鄭玄注引《書》曰：「度作詳刑以詰四方。」則此句當作：《呂刑》「度作刑以詰四方」，作「度作詳刑」。

802.《金縢》……又「體王其罔害」，

按，「體」孔傳：「公視兆，曰：『如此兆體，王其無害。』」則「體」後必加逗號。

第一百七

803. 又曰「傳之子孫，以貽後代」，漢時無這般文章。

按，「漢時無這般文章」亦是朱子語。

804. 而尤悖理者，贊《易》道而黜八索，述《職方》而除九丘。

按，《八索》《九丘》皆古書名。

805. 又按衛宏古文奇字，《序》先于許氏，

按，《古文奇字》，衛宏所作，其序亦然。故當標點為：衛宏《古文奇字序》

806. 太史公《自序》，秦撥去古文，焚滅《詩》《書》。繼云：漢興百年之間，天下遺文古事，靡不畢集。太史公一隱一見宛然。

按，「太史公一隱一見宛然」，語義不明。實則為：「天下遺文古事，靡不畢集太史公。」一隱一見宛然。

807.《繫辭》曰：上古結繩而治，後世聖人易之以書契，百官以治萬民，以察後世。聖人蓋指黃帝、堯舜，豈謂伏犧氏乎？

按，《周易·繫辭下》：「上古結繩而治，後世聖人易之以書契，百官以治，萬民以察。」其後乃閻君議論。當作：《繫辭》曰：「上古結繩而治，後世聖人易之以書契，百官以治，萬民以察。」「後世聖人」蓋指黃帝、堯舜，豈謂伏犧氏乎？

第一百十一

808. 蓋伏生寫此二篇《酒誥》，率以若干字為一簡，《酒誥》率以若干字為一簡。

按，當作：蓋伏生寫此二篇，《酒誥》率以若干字為一簡，《召誥》率以若干字為一簡。

809. 又曰：竊意古人受經於師經，有若干篇，篇有若干簡，簡有若干字，終身守之不敢違。

按，經、篇、簡相對，故下「經」字當屬下。

810.《宋書·謝靈運傳》論云：

按，當為《宋書·謝靈運傳論》云：

811. 束晳《穆天子傳序》以前所考定古尺度其間，二尺四寸皆定制者。惟班書《杜周傳注》，孟康曰：以三尺竹簡書法律為異。《南史·王僧虔傳》，有發楚王冢，獲竹簡書，青絲編簡，廣數分，長二尺。又異。

按，「其間」，他書皆作「其簡」，是。當屬下。又，「惟……為異」亦古人習慣句式，中間不停頓。「為異」「又異」相呼應，故其間亦不宜加句號。當作：束晳《穆天子傳序》以前所考定古尺度，其簡二尺四寸，皆定制者。惟《班書·杜周傳》注「孟康曰『以三尺竹簡書法律』」為異，《南史·王僧虔傳》「有發楚王冢，獲竹簡書，青絲編，簡廣數分，長二尺」又異。

812. 又按顧寧人謂，三代以上言文不言字，李斯、程邈出，文降而為字矣。引秦始皇琅邪臺石刻，同書文字。以為字字始見此。不知前此二年，秦初并天下，書同文字。與即位初呂不韋以所著書布咸陽市門，有能增損一字者，予千金。

按，此一節閻君論「字」字出現於何時，謂顧炎武之說不確。故當標點為：又按顧寧人謂三代以上言「文」不言「字」，李斯、程邈出，「文」降而為「字」矣。引秦始皇琅邪臺石刻「同書文字」，以為「字」字始見此。不知前此二年，秦初并天下「書同文字」與？即位初，呂不韋以所著書布咸陽市門，「有能增損一字者予千金」。

813. 漢禮儀與律令同錄。曹褒禮既寫以二尺四寸簡，律可知也。

按，此閻君以為禮、律相同，錄，即「記錄」。故當作：漢禮儀與律令同，錄曹褒禮，既寫以二尺四寸簡，律可知也。

第一百十二

814. 自偽孔《傳》有河圖八卦，伏羲王天下，龍馬出河，遂則其文以畫八卦，謂之《河圖》，及天與禹洛出書，神龜負文而出，列于背，有數至于九，禹遂因而第之，以成《九類》之說，

按，此一節閻君引兩段經文（《顧命》「河圖在東序」、《洪範》「天乃錫禹洪範九疇彝倫攸敘」）之偽孔傳文，皆語涉神怪，其言不雅馴，後世多據以說《易》與《洪範》，流毒甚廣。整理者宜一一標明引文，以期引起讀者注意。又，「九類」即「九疇」，非書名。故當為：自偽孔《傳》有「河圖八卦，伏羲王天下，龍馬出河，遂則其文以畫八卦，謂之《河圖》」及「天與禹，洛出書，神龜負文而出，列于背，有數至于九，禹遂因而第之，以成九類」之說，

815. 後說《易》者皆以《河圖》；說洪範者，皆以《洛書》。

《洪範》，《尚書》篇名。

816. 且圖書之法，亦不過所謂觀鳥獸之文而已，遠取諸物而已，豈得謂龍馬，出伏羲始能畫，不然，將束手不作《易》哉？

按，「觀鳥獸之文」「遠取諸物」，皆《周易・繫辭下》文，理應加引號。又，「出」屬上句。當作：且圖書之法，亦不過所謂「觀鳥獸之文」而已，「遠取諸物」而已；豈得謂「龍馬出，伏羲始能畫」？不然，將束手不作《易》哉？

817. 且引《大戴禮》，書二九四七五三六一八之言，以證《洛書》以為大傳既陳天地五十有五之數，

按，《大戴禮書》即《大戴禮》。《洛書》後當斷。故當為：且引《大戴禮書》「二九四七五三六一八」之言，以證《洛書》；以為《大傳》既陳天地五十有五之數，

818.《乾鑿度》，張平子傳所載太乙下行九宮法，即所為戴九履一者。則是圖相傳已久，安知非《河圖》也？

按，《張平子傳》即《後漢書・張衡列傳》，當加書名號。

819. 若以今之圖書果為河洛之所出，則數千載之間，孰傳而孰受之？

按，河洛，《河圖》《洛書》，當作《河》《洛》。

820. 然則，孔安國、劉向父子、班固以為《河圖》授羲。《洛書》錫禹
者皆非歟？

按，「然則」後逗號去掉，「授羲」後句號改頓號。

821. 此猶以《洛書》屬《洪範》，不及下王子充，見尤確。

按，後一逗號去掉。

822. 故二與七皆居南以火生成於其位也。

按，「故二與七皆居南」後加逗號。以與上句「故一與六皆居北，以水生成
于其位也」相對。

823. 至論其數則一、三、五、七、九，凡二十，五天數也。

按，此說「一、三、五、七、九」之和為二十五，此為天數。故當作：至論
其數，則一、三、五、七、九，凡二十五，天數也。故下文說「二、四、六、
八、十，凡三十，地數也」。

824.《魯頌》曰：天錫公純。戩言聖人之資質，天下之上壽，皆天所賦
予。

按，《魯頌·閟宮》：「天錫公純戩，眉壽保魯。」純戩，大福也。

825. 如簫韶奏而鳳儀，《春秋》作而麟至。

按，《簫韶》，舜樂名。

826. 是則以《洛書》之數而論《易》，其陰陽之理、奇偶之數、方位之
所，若合符節，雖繫辭未嘗明言，

按，繫辭，即《易·繫辭》，當加書名號。

827. 又按歸熙甫《易圖論》上曰：《易圖》非伏羲之書也，此郤子之學
也。

按，「郤子」乃「邵子」之誤，整理者失校。

828. 且邵子謂先天之旨在卦氣，《傳》何為舍而曰：天地定位。後天之
旨在入用，《傳》何為舍而曰：帝出乎震。

按，此閻君謂邵子之說與《易傳》不同，故當為：且邵子謂「先天之旨在卦氣」，《傳》何為舍而曰「天地定位」？「後天之旨在入用」，《傳》何為舍而曰「帝出乎震」？

829.《顧命》「《河圖》在東序」，與和弓乖矢同寶而已。

按，《顧命》：「兌之戈、和之弓、垂之竹矢在東房。」則當為「垂矢」，作「乖矢」者，整理者失校。

830. 時康節上接種放、穆修、李之才、之傳，而創為河圖先天之說，

按，「之傳」前之頓號多餘。

卷八

第一百十三

831. 按吳才老有《書裨傳》十三卷，首卷舉要曰《總說》、曰《書序》、曰《君辨》、曰《臣辨》、曰《考異》、曰《詁訓》、曰《姜牙》、曰《孔傳》，凡八篇，意《差牙》《孔傳》篇內必另有疑古文處，不止如上所載者。

按，《姜牙》當為《差牙》之誤。元馬端臨《文獻通考‧經籍考》亦作《差牙》。

832. 梅賾上偽《書》，冒以安國之名則，是梅賾始偽。

按，「則」字屬下。

第一百十四

833. 愚請得而詰之曰：《尚書》諸《命》皆易曉因已，然所為易曉者，則《說命》《微子之命》《蔡仲之命》《畢命》《冏命》，皆古文也，故易曉。至才涉於今文，如《顧命》《文侯之命》，便復難曉。《尚書》諸《誥》皆難曉固已，然所謂難曉者，則《盤庚》《大誥》《康誥》《酒誥》《召誥》《洛誥》，皆今文也，故難曉。

按，「因已」為「固已」之誤，有下文之「固已」可證。且此「已」為句末語氣詞，「固已」單獨成句，當作：《尚書》諸《命》皆易曉，固已……《尚書》

諸《誥》皆難曉，固已……

834. 如此今說者不唯文之有古今，而唯體之有有命誥，與人之有周召，亦所謂舛矣。

按，命誥，專指《尚書》中兩類文章，應加書名號。而連詞「與」前不應用逗號。

835. 有自富平來，傳其新論者曰：

按，有……者，固定句式，中間不可有逗號。

836. 案《左傳》隱元年，「天子七月而葬同軌畢至」。此應在葬後，

按，當作：《左傳·隱元年》「天子七月而葬，同軌畢至」，此應在葬後，

837. 附此以便他日。質諸寧人云。

按，此一節閻君反駁顧寧人對其說之批評，故曰「附此，以便他日質諸寧人云」，「他日」後不得有句讀。

838. 自康成偶誤，注小司寇外朝為在雉門外，

按，此「小司寇」，指《周禮·秋官司寇·小司寇》，其職為「掌外朝之政」，鄭玄注：「外朝，在雉門之外者也。」故當標點為：注《小司寇》「外朝」為「在雉門外」，。

839. 又按蔡《傳》引蘇氏曰：三年之喪既成，服釋之而即吉，

按，舊時喪禮大殮之後，親屬按照與死者關係的親疏穿上不同的喪服，叫「成服」。《禮記·奔喪》：「唯父母之喪，見星而行，見星而舍。若未得行，則成服而後行。」下文即說「郊之日，喪者不哭，不敢凶服，……雖有私喪之服，盡釋之而即吉」。此「即吉」指於服喪時不得不參加吉禮而暫脫喪服，著吉服。

840. 太保使太史奉冊授王，于次諸侯入哭于路寢而見王，於次王喪服，受教戒諫，哭踊答拜。

按，《康王之誥》「王釋冕，反喪服」《書集傳》引孔子曰：「太保使太史奉冊授王于次，諸侯入哭於路寢而見王於次，王喪服受教戒諫，哭踊答拜。」次，指辦喪事的地方。《儀禮·士喪禮》：「主人揖就次。」鄭玄注：「次，謂斬衰倚廬、齊衰堊室也。」

841. 古之奔喪，見星行舍。竊謂成王既崩，康王雖相距數千里外，猶當蒲伏以赴，安有咫尺宮門而不入？就號哭辟踊之位，顧必俟干戈虎賁以逆之乎？

按，「安有……乎」是一問，「入就」亦緊密關聯之動作（《後漢書·禮儀下》「東園武士載大行……治禮引太尉入就位」），故後半當為：安有咫尺宮門，而不入就號哭辟踊之位，顧必俟干戈虎賁以逆之乎？

842. 乃孔安國曲為之說。曰：由喪次而出，出而復逆，以殊異之。

按，「孔安國曲為之說」在「曰」前，故不得加句號。「由喪次」至「以殊異之」，是閻君節引下文孔安國傳「將正太子之尊……所以殊之」，故仍為直接引語。故當為：乃孔安國曲為之說曰：「由喪次而出，出而復逆，以殊異之。」

843. 至曰成王既殯，康王方在苫塊中，詎可嚌而飲福。嚌者，小祥之禮也。不知經文明指太保非王。

按，詎，表反問的語氣詞，當為問句。末句當斷為二句。故當為：至曰成王既殯，康王方在苫塊中，詎可嚌而飲福？嚌者，小祥之禮也。不知經文明指太保，非王。

844. 又曰：天子未除喪，稱「予小子雖衰」，周猶然，今儼然自稱「予一人」，非禮。

按，此閻君引《禮記·曲禮下》：「天子未除喪，曰予小子。」故當加引號，且當為：又曰：「天子未除喪，稱『予小子』。」雖衰周猶然。今儼然自稱「予一人」，非禮。

845. 蓋伏生齊人也，公羊子亦然，所傳《春秋》如昉於此乎？登來之也，何休《注》皆云齊人語……《公羊傳》昉於此乎？登來之也，乃自作傳文爾，非關《春秋》。

按，《公羊傳·隱公五年》「公曷為遠而觀魚？登來之也。……始僭諸公昉於此乎？」則「昉於此乎、登來之也」為《公羊傳》之「齊人語」，不加引號則不知所云。故當為：所傳《春秋》如「昉於此乎、登來之也」，何休《注》皆云齊人語……《公羊傳》「昉於此乎、登來之也」，乃自作傳文爾，非關《春秋》。

846. 如殷三盤、周八誥，則與獄辭相類。蓋俱今文。

按，《盤》、《誥》皆《尚書》篇名。

847.《草廬集》有《題伏生授書圖詩》「先漢今文古後晉古文今」。近代蘇桓謂陳際泰時文古，古文時亦猶是爾。

按，此為閻君引詩文諷刺《古文尚書》為後人炮製。當作：《草廬集》有《題伏生授書圖詩》「先漢今文古，後晉古文今」，近代蘇桓謂陳際泰「時文古，古文時」，亦猶是爾。

848. 又按《周禮》幕人職注為賓客飾也。

按，《周禮·天官冢宰·幕人》「大喪，共帷、幕、簾、綬」鄭玄注：「為賓客飾也。」故當作：《周禮·幕人》職注：「為賓客飾也。」

849. 辨《泰誓》上，《傳》，武三承襲父年之非矣，則於偽經「大勳未集」，九年大統未集不能通，

按，「《泰誓》上，《傳》」，當作「《泰誓上》傳」。「武三」，「武王」之誤，整理者失校。又，「九年大統未集」是《武成》文字，亦當加引號。當作：辨《泰誓上》傳，武王承襲父年之非矣，則於偽經「大勳未集」「九年大統未集」不能通，

第一百十五

850. 又二十八篇之文雖同一古，而中間體制種種各殊。二十五篇之文雖名為四代，作者不一而，前後體制不甚遠。

按，後一「而」字屬下句。

851. 故後十年恭帝元年周文令太常盧辨作誥諭，公卿曰：嗚呼

按，這樣斷，「公卿」成了主語。實際上是「盧辨作誥，諭公卿曰」，「公卿」本是賓語。

852. 昌黎述其生平所用心曰：周誥《殷盤》詰屈聲牙，純稱今文。

按，當為：周《誥》殷《盤》。

853. 然亦未有以今古文之別告二公乎。告亦未有不悟者，

按，兩句中「告」相呼應，故二句間不可隔以句號，換成問號可也。然其後句又宜為句號。

854. **藐爾孤孫，未承家學，已又耄矣，口不能宣。**

按，已，當為「己」，伏生自指。刻工之誤，所當注意焉。

855. **家藏有宋名畫授經圖，伏生東向坐，**

按，當為：《授經圖》。

第一百十六

856. **書辭淵塞，詩語清通。故虞《書》渾樸。其言詩則曰，聲依永律和聲，**

按，《書》《詩》《虞書》，當如此標。

857. **喜起之歌乃有逸響。雅頌訓誥多周公制作，雅頌明暢，訓誥結澀。**

按，當為：《「喜、起」之歌》乃有逸響。《雅》《頌》《訓》《誥》多周公制作，《雅》《頌》明暢，《訓》《誥》結澀。

858. **夫子作《易傳》《論語》，春容爾雅，清風習習，然皆詩之為言也……如《論語》二十篇，春容爾雅，**

按，兩「春容」皆當為「舂容」，舒緩從容。此蓋因不知古語而致誤。詩之為言，當作《詩》，以照應上文「不學《詩》無以言」句。

859. **朱元晦謂書不須盡解，固緣《孟子》「盡信書不如無書」之意。然朱所謂易解者，乃其不必解之偽書；**

按，「書」皆指《尚書》，當加書名號。

860. **堯舜一德，故二帝並典；五臣同心，故皋陶合謨（按此說非）。**

按，當作：堯舜一德，故二帝並《典》；五臣同心，故皋陶合《謨》（按此說非）。

861. **《詩》曰「衣錦尚絅」惡其文之著也。**

按，本為兩句，「惡」前當有逗號。

862. **二十八篇若康誥等誥，字字肝膽，潑放簡策上，**

按，「康召等誥」，即《康王之誥》《召誥》等。故當為：《康》《召》等《誥》

863. 夫《伊訓》《說命》，風格卑弱，尚不敢望《秦誓》，乃得與典謨並
　　 列？真是千古不平事。

按，典謨，當作：《典》《謨》。

864.《周官》「冢宰掌邦治」至「大明黜陟」云一代典制，當世自有，令
　　 甲開載成王訓百官，何用瑣舉。

按，此一節郝氏批評《周官》成王訓百官之言瑣碎無用，以令甲（法律）
已詳細列舉。故當為：《周官》「冢宰掌邦治」至「大明黜陟」云：「一代典制，
當世自有令甲開載。成王訓百官，何用瑣舉？」

865. 君喜歸美，即不喜歸過，是導之諛也，豈賢王之訓。

按，句末當用問號。書中此類尚多，舉此以概其餘。

866. 予愛李翱《答王載言書》：古之人能極於工，而已不知其辭之對與
　　 否也。

按，「而已」當屬上。

867. 憂心悄悄，慍于群小，此非對也。覯閔既多，受侮不少，此非不對
　　 也。以此律《大禹謨》，豈流水，讀去而不覺其排比者與？

按，此一節說讀《大禹謨》，亦如讀《毛詩》，排比對仗如流水。「憂心悄
悄，慍于群小，覯閔既多，受侮不少」皆《邶風·柏舟》語。故當為：「憂心
悄悄，慍于群小」，此非對也；「覯閔既多，受侮不少」，此非不對也。以此律
《大禹謨》，豈流水讀去，而不覺其排比者與？

868. 字法則如以敬作欽，善作臧，治作乂，作亂順，作若信，作允用，
　　 作庸汝，作乃無，作罔非作匪是，作時其，作厥不，作弗此，作茲
　　 所，作攸故，作肆之類是也。

按，「亂」古有「治」義，故《偽古文尚書》作者以「乂、亂」改「治」。故
曰「治作乂、作亂」。整理者誤以為全是三字句，而既未讀《尚書》，遂文義不
通。實當為：字法則如以敬作欽、善作臧、治作乂作亂、順作若、信作允、用
作庸、汝作乃、無作罔、非作匪、是作時、其作厥、不作弗、此作茲、所作攸、
故作肆之類是也。

第一百十七

869. 且以商詩比之，周詩自是奧古。而《商書》比之《周書》，乃反平易，豈有是理哉？

按，此一節說《商詩》《商書》當比《周詩》《周書》奧古，而前句義正相反，此標點之誤也。《朱子語類・詩二》「《商頌》雖多如《周頌》，覺得文勢自別：《周頌》雖簡，文自平易；《商頌》之辭，自是奧古」可證。故實當為：且以《商詩》比之《周詩》，自是奧古；而《商書》比之《周書》，乃反平易，豈有是理哉？

870.《泰誓》曰謂已有天命，

按，已，「己」之誤字。陸德明釋文於此特標明「己，音紀」，以避免誤讀。

871. 如左氏內外傳文，

按，《左氏內外傳》指《左傳》與《國語》。

872.《禮記》文亦不艱深，至載衛孔悝鼎銘便佶屈。

按，《孔悝鼎銘》，銘文名。

873.《尚書》之辭有極難曉者，「鳩僝功弔由靈」之類；

按，《舜典》：「共工方鳩僝功。」孔傳：「共工，官稱。鳩，聚；僝，見也。共工能方方聚見其功。」《盤庚下》：「肆予沖人，非廢厥謀，弔由靈。」孔傳：「弔，至；靈，善也。非廢，謂動謀於眾，至用其善。」故當作：「鳩僝功、弔由靈」之類

874. 有參差不對者，「承保乃文祖受命民越乃光烈考武王」之類。

按，《洛誥》：「承保乃文祖受命民，越乃光烈考武王。」孔傳：「承安汝文德之祖文王所受命之民。」「於汝大業之父武王。」

875. 與真孔《書》不傳，偽孔《書》傳到今何異？噫。

按，「噫」表示強烈感歎語氣，必用感歎號。

876. 予請舉《禮記》引《兌命》之文，「爵無及惡德民立而正事純而祭祀是為不敬」，「事煩則亂，事神則難中」二句非艱深險澀之語乎？

按，鄭玄注：「惡德，無恒之德。純猶皆也。言君祭祀賜諸臣爵，毋與惡德之人也，民將立以為正，言放傚之。疾事皆如是而以祭祀，是不敬鬼神也。惡

德之人使事煩，事煩則亂；使事鬼神，又難以得福也。」此段則當標點為：予請舉《禮記》引《兌命》之文「爵無及惡德，民立而正。事純而祭祀，是為不敬。事煩則亂，事神則難」中二句非艱深險澀之語乎？

第一百十八

877. 蓋以偽《大禹謨》增加人心道心，而並淺視《論語》不可訓。

按，不可訓，是「不可以為訓」的簡略語，一般單獨成句。清皮錫瑞《古文尚書冤詞平議》：「改《大學》、刪《孝經》，實不可訓。」《禮記淺說》：「以王位為聖人所貪，尤不可訓。」

878. 獨《禹謨》一篇雜亂無敘，其間只有益贊堯一段，安得為謨？舜讓禹一段，當名之以典，禹征苗一段，當名之以誓。今皆混而為一，名之曰謨，殊與餘篇體制不同。

按，《謨》《典》《誓》皆《尚書》篇名，非如一般意義之謨、典、誓也，皆當加書名號。

879. 一曰《蔡仲之命》一段絕與《太甲》篇相出入，言天輔民懷即是克敬惟親懷于有仁之說。為善同歸于治，為惡同歸于亂，即是與治同道罔不興與亂同事罔不亡之說。惟厥終終以不困，不惟厥終終以困窮，即是自周有終相亦罔終之說。

按，此一段閻君引元王充耘說，對比《蔡仲之命》句與《太甲》句相似，以證明「古文只是出於一手，掇拾附會，故自不覺犯重耳。」因此相關引文必加句讀，以方便讀者比照，否則整理者之責安在哉？當作：言「天、輔、民、懷」（《蔡仲之命》句：皇天無親，惟德是輔，民心無常，惟惠之懷）即是「克敬惟親、懷于有仁」之說；「為善同歸于治，為惡同歸于亂」，即是「與治同道罔不興，與亂同事罔不亡」之說；「惟厥終，終以不困，不惟厥終，終以困窮」，即是「自周有終，相亦罔終」之說。

880. 按王充耘又言，「若跣弗視地厥足用傷」與「若藥弗暝眩厥疾弗瘳」之語不倫，意亦不相對，

按，其疏失與上條同，當作「若跣弗視地，厥足用傷」與「若藥弗暝眩，厥疾弗瘳」。

881. 當時學士大夫借曰知之可也，田夫野叟閭巷之徒，何自而知之切
意？三代之民，家家業儒，人人有士君子之識，所謂道德仁義之意，
性命之說，典誥之語，一聞見而盡識之，非上之人好為聱牙倔強以
驚拂之也。蓋其所習者，素曉也。

按，「知之切意」，難通。「切意」者。「竊意」也，私下臆測也，當屬下讀。
古有此用法。如五代何光遠《鑑誡錄·鬼傳書》：「切以趙氏之冤，搏膺入夢；
良夫之枉，披髮叫天。」宋王安石《與崔伯易書》：「切以謂可畏憚而有望其助
我者，莫如此君。」

882. 因悟《書》難讀莫過殷三盤、周八誥，

按，「盤」「誥」，皆當作《盤》《誥》。

第一百十九

883. 若《康誥》曰「冒聞於上帝」，甫刑曰「皇帝清問下民」，

按，《甫刑》即《尚書·呂刑》。周穆王時有關刑罰的文告，由呂侯請命而
頒，故曰《呂刑》。後因呂侯後代改封甫侯，故《呂刑》又稱《甫刑》。

884. 歧之言云：爾平正無礙，甚得孟子口氣。

按，歧，當作「岐」。閻君於此前全引趙岐注，然後評論：趙岐之言平正無
礙，甚得孟子口氣。故實當為：岐之言云爾，平正無礙，甚得孟子口氣。

885. 而晚出《武成》則言前徒倒戈，攻于後，以北血流漂杵，是紂眾自
殺之血。非武王殺之之血，其言可謂巧矣，

按，「以北血流漂杵」，是誤以「北」（敗逃）為「北方」。又，「是」「非」相
對應，聯繫緊密，不可以句號隔之。故當為：《武成》則言「前徒倒戈，攻于後
以北，血流漂杵」，是紂眾自殺之血，非武王殺之之血：其言可謂巧矣，

886. 見《荀子》有厭旦於牧之野鼓之，而紂卒易鄉，遂乘殷人而進誅
紂。

按，《荀子·儒效篇》文，「鼓之」當屬下句。當為：見《荀子》有「厭旦於
牧之野，鼓之而紂卒易鄉，遂乘殷人而進誅紂」。

887. 是以言峻則嵩高極天，論狹則河不容舠，說多則子孫千億，稱少則
民靡孑遺；襄陵舉滔天之目，倒戈立漂杵之論，

按，此《文心雕龍・夸飾篇》文句，專引《詩》《書》原句以論述，故其原句必當標出：是以言峻則「嵩高極天」，論狹則「河不容舠」，說多則「子孫千億」，稱少則「民靡孑遺」；「襄陵」舉「滔天」之目，「倒戈」立「漂杵」之論，

888. 孔《傳》云：自攻于後，以北走，血流漂舂杵。甚之言非含不可盡信之意乎？

按，「甚之言」亦孔《傳》文，「非含不可盡信之意乎」方為閻君評論語。

889. 至蔡《傳》則云：紂之前徒，倒戈反攻其在後之眾，以走，

按，《武成》：「前徒倒戈，攻于後以北」，則蔡《傳》當是：紂之前徒倒戈，反攻其在後之眾以走，

890. 竊意元凱前，賈逵、服虔王肅輩，皆注左氏。

按，服虔、王肅為東漢、魏二學者，故必加頓號。

891. 又按梅氏鷟嘗謂，朱子之明，過於鄭僑；晉人之欺，甚於校人。朱子如子產曰：「得其所哉者，不一而足也。」

按，此數句言朱熹之智慧雖勝於鄭子產，而作偽者之欺詐，又甚於欺騙子產之校人。故其如子產受騙上當，喊「得其所哉」者，不止一次。故當為：又按梅氏鷟嘗謂「朱子之明，過於鄭僑；晉人之欺，甚於校人。朱子如子產曰『得其所哉』者，不一而足也。」

892. 孟子本意為武王辨誣，反先誣武王而後辨之乎？朱子復生今日聞此，亦應絕倒。

按，後兩句為整齊的六字句：朱子復生今日，聞此亦應絕倒。

893. 孟子於此安得心不為惻然，口不為慨然，所以欲並書廢之。

按，前有「安得」，「慨然」後則必有問號。「書」指《尚書》當加書名號。

894. 我故曰：世之疑孟刺孟者，俱非；而孟之疑書廢書者，確也。

按，兩「書」字，非作《書》則不可。

第一百二十

895. 因歎向來里中諸子，謂書關繫不在卷軸篇數，

按，「書」字，當作《書》。

896. 又按隋王劭勘晉宋古本《曲禮》並無「稷曰明粢」，立八疑十二，
　　　證以滅此一句為是。

按，「八疑十二證」為王劭提出之疑問與證據，不可以逗號隔斷。

897. 唐孔氏《疏》……文十三年《傳》，討尋上下文義不容，有其處者，
　　　為劉氏為漢儒增加。

按，此一節閻君舉例論證古學者於文獻之文句是非，必認真探尋考證，不
憚辭費。如《左傳・文公十三年》「秦人歸其帑，其處者為劉氏」，孔疏有「《傳》
說『處秦為劉氏』」，未知何意。言此討尋上下，其文不類。深疑此句或非本旨，
蓋以為漢室初興，損棄古學，《左氏》不顯於世。先儒無以自申，劉氏從秦從
魏，其源本出劉累。插注此辭，將以媚於世」云云。故當為：《文十三年傳》，
討尋上下文義，不容有「其處者為劉氏」，為漢儒增加。

898. 故孟子闢楊墨……以為能有一言及楊墨者，即許而進於聖門。誠
　　　懼乎，吾道甚孤，而氣類不可以不廣也。

按，此一節閻君述孟子闢楊墨之堅決，假若許一言及楊墨者進於聖門，則
懼乎吾道之孤。如整理者之標點，孟子許及楊墨者進於聖門矣。故當為：故孟
子闢楊墨……以為能有一言及楊墨者，即許而進於聖門，誠懼乎吾道甚孤，而
氣類不可以不廣也。

899. 為次子邵公撰《墓誌》，稱其等於生知，五歲而夭。予謂當時天若
　　　假之年，三代以下可復見，生安之聖人卒不獲見。予之恨者，二也。

按，此說若大程子之次子不早夭，便可於三代以下復見天生之聖人，惜卒
不獲見，殊可恨也。故後半當為：予謂當時天若假之年，三代以下可復見生安
之聖人。卒不獲見，予之恨者，二也。

900. 有發楚王冢，得竹簡書，以示王僧虔者。僧虔曰，是科斗書《考工
　　　記》《周官》所闕文也。

按，《考工記》《周官》，中間必加逗號。

901. 案《曾子問》，孔子曰：「昔者吾從老聃助葬於巷黨，及恒，日有食
　　　之。」

按，恒，《曾子問》文、閻君原文皆作「堩」（gèng，道路），整理者自誤為「恒」。

902. 曰：汪氏說固謬，但折之須經傳有明徵者，亦有之乎？余曰：有《雜記》，曾申問於曾子曰：

按，問曰：「亦有之乎？」當答曰：「有。」而不當答曰「有《雜記》」。《雜記》當屬下句。

903.《檀弓》，子張死，曾子有母之喪，齊衰而往哭之。案昔者孔子沒，他日子張尚存，見孟子、子張死，而是時曾子方有母喪，則孔子在時，曾子母在堂可知也。

按，如此標點，則孔子門人子張嘗見孟子、子張死矣，尤背事理。《孟子·滕文公下》：「昔者孔子沒……他日，子夏、子張、子游以有若似聖人，欲以所事孔子事之，強曾子。」故當點斷為：案昔者「孔子沒，他日」，子張尚存，見《孟子》。子張死，而是時曾子方有母喪，則孔子在時，曾子母在堂可知也。

904. 既在堂，胡忍以喪禮相往復，若曾子問者乎？

按，《曾子問》，《禮記》篇名，記載曾子問孔子關於喪禮、喪服之種種特殊情況。

905. 惟唐許敬宗、李義府以凶事非臣子宜言，遂焚《國恤》一篇。汪氏得毋類是。

按，「得毋」，表反問，則句末當用問號。

906. 參以《周書》《世俘解》，當日正有此事，

按，《世俘解》為《周書》篇名，如此標點，則為二書。當為：《周書·世俘解》。

907. 若《王制》出征執有罪及以訊馘告。《牧誓》明數紂，「惟四方之多罪逋逃」，崇長信使，暴虐奸宄，非所稱有罪者乎？

按，此又不查原文、不標引文之過。「崇長信使，暴虐奸宄」為「是崇是長，是信是使」及「俾暴虐於百姓，以奸宄於商邑」之省文，亦當在引號內。故當為：若《王制》「出征執有罪」及「以訊馘告」，《牧誓》明數紂「惟四方之多罪逋逃，崇長信使，暴虐奸宄」，非所稱有罪者乎？

908. 服齊疏則不合於《儀禮》，討不伐則不合於《周禮》大司馬。

按，此指《周禮·夏官司馬·大司馬》。《大司馬》為《周禮》之一章。當作：討不伐則不合於《周禮·大司馬》。

909. 适孫承重者，是為祖父母之後，為人後者，為之子皆可以父母之喪
解之。

按，此「适孫」難以讀為「適孫」（嫡孫），此用簡體字整理古籍之一弊也（參 64.）。「為人後者，為之子」是《左傳·成公十五年》文，當加引號，並加逗號。當為：適孫承重者，是為祖父母之後，「為人後者，為之子」，皆可以父母之喪解之。

910. 因思《儀禮·喪服傳》曰：父為長子，「何以三年也，正體於上，又乃將所傳重也。」

按，「父為長子」，亦當在引文之內。

911. 鄭康成《注》謂此言為父後者，然後為長子，三年重其當先祖之正體，又以其將代己為宗廟主也，

按，此一節引鄭玄注《儀禮·喪服》「為父何以斬衰……父為長子……何以三年也」，故「為長子三年」不得隔斷。當作：鄭康成《注》謂「此言為父後者，然後為長子三年，重其當先祖之正體，又以其將代己為宗廟主也」。

912. 紫嵐曰：由子之說推之，以紂為兄之子，而有微子啟，則不合於微子。《左傳》，華周之妻善哭其夫，則不合於《左傳》《檀弓》。

按，紫嵐之問，自《孟子·告子上》「是故以堯為君而有象，以瞽瞍為父而有舜，以紂為兄之子且以為君，而有則不合於微子啟、王子比干」，謂微子啟非「以紂為兄之子」；如此，則不合於《微子》（孔傳：「微子，帝乙元子」），亦不合《左傳》（《哀公九年》：「微子啟，帝乙之元子也」）。《左傳·襄公二十三年》載「獲杞梁、遇杞梁之妻」；《檀弓》載「杞梁死焉，其妻迎其柩於路而哭之哀」：皆無關華周。故當為：紫嵐曰：「由子之說推之，以紂為兄之子，而有微子啟，則不合於《微子》《左傳》；華周之妻善哭其夫，則不合於《左傳》《檀弓》。」

913. 黃曰：甚善，以弟論之，果屬宋桓夫人、許穆夫人之類，不與上文亂。家子不娶，《注》曰：類不正相重乎？

按，《韓詩外傳‧佚文》：「婦人有五不娶：喪婦之長女不娶，為其不受命也；世有惡疾不娶，棄於天也；世有刑人不娶，棄於人也；亂家女不娶，類不正也；逆家子不娶，廢人倫也。」據此，當為：黃曰：「甚善，以弟論之，果屬宋桓夫人、許穆夫人之類，不與上文『亂家子不娶』注曰『類不正』相重乎？」

914. 所謂左房者，安知其非對右室而言也。所謂東房者，安知其非對西室而言也。

按，此當為兩兩相對之問句：所謂左房者，安知其非對右室而言也？所謂東房者，安知其非對西室而言也？

915.《聘禮》「君使卿皮弁還玉於館」，賓「南面受圭，退，負右房而立」。

按，據《聘禮》，「賓」字亦應在引文中。

916.《聘禮》一篇「自卿致館賓即館後有司入陳」

按，此閻君約舉《聘禮》一段文字，當為：《聘禮》一篇，自「卿致館、賓即館」後「有司入陳」，

917. 以公食大夫，拜賜於朝，無賓入之文；

按，《公食大夫禮》，《儀禮》篇名；「賓朝服拜賜於朝」，篇中之句。當為：以《公食大夫》「拜賜於朝」，無「賓入」之文；

918. 發政以應物，謂之應門門；畢於此，謂之畢門；

按，分號在「應門」後。後句當作：門畢於此，謂之畢門；

919. 法令之所出入，故名法門。《考工記注》謂之朝門、路門，大僕謂之大寢之門，又謂之宮門，師氏《注》謂之路寢門，小宗伯《注》謂之殯門，

按，此一節列《周禮》各官有關諸門之文或注。其實，法門也叫「正門、應門、朝門」，路門又叫「大寢之門、虎門、路寢門、宮門」《夏官司馬‧大僕》：「建路鼓於大寢之門外而掌其政……縣喪首服之法於宮門。」《地官司徒‧師氏》「居虎門之左，司王朝」鄭玄注：「虎門，路寢門也。」《春官宗伯‧小宗伯》「縣衰冠之式於路門之外，及執事視葬獻器遂哭之」鄭玄注：「至將葬，獻

明器之材，又獻素獻成，皆於殯門外。」故當為：法令之所出入，故名法門，《考工記注》謂之朝門。路門，《大僕》謂之「大寢之門」，又謂之「宮門」，《師氏》注謂之「路寢門」，《小宗伯》注謂之「殯門」。憶四十年前從師於東北師範大學何善周先生門下時，先生為諸生發一油印本《周禮》六官細目。初不解何意，後知《周禮》官名，頗為繁複，縱不能記誦，亦當熟悉。觀此條益會先生之良苦用心矣。

920. 右房見《聘禮》，經文為大夫之西房，見《記》文，則諸侯之西房也。左房見《鄉飲》《酒記》，

按，《聘禮》：「賓……退負右房而立。」《鄉飲酒禮》：「出自左房。」《鄉飲》《酒記》非二書，乃《鄉飲酒記》，即《鄉飲酒禮》。故當為：右房，見《聘禮》經文，為大夫之西房；見《記》文則諸侯之西房也。左房，見《鄉飲酒記》，

第一百二十一

921. 臣按孫子曰：卒未親附而罰之，則不服；已親附而罰，不行則不可用。

按，後句當為：已親附而罰不行，則不可用。

922. 若聖人果非以救民為亟，則為其臣子自宜生死惟命，豈可作平等一輩，觀為此先發制人之策耶？

按，此一段評論偽《古文尚書·仲虺之誥》「小大戰戰」等語，謂湯伐桀非以救民為亟，而視己為與桀平等一輩，為免其害己，而為此先發制人之策。故後半當作：豈可作平等一輩觀，為此先發制人之策耶？

923. 君奭曰：「在太甲時則有若保衡」，

按，《君奭》全篇乃周公告君奭之語，其文曰：「公曰：『君奭，我聞在昔成湯……在太甲，時則有若保衡。』」安有君奭之語？故當為：《君奭》曰：「在太甲，時則有若保衡。」

924. 宣十二年，隨武子曰：見可而進，知難而退，軍之善政也。兼弱攻昧，武之善經也。子姑整軍而經武乎？猶有弱而昧者，何必楚仲虺有言曰「取亂侮亡」，兼弱也，汋曰「于鑠王師，遵養時晦」，耆昧也，武曰：「無競惟烈，撫弱耆昧」，以務烈所可也？

按，此一段標點錯誤頻仍：一、「何必楚」為句。二、「仲虺有言曰」，仲虺即《仲虺之誥》中湯之左相，非楚人。三、《汋》即《毛詩·周頌·酌》，四、前《武》為古《武經》，後《武》即《毛詩·周頌·武》，皆當加書名號。五、「于鑠王師」，于，當作「於」。六、「撫弱耆昧」非《毛詩·周頌·武》之語，與「以務烈所」皆隨武子之言。七、「可也」非問句。當作：宣十二年，隨武子曰：「見可而進，知難而退，軍之善政也；兼弱攻昧，《武》之善經也。子姑整軍而經武乎！猶有弱而昧者，何必楚？仲虺有言曰『取亂侮亡』，兼弱也；《汋》曰『於鑠王師，遵養時晦』，耆昧也；《武》曰『無競惟烈』：撫弱耆昧，以務烈所，可也。」

925. 襄三十年，子皮曰：仲虺之志云，「亂者取之，亡者侮之，推亡固存，國之利也」。

按，當作：《襄三十年》《仲虺之志》

926. 今將「推亡固存句」一併湊作《書》辭，

按，「句」字誤入引號內。

927. 又按姚氏好以左氏駁古文，與余同。其論「同力度德」二句，引昭二十四年《傳》，劉子謂萇弘曰：甘氏又往矣。對曰：何害同德度義。

按，書名號、引文皆未標出，又有斷句之誤。當作：又按姚氏好以《左氏》駁古文，與余同。其論「同力度德」二句，引《昭二十四年傳》：「劉子謂萇弘曰：『甘氏又往矣。』對曰：『何害？同德度義。』」

928. 今賀賀不察襲左此語於引《大誓》之前……古人襲左，其顯露敗闕多此類。

按，此二「左」，《左傳》也。當加書名號。

929. 杜預《注》，度，謀也，言唯同心同德，則能謀義。子朝不能於我何害其義？本與逸《書》四句聯屬，

按，此條標點錯誤有二：一是錯誤理解杜注，一是不知「其義」屬下。當為：杜預《注》：「度，謀也。言唯同心同德，則能謀義。子朝不能，於我何害？」其義本與逸《書》四句聯屬，

930. 其見舞象箭南籥者曰：「美哉，猶有憾。」……札之此語乃是評湯之韶濩，即如孔子謂武未盡善意。

按，《象箭》《南籥》《韶》《濩》《武》，皆樂舞名，當加書名號。

931. 又曰：《咸有一德》「后非民罔使，民非后罔事」，本仿《國語》，「《夏書》曰：眾非元后，何戴后，非眾無與守邦」，《禮記》「太甲曰：民非后無，能胥以寧，后非民無，以辟四方」。

按，《夏書》《禮記》引文斷誤。後半當為：本仿《國語》「《夏書》曰『眾非元后何戴？后非眾無與守邦』」、《禮記》「太甲曰『民非后無能胥以寧，后非民無以辟四方』」。

932. 又按論蔡《傳》之誤曰：「臣下不匡其刑墨」，

按，當斷為：臣下不匡，其刑墨。

933. 蔡氏引劉侍講曰：墨即叔向所謂《夏書》昏墨賊，殺皋陶之刑，

按，當作：墨，即叔向所謂「《夏書》『昏墨賊，殺』，皋陶之刑。」

934. 又按余嘗以《六韜》《三略》《李衛公問對》盡偽書，茲讀《井觀瑣言》，已知有先我而駁及者，曰：宋戴溪將鑒博議，乃極稱《三略》，

按，宋戴溪著《將鑒論斷》，一名《歷代將鑒博議》。當為：茲讀《井觀瑣言》，已知有先我而駁及者，曰宋戴溪《將鑒博議》，乃極稱《三略》。

第一百二十八

935. 張孚敬（是年尚名璁，茲從賜名）枋國大正祀典，黜戴聖而進后蒼。推孚敬之意，以《春秋》三傳有左氏、公羊氏、穀梁氏，

按，《大正祀典》是張孚敬的禮學著作，左氏、公羊氏、穀梁氏，亦當加書名號。

936.《儒林傳》，有蒼說《禮》數萬言，號曰后氏；《曲臺記》，

按，《后氏曲臺記》為后蒼之著作，載《漢書·藝文志》，名《曲臺后蒼記》，顏注引如淳曰：「行禮射於曲臺，后倉為記，故名曰《曲臺記》」。《儒林傳》記后蒼事，但無閣君上述語，當是其記憶偶誤。當為：《儒林傳》有「蒼說《禮》

數萬言，號曰《后氏曲臺記》」，

937. 鄭康成《六藝論》，謂高堂生以《禮》授蕭奮，奮授孟卿，卿授后蒼，蒼授戴、德戴聖，是為五傳弟子，所傳皆《儀禮》也。

按，「德戴聖」不可通。戴德、戴聖叔侄皆為后蒼弟子。

938. 逮嘉靖朝，張孚敬枋國始一一如其議，以行之論之定者。不行之于己，猶可行之于人；不行之於一時，猶可行之於後世。

按，當作：張孚敬枋國始一一如其議以行之。論之定者，不行之于己，猶可行之于人；不行之於一時，猶可行之於後世。

939. 以鄭夾漈之博奧，猶謂漢世諸儒傳授皆以《曲臺》《雜記》。

按，「《曲臺》《雜記》」當為《曲臺雜記》，實即后蒼之著作《后氏曲臺記》。

940. 而又殺先師之佾舞籩豆為不同天子名之，曰不敢上擬乎事天之禮，不知德足配天，何不可事，以事天之禮乎？

按，當為：而又殺先師之佾舞籩豆為不同天子，名之曰「不敢上擬乎事天之禮」，不知德足配天，何不可事以事天之禮乎？

941. 又按以后氏《曲臺記》為即今《禮記》，

按，即《后氏曲臺記》，見 936.

942. 又按石華峙紫嵐告余，子雖齊聖不先父食，

按，當斷為：子雖齊聖，不先父食。

943. 又按程珦、朱松從祀……一首識周蓮溪於屬吏之中，薦以自代，而使二子從遊。一臨沒時以朱子託其友胡籍溪，而得程氏之學。

按，一……一呼應，故中間只能用分號，而不能用句號。

944. 歷官行已，咸有稱述。

按，行已，當為「行己」。此因整理致誤。

945. 濂溪不由師傳，默契道妙學，於其父何與哉？

按，「學」字當屬下。

946. 十哲中子張有子曰申詳，賢雖下於子思，卻與泄柳並亦宜從祀。

按，「亦宜從祀」前當逗。

947. 或曰：其位次若何？余曰：公明儀既入此，二子當在公明儀之上，

按，「此二子」指申詳、泄柳。當為：公明儀既入，此二子當在公明儀之上，

948. 人以為必有若進矣，已而進子張子，張不愧也。

按，當為：已而進子張，子張不愧也。

949. 復討論得陳氏龍正書有云：學須靜其旨，與寂然不動通乎？集眾思其道，與舍己從人近乎？治世以大德，不以小惠。罪廢人而人感泣，其用與不費不庸不怨協乎？持心如秤，不為人輕重，所云廓然大公，物來順應者，與諸葛忠武侯，直孟子而後一人，以序饗祀可矣，隨之九四，次孔明於伊周程子先。得我心哉。

按，一系列問句，點出孔明為人高尚。《周易·隨》：「九四，隨有獲……有孚在道以明，何咎？」此閻君以「《隨》之九四」爻辭作為總結判斷之隱語。當為：學須靜其旨，與寂然不動通乎？集眾思其道，與舍己從人近乎？治世以大德，不以小惠，罪廢人而人感泣，其用與不費（《論語·堯曰》「君子惠而不費」）不庸不怨（《孟子·盡心上》「殺之而不怨，利之而不庸」）協乎？持心如秤，不為人輕重，所云廓然大公，物來順應者與？諸葛忠武侯直孟子而後一人，以序饗祀可矣！《隨》之九四，次孔明於伊、周、程子，先得我心哉！

950. 若曰：患其著焉，著於善，著於無一。著也，著善則拘，著無則蕩。

按，當作：若曰：「患其著焉。著於善，著於無，一著也。著善則拘，著無則蕩。」

951. 今懼其著，至夷善於惡而無之人，遂將視善如惡而去之，大亂之道。也故曰：足以亂教。

按，文義淆亂。當作：今懼其著，至夷善於惡而無之，人遂將視善如惡而去之，大亂之道也。故曰：「足以亂教。」

952. 善乎，方君之言曰：見為善色，色皆善，故能善天下國家；見為空色，色皆空，不免空天下國家。

按，色色，猶言「事事、種種」。當作：見為善，色色皆善，故能善天下國家；見為空，色色皆空，不免空天下國家。

953. 豈真讀《孟子》而有得耶？不過取其便於已似已處，標以為宗。

按，兩「已」字皆當為「己」。

954. 如先賢子羽、澹臺氏，子賤宓氏。

按，子羽，孔子學生澹臺滅明之字，稱子羽澹臺氏，與稱子賤宓氏同。

955. 入本朝，則敬軒薛文清公敬齋、胡文敬公之類。

按，敬軒、敬齋，兩位明朝名士之號：敬軒薛文清公、敬齋胡文敬公。即下文「薛瑄諡文清，胡居仁諡文敬」者。

956. 於先代字之子之，於本朝名不名兩著，其義惟所取裁。

按，當作：於先代字之子之，於本朝名不名，兩著其義，惟所取裁。

957. 弘云書亡，是至隋已不傳，亦何怪經籍志無其目也？

按，《經籍志》，指《隋書‧經籍志》。

958. 如陸與陳與王，雖深卻陰壞儒之壺奧。

按，壺，「壼」（kǔn）之誤字。壼奧，深妙精微之處也。

959. 近討論得四先生學，約為薛、為胡、為羅、為高，曰薛文清以純粹之資……

按，學約，即所謂治學宗旨、學習態度之類。因此當作：近討論得四先生學約，為薛、為胡、為羅、為高……

960. 愚謂須俟上所議進者，悉進無遺賢；罷者悉罷，無幸位，

按，宜作：愚謂須俟上所議，進者悉進，無遺賢；罷者悉罷，無幸位，

961. 然後一堂之上首四配少次十二哲

按，「四配」，前已有「言四配切近聖座，皆稱子」，即「路、貢、游、夏」。當作：然後一堂之上，首四配，少次十二哲。

962. 余漫據《續文獻通考》載明初司府州縣衛學禮學如太學答之。

按，當作：余漫據《續文獻通考》載明初「司府州縣衛學，禮學如太學」答之。

963. 又據成化十二年九月允周洪謨再疏請籩豆增為十二六，俏增為八，通行天下。

按，當作：又據成化十二年九月允周洪謨再疏請，籩豆增為十二，六俏增

為八。

964. 今當嘉靖降殺，後仍宜以十。

按，「後」宜屬上句。

附：朱子古文書疑

《語類》四十七條

尚書一

965.《康誥》非周公成王時，乃武王時。蓋有『孟侯，朕其弟，小子封，之語，

按，當作：蓋有「孟侯，朕其弟，小子封」之語，

966. 又漢史記《尹敏傳》云，孔鮒所藏。

按，此「漢史記」，史書名，指荀悅《漢記》。

967. 又曰：「《書疏》載『在璇璣玉衡處』，先說個天。

按，「在璇璣玉衡」是今《舜典》原文，故「處」字不當在引號內。

968. 大抵《尚書》有不必解者，有須著意解者。不必解者，如仲虺之誥太甲諸篇，只是熟讀，義理自分明，何俟於解？如《洪範》則須著意解。

按，同為《尚書》篇名，「如《洪範》」則如此，「如仲虺之誥太甲諸篇」則如彼，殊不可解。

969. 如《典謨》諸篇辭稍雅奧，亦須略解。

按，《典》指《堯典》《舜典》，《謨》指《大禹謨》《皋陶謨》。只能分開，標為「《典謨》」則不可。

970. 孔安國解經最亂道看得只是孔叢子等做出來。

按，分明是兩句（「道」絕句）。《孔叢子》是書名（題名漢孔鮒）。

尚書二

971.《西伯戡黎》是稍稍不可曉者。太甲大故亂道，

按，當作：《太甲》。

972. 如誥，是與民語，

按，當作：如《誥》。

973. 諸命等篇，今士人以為易曉，而當時下民卻曉不得。

按，當作：諸《命》。

詩一

974.《卷耳》之《序》以「求賢審官，知臣下之勤勞」，為后妃之志事，
　　固不倫矣。

按，《卷耳序》：「后妃之志也。又當輔佐君子，求賢審官，知臣下之勤勞。」《毛序》中無「志事」一詞。故當標點為：《卷耳》之《序》以「求賢審官，知臣下之勤勞」，為「后妃之志」，事固不倫矣。

975. 況《詩》中所謂「嗟我懷人」，其言親昵太甚，寧后妃所得施於使
　　臣者哉。

按，有反問語氣詞「寧」，句末當用問號。

976.《桑中》之詩放蕩留連，止是淫者相戲之辭，豈有刺人之惡，而反
　　自陷於流蕩之中。《子衿》詞意輕儇，亦豈刺學校之辭。

按，有反問語氣詞「豈」，兩句末皆當用問號。

詩二

977. 江疇問：「『狡童』刺忽也，言其疾之太重。」

按，此條可商者三：一、既為「問」，句末何用句號；二、「狡童」是否《詩》篇名；三、《小序》與江疇問語界限如何。故當標點為：江疇問：「『《狡童》，刺忽也』，言其疾之太重？」

老莊

978. 曰：「便是禪家要如此。凡事須要倒說，如所謂『不管夜行，投明
　　要到』，如『人上樹，口銜樹枝，手腳懸空，卻要答話』，皆是此
　　意。」

按，「便是禪家要如此」，後面不可能是句號，因為「要如此」即是「凡事須要倒說」。「如所謂」管的是兩句話，故後一「如」字當在引號中。當為：曰：「便是禪家要如此，凡事須要倒說。如所謂『不管夜行，投明要到』『如人上樹，口銜樹枝，手腳懸空，卻要答話』，皆是此意。」

文集六條

答孫季如

979. 古今書文雜，見先秦古記，各有徵驗，

按，前二句難通。當作：古今書文，雜見先秦古記，

尚書

980. 少昊、顓頊、高辛、唐虞之書謂之《五典》，

按，唐、虞即唐堯、虞舜，否則不足《五典》矣。

981. 先君孔子生於周末，睹史籍之煩文，懼覽之者不一遂，乃定《禮》《樂》明舊章；

按，「遂乃」一詞，於是，就。不可分。

982. 討論墳典斷自唐虞以下，訖於周。芟夷煩亂，剪截浮辭，舉其宏綱，撮其機要，足以垂世立教，典、謨、訓、誥、誓、命之文凡百篇，

按，墳典，指古書《三墳》《五典》；「典、謨、訓、誥、誓、命」皆《尚書》篇名，皆當加書名號。

983. 《槁飲》《帝告》《釐沃》

按，是《槁飫》。此整理者自誤。

984. 於是遂研精覃思，博考經籍採。摭群言，以立訓傳。

按，「採摭群言」做一句讀。

985. 既畢，會國有巫蠱事，經籍道息用不復以聞。

按，「經籍道息」後加逗號。

986.《漢書藝文志》云：

按，規範標點是《漢書·藝文志》。

987.《訓》《誥》多奇澀，而《誓》《命》多平易……《誓命》則是當時史官所撰，

按，《誓命》當作《誓》《命》。

988. 故《訓誥》《誓》《命》有難易之不同

按，《訓誥》當作《訓》《誥》。

989. 然伏生背文暗誦，乃偏得其所難。而安國考定於科斗古書錯亂磨滅之餘，反專得其所易，則又有不可曉者。

按，朱子「則又有不可曉者」句承「難」「易」兩事而來，則兩事間不可有句號隔斷語義。當斷為：然伏生背文暗誦，乃偏得其所難；而安國考定於科斗古書錯亂磨滅之餘，反專得其所易——則又有不可曉者。

990. 又論其所以不可知者，如此使學者姑務沉潛反覆乎？其所易而不必穿鑿傅會於其難者云。

按，於上文閻君已反覆說明，《尚書》自有許多不可知者，不必強為之解，以免穿鑿附會。故當標點為：又論其所以不可知者如此，使學者姑務沉潛反覆乎其所易，而不必穿鑿傅會於其難者云。

記尚書三義（其三）

991. 嘗疑今孔《傳》並《序》皆不類西京文字氣象，未必真安國所作，只與《孔叢子》同是一手偽書。蓋其言多相表裏，而訓詁亦多出小《爾雅》也。

按，《小爾雅》，題名漢孔鮒編，今附於《孔叢子》書中。與《爾雅》非一書。

書臨漳所刊四經後（書）

992. 世傳孔安國《尚書序》言伏生口傳《書》二十八篇，《堯典》《皋陶謨》……孔氏壁中《書》增多二十五篇，《大禹謨》《五子之歌》……

按，「二十八篇」「二十五篇」後皆列《書》名，用冒號最為合理，亦最醒目。整理者卻捨棄表說明的冒號，而寧可用表繼續的逗號：余頗疑整理者故意突出其所整理文字含混不清之風格，而避免準確明快之文字風格，以便偷懶或蒙混過關，此則居心不美矣。

993. 又論其所以不可知者，如此使讀者姑務沉潛反覆乎其所易，而不必穿鑿傅會於其所難者云。

按，此條與990.條實為一句，而整理者標點不同。當參彼條。

結語

筆者不敢保證列出了所有重要的整理失誤，但自謂所列每一條都是須要注意的。

由黃懷信、呂翊欣點校、上海古籍版社2010年12月出版的閻若璩《尚書古文疏證》（繁體版，附《古文尚書冤詞》），態度認真：寫出長序，概括每條中心內容，句讀雖亦頗見疏誤，然總體點校質量較好，理應引起學界重視。可憾者，晚出之錢書被收入中華書局電子版「中華經典古籍庫」，成為閻若璩《尚書古文疏證》之權威整理本，供使用者檢索；而黃書落選——捨此而取彼，得無「斡棄周鼎寶康瓠」乎？

對皓首窮經、博極群書的清代學者，保持必要的敬畏，而以己為不足，是十分必要的。這是筆者研讀閻若璩《尚書古文疏證》及其他清人著作之體會。書此與錢君與其他同行共勉。區區所見，望諸位教正。

本文在最後修訂前，曾以《錢文忠整理閻若璩〈尚書古文疏證〉失誤九百處》為題發於李奇斌公眾號，2022年10月30日

說「反正為乏」

　　《左傳‧宣公十五年》:「天反時為災（杜預注:寒暑易節），地反物為妖（杜預注:群物失性），民反德為亂，亂則妖災生。故文，反正為乏（杜預注:文，字）。」唐孔穎達疏:「服虔云:『言人反正者，皆乏絕之道也。』人反德則妖災生，妖災生則國滅亡，是乏絕之道也。」

　　《左傳》這段文字，講「天反時、地反物、民反德」這類反常現象是妖孽、禍亂。又說文字中也有這種彼此相反的情況，「反正為乏」即是。《左傳》此句意，僅此而已，並無肯定褒揚「正」、否定貶低「乏」之意。故東漢許慎《說文解字‧正部》引之，以說「乏」字之字形、字義:「《春秋傳》曰:『反正為乏』。」王筠《說文句讀》謂「此說義說形之文皆挩，但存引經也。」他以為《說文》此條有脫文，筆者則以為，許慎引《春秋傳》文「故文，反正為乏」，正是「說義說形」，與其於《戈部》釋「武」:「楚莊王曰『夫武定功戢兵，故止戈為武』」（《左傳‧宣公十二年》楚莊王語曰:「夫文，止戈為武」）為同類，皆引《春秋傳》文以說字形、字義，非有脫文也。

　　而服虔、孔穎達不解《左傳》作者及許慎之意，以為其皆肯定褒揚「正」、否定貶低「乏」，非為講述「乏」字形及其本義。於是服虔說如此，孔穎達亦復釋之如彼。然而謂「人反正者，皆乏絕之道」，無關乎「正、乏」兩字字形及其本義，背離了《左傳》作者及許慎所釋「正、乏」兩字形、義間關係之文字學說，牽強附會到政治上去了。而其所濫說之引申義「人反正者，皆乏絕之

道」，亦不合情理：「為富不仁」「不義而富且貴」者，古今中外，所在多有，「反正」豈必為「乏絕之道」哉？

有真知灼見者是清學者朱駿聲，其《說文通訓定聲》釋「乏」：「按，容也。從反正，指事。受矢者為正，避矢者為乏。《左宣十五年傳》：『故文，反正為乏。』《儀禮・大射儀》：『凡乏用革。』《鄉射禮》：『乏，參侯道。』注：『容謂乏。乏，所以為獲者御矢也。』《服不氏》『以旌居乏而待獲』，杜（按，指杜子春）注：『持獲者所蔽。』《車僕》：『共三乏。』司農注：『讀為匱乏之乏。』」其說皆準確無誤。

而段玉裁《說文解字注》釋「乏」說：「不正則為（匱）乏，二字相鄉背也。《禮》，受矢者曰正，拒矢者曰乏，以其御矢謂之乏，以獲者所容身謂之容。」其「不正則為匱乏」之「匱」當為衍文：因「二字相鄉背」，指「正」「乏」兩字。無「匱」字，則段玉裁闡發「正、乏」兩字字形、本義，與《左傳》作者及許慎之意合，亦與朱駿聲同。

今詳說如次：

何為「正」？「正」是古代射禮所設箭靶「侯」（古字作矦）的中心，又稱「鵠、正鵠」[註1]。朱駿聲《說文通訓定聲》釋「正」：「按，此字本訓當為『矦中也』……受矢者曰正，拒矢者曰乏，故文，反正為乏。《小爾雅・廣器》：『鵠中者謂之正，正方二尺。』《周禮・司裘》司農注：『方十尺曰矦，四尺曰鵠，二尺曰正，四寸曰質。』《毛詩・猗嗟》傳同。」按，《齊風・猗嗟》：「終日射侯，不出正兮。」毛傳：「二尺曰正。」鄭玄箋：「正，所以射於侯中者。」《說文・矢部》：「矦，春饗所射矦也。從人從厂，象張布，矢在其下。」甲骨文「正」字之上方為一圓圈或方框，代表箭靶「侯」的中心；下面是「止」，即射箭者之前足：ᵛ甲三九四〇、Ṿ乙一〇五四。後演化為《說文》古文🝆、🝆與《說文》篆文🝆，圓或方形的箭靶中心變為「二」或「一」，失去了形象性。《說文》「正」之古文🝆（疋），許慎釋為「從一足」，清王筠《說文句讀》於「乏」下說：「段氏曰：『受矢者曰正，拒矢者曰乏』，案，依此說，則『正』是象形字，而疋之口亦象射的，非『從一足』矣。」愚以為「疋」是

ᐱ、ᗡ（正）上面的圓或方形的靶心變為「一」，下面的「止」換成「足」，止、足一事。射箭者前足（止）必對著鵠，射正了則為「正」，射不正則為「偏斜，不正」：於是「正」就從「箭靶中心」的意義，引申出「正中，平正，不偏斜」的意義來。

如此看來，《漢語大字典》釋「正」為「正中，平正，不偏斜」，《漢語大詞典》釋為「當中，不偏」，皆非「正」之本義，而是其引申義。兩辭書所列「正」第二音 zhēng，有「射的，箭靶的中心」義項，此方為「正」之本義。至於為何此二辭書皆標成了 zhēng 音？蓋因遵照《詩・齊風・猗嗟》「終日射侯，不出正兮」唐陸德明《經典釋文》「正音徵」。陸德明又為何標 zhēng 音以別之，後之辭書則遵循不改。而如此，則「正」之本義為何是「正中，平正，不偏斜」或「當中，不偏」？此所謂「正之本義」，與「正」原始字形有何聯繫？「射的，箭靶的中心」這個意義又從何而來？它與「正」之「正中，平正，不偏斜」或「當中，不偏」義有何關聯？皆難以解釋。這說明兩大辭書對「正」之釋義有誤。

何為「乏」？如朱駿聲、段玉裁所說，「乏」是古代射禮中遮蔽報靶者身體以免被箭誤傷的方形皮革製品，狀似屏風〔註 2〕。《周禮・夏官・服不氏》「射則贊張侯，以旌居乏而待獲」，說行射禮時，其小吏服不氏幫助張設箭靶後，手持旗幟，躲在「乏」後等待報靶（此用鄭玄說，杜子春讀「待」為「持」）。又《射人》：「王以六耦射三侯，三獲三容。」鄭玄注：「容者，乏也，待獲者所蔽也。」《荀子・正論》「居則設張容負依而坐」楊倞注：「《爾雅》云：『容謂之防。』郭璞注云『如今床頭小曲屏，唱射者所以自防隱也。』」獲，古代射禮中唱獲（報靶）時用以計數的器具。《儀禮・鄉射禮》：「釋獲者遂進取賢獲，執以升自西階。」鄭玄注：「賢獲，勝黨之算也。」賈公彥疏：「以算為獲，以其唱獲則釋算，故名算為獲。」又稱持獲報靶者，《鄉射禮》記司射於射前命曰：「無射獲，無獵獲！」鄭玄注：「射獲，謂矢中人也；獵，矢從旁。」即司射事先命令參射者「不要射報靶者，不要讓箭從報靶者身邊穿過！」這是警告射手們，在報靶者走出「乏」的保護範圍時，不要射到他們。

〔註 2〕見《漢語大字典》第一冊 17 頁「乏」字所附圖。

因「正」（箭靶中心）是招箭之物（故又名「招」：《呂氏春秋·本生》「萬人操弓，共射一招」高誘注「招，埻的也」，《戰國策·楚策》「左挾彈，右攝丸，將加己乎十仞之上，以其類——類，王念孫《讀書雜志》謂是「頸」之誤字——為招」是也）；而「乏」是避箭之物，與「正」功用正相反——「反正為乏」，與「正」（箭靶）作用相反的就是「乏」（擋箭牌）。於是古人造「乏」字，就把 𤴓（正）反寫而成 𠂂（乏）。由於在楷書中「乏」字下面的「反止」變成了「之」（之，古字亦從「止」形：𤔌 粹一〇四三、𡳿 毛公鼎），看不出相反了；而「正、乏」篆文的「相反」則十分清晰，相映成趣。用類似「反正為乏」這種造字法所造之字，在《說文解字》書中多見，如叵 叵，不可也，從反可 可（可，肯也）；司，臣司事於外者，從反后（后，繼體君也）等等。正表現了古人造字的智慧，朱駿聲所謂「指事」者。

因為「乏」是防備射禮中非常情況用的護具，故誤射於「乏」上的箭畢竟不多，所以引申出「缺少，匱乏」之義，再引申出「少力，疲勞」等其他意義來。

由此觀之，《漢語大字典》《漢語大詞典》兩大辭書把「正」之本義釋為「正中，平正，不偏斜」或「當中，不偏」，把「乏」之本義釋為「不正」或「缺少，不夠」——都是誤將「正、乏」的引申義當作了本義，是因為不理解許慎所引《左傳》「反正為乏」，說的是「正、乏」兩物功用、字形皆相反。當然，今人誤解，也可能受了段玉裁《說文解字注》「不正則為（匱）乏」中衍文的誤導。然而令人遺憾的是，《漢語大字典》釋「乏」為「不正」，引許慎語之後，即引段注云「此說字形，而義在其中矣。不正則為匱乏，二字相鄉背也」，卻捨去緊接其後的「《禮》，受矢者曰正，拒矢者曰乏，以其御矢謂之乏，以獲者所容身謂之容」諸句：既不疑「匱」為衍文，又對其切中肯綮之釋「乏」文字視而不見、擯而不取，兼無視朱駿聲之說，斡棄周鼎而寶康瓠，實為造成誤釋之重要原因。

糾正兩大辭書釋「正、乏」之誤，方能正確解釋「反正為乏」；兩大辭書所列繳繞難通的「正、乏」的詞義系統，方能變得順理成章，詰鞠為病的語義障礙就會渙然冰釋，一切疑難問題也就迎刃而解了。

說「四靈」中之「三靈」

　　《禮記‧禮運》：「何謂四靈？麟、鳳、龜、龍謂之四靈。」龜，實有其物，迄無異議，故闕而不論；而其他「三靈」是何動物，則神乎其神，難以指實。其實它們也理應可以確指。

　　《孔子家語‧執轡》：「故曰羽蟲三百有六十，而鳳為之長；毛蟲三百有六十，而麟為之長；甲蟲三百有六十，而龜為之長；鱗蟲三百有六十，而龍為之長；倮蟲三百有六十，而人為之長。」因古人以麟、鳳、龜、龍各為獸類、鳥類、甲殼類、鱗片類動物之長，故稱「四靈」。《禮記‧禮運》孔穎達疏：「以此四獸皆有神靈，異於他物，故謂之靈。」所謂「有神靈，異於他物」，不過是比同類動物或體型大，或壽命長，或特別兇猛，或有多種能力，或特別聰明，或特別善良，或特別美麗——其實皆無何神靈，而不過如孔穎達所謂「異於他物，故謂之靈」而已。歐陽修《秋聲賦》即說「人為動物，惟物之靈」。人到底有無神靈？我們人類自己當然心中有數：所謂「靈」，不過是比別的動物聰明，會思考而已。人中之長，即出眾的領袖，如堯舜禹等，人們也往往把他們神靈化，其實他們也不過比普通人品德更好、更聰明、能力更大些而已，非有何怪異神靈也。同理，麟、鳳、龜、龍這所謂之四靈，也不過是比其他同類動物更出眾些而已，非有何怪異神靈也。

　　這四種動物之共同點，即皆可為人所畜養，古人以為這是天下太平的祥瑞之兆——人類不僅自己和睦相處，且與天地間所有動物和睦相處，使它們為

人類所用，豈非祥瑞之兆？故《禮記・禮運》謂：「故龍以為畜，故魚鮪不淰（shěn，魚驚散貌）；鳳以為畜，故鳥不獝（xù，驚飛）；麟以為畜，故獸不狘（xuè，驚走）；龜以為畜，故人情不失……故天降膏露，地出醴泉，山出器車，河出馬圖，鳳皇麒麟皆在郊棷（sǒu，通藪，草澤），龜龍在宮沼，其餘鳥獸之卵胎皆可俯而窺也。」此數句除「河出馬圖」「龜以為畜，故人情不失」不可信之外，其餘大體也算實事：「四靈」既可為人所畜養，能活動於郊藪，養育於宮沼，即說明它們並非罕見之動物，人們必有所寓目、耳熟能詳。今既無須說龜，則略說麟、鳳、龍而已。

一、古所謂麒麟即大公鹿

麟，又稱麒麟。《說文・鹿部》：「麟，大牝鹿也。」《周南・麟之趾》「麟之趾，振振公子，于嗟麟兮！麟之定，振振公姓，于嗟麟兮！麟之角，振振公族，于嗟麟兮！」詩人三詠麟之趾、定（頂，額頭）、角，說明人們必對此獸十分熟悉，如同《周南・關雎》作者之詠「關關雎鳩」焉。《史記・司馬相如列傳》「射麋腳麟」索隱引司馬彪曰：「腳，掎也。」又引《說文》曰：「掎，偏引一腳也。」即向旁側拉住其一隻腳，正是古人捕鹿之常法。張衡《東京賦》：「解罘放麟。」薛綜注：「大鹿曰麟。」則麟（大鹿）可用罘網捕獲。麟既可捕捉，《左氏春秋・哀公十四年》「西狩獲麟」即是實寫。至於古人以為麟者仁獸，是「聖王之嘉瑞」（杜預注），也是有一點道理的。因為鹿秉性善良，只食草木，不害生靈；頭上有肉角，不攻擊威脅其他生物。所謂肉角，其實多是指雄鹿春季初生的角，它是軟軟的，溫熱的，像熟透的桃子，上面覆蓋着一層柔軟的絨毛，後來其角才逐漸硬化。古人對此印象深刻，故稱為「肉角」。古人以麟為稀奇珍貴，因為麟是「大牝鹿」，即大公鹿，而個別大公鹿是極其雄偉美麗的。著名的加拿大動物學家歐內斯特・西頓・湯普森，曾描寫一隻令眾多獵手著迷的大公鹿：它有「一對令人讚歎的鹿角，如同青銅和象牙製成，一個高雅的頭，後面是宏偉的身軀」，它一躍幾十英尺，能巧妙地躲避獵人的追捕，其美麗與高雅令獵人震驚。如此罕見而令人讚歎的大公鹿，若在中國，亦必被名為「麟」、驚為神矣。《廣雅・釋獸》即把麟人格化、神化，說它「行步中規，折還中矩，遊必擇土，翔必後處，不履生蟲，不折生艸，不群居，不旅行（結伴而行），不入陷阱，不羅（罹）罘罔，文章彬彬」，以它象徵

祥瑞。《管子・封禪》亦說「今鳳凰、麒麟不來，嘉穀不生」，也就不足為奇了。

二、古鳳凰即孔雀

鳳凰之名，最早見於《尚書・益稷》：「《簫韶》九成，鳳凰來儀。」許慎《說文》釋之較詳：「神鳥也。天老（黃帝臣）曰：『鳳之象也，麐前鹿後、蛇頸魚尾、龍文龜背、燕頷雞喙，五色備舉……朋，古文鳳，象形……鵬，亦古文鳳。」（據段玉裁注）《爾雅・釋鳥》：「鳳，其雌凰。」晉郭璞注：「瑞應鳥，雞頭、蛇頸、燕頷、龜背、魚尾，五彩色，高六尺許。」從其描寫及「朋」古文字形、古代圖畫判斷，即是今之孔雀。

鳳凰有許多異名。《太平御覽》卷第九百一十六引《決錄注》：「有大鳥高五尺，雞首燕頷，蛇頸魚尾，五色備舉而多青，棲繢槐樹，旬時不去……太史令蔡衡對曰：『凡象鳳者有五：多赤色者鳳，多黃色者鶵雛，多青者鸞，多紫者鷟鷟，多白者鵠。今此鳥多青者，乃鸞，非鳳也。」明周祈《名義考》：「蓋鳳五色，備舉總言之謂之鳳，就其中赤多者獨得鳳名。故曰朱鳳，或曰丹鳳，又曰朱雀。鸞也、鶵也、鷟也、鵠也，四者皆鳳也，其色小異。」之所以名稱不同，全以顏色區分。如《詩經・大雅・卷阿》：「鳳凰鳴矣，于彼高岡。」而《國語・周語》曰：「周之興也，鷟鷟鳴於岐山。」《逸周書・王會》載各方進貢：「西申以鳳鳥……丘羌鸞鳥，方揚以皇鳥……方人以孔鳥。」晉孔晁注：「皇鳥，配以鳳者也……孔與鸞相匹也。」《史記》載司馬相如《子虛賦》：「鶵雛、孔、鸞。」裴駰集解引郭璞曰：「鶵雛，鳳屬也。孔，孔雀；鸞，鸞鳥也。」《楚辭・涉江》：「鸞鳥鳳皇日以遠兮。」而《東方朔・七諫・謬諫》謂「鸞皇孔鳳日以遠兮」。所以雖名稱各異，實為一物。鳳凰為赤鳳（朱鳳、丹鳳），鸞為青鳳，鶵雛為黃鳳，鷟鷟為紫鳳，鵠（蓋以色白如鵠）為白鳳，其實也即紅孔雀、青孔雀、黃孔雀、紫孔雀、白孔雀（《宋書・符瑞下》：「孝武帝大明五年正月丙子，交州刺史垣閎獻白孔雀」）。以古書古語多稱為鳳凰，且加以神化，人遂多不悟實即孔雀耳。

《周禮・夏官司馬・職方氏》：「東南曰揚州，……其畜宜鳥獸。」鄭玄注：「鳥獸，孔雀、鸞、鸕鶄、犀、象之屬。」鄭玄把孔雀、鸞作為當時東南地區揚州的特產，可見鸞實有其物，即孔雀之類也。

《水經注‧渭水》：「又有鳳臺、鳳女祠。秦穆公時，有簫史者，善吹簫，能致白鵠、孔雀。穆公女弄玉好之，公為作鳳臺以居之。積數十年，一旦隨鳳去。」以簫史能致白鵠、孔雀，故穆公為作鳳臺以居之，後果「隨鳳去」。可見鳳即孔雀。

《莊子‧秋水》：「夫鵷雛，發於南海而飛於北海，非梧桐不止，非練（楝）實不食，非醴泉不飲。」《淮南子‧時則》「七月官庫，其樹楝」東漢高誘注：「楝實，鳳皇所食。」漢崔駰《七言詩》：「鸞鳥高翔時來儀，啄食楝實飲華池。」謂食楝實者或為鵷雛，或為鳳皇，或為鸞鳥，其實皆孔雀之類也。

三、古所謂龍實為鱷魚

《左傳‧襄公二十一年》：「初，叔向之母妒叔虎之母美而不使，其子皆諫其母。其母曰：『深山大澤，實生龍蛇。』」按，此生於深山大澤之「龍蛇」，即鱷魚與蛇也。

《左傳‧昭公十九年》：「鄭大水，龍鬥于時門之外洧淵。國人請為禜焉，子產弗許，曰：『我鬥，龍不我覿也。龍鬥，我獨何覿焉？禳之，則彼其室也。吾無求於龍，龍亦無求於我。』乃止也。」按，此亦當為實事：鱷魚群生於淵水，其性好鬥。

《昭公二十九年》：「秋，龍見于絳郊。魏獻子問於蔡墨曰：『吾聞之，蟲莫知於龍，以其不生得也。謂之知，信乎？』對曰：『人實不知，非龍實知。古者畜龍，故國有豢龍氏，有御龍氏。』獻子曰：『是二氏者，吾亦聞之，而知其故，是何謂也？』對曰：『昔有飂叔安，有裔子曰董父，實甚好龍，能求其耆欲以飲食之，龍多歸之。乃擾畜龍，以服事帝舜。帝賜之姓曰董，氏曰豢龍。封諸鬷川，鬷夷氏其後也。故帝舜氏世有畜龍。及有夏孔甲，擾于有帝，帝賜之乘龍，河、漢各二，各有雌雄。孔甲不能食，而未獲豢龍氏。有陶唐氏既衰，其後有劉累，學擾龍于豢龍氏，以事孔甲，能飲食之。夏后嘉之，賜氏曰御龍，以更豕韋之後。龍一雌死，潛醢以食夏后。夏后饗之，既而使求之。懼而遷于魯縣，范氏其後也。』獻子曰：『今何故無之？』對曰：『夫物，物有其官，官修其方，朝夕思之。一日失職，則死及之。失官不食。官宿其業，其物乃至。若泯棄之，物乃坻伏，鬱湮不育。故有五行之官，是謂五官。實列受氏姓，封為上公，祀為貴神。社稷五祀，是尊是奉。木正曰句芒，火正曰祝

融，金正曰蓐收，水正曰玄冥，土正曰后土。龍，水物也。水官棄矣，故龍不生得。不然，《周易》有之，在《乾》之《姤》，曰：潛龍勿用。其《同人》曰：見龍在田。其《大有》曰：飛龍在天。其《夬》曰：亢龍有悔。其《坤》曰：見群龍無首，吉。《坤》之《剝》曰：龍戰于野。若不朝夕見，誰能物之？』」

蔡墨所謂「若不朝夕見，誰能物（辨別）之」，是句實話。從以上各段透露的資訊看，龍為「鱗蟲」、「水物」；既為水物之長，則其體型必大，而兇猛好鬥，生於大澤，可朝夕見，又可蓄養馴化，其肉味美——符合上述條件的動物只有鱷魚，即《國語・晉語九》「黿鼉魚鱉莫不能化」之「鼉」。陸璣《詩疏》：「鼉形似水蜥蜴，四足，長丈餘，皮堅厚，可冒鼓。」是今鱷魚之特徵也。《韓非子・說難》：「夫龍之為蟲也，柔可狎而騎也，然其喉下有逆鱗徑尺，若人有嬰之者，則必殺人。」觀今之表演馴鱷魚者，稍有不慎，鱷魚便發狂暴怒，表演者或遭其吞噬，即古人所謂「嬰其逆鱗」乎？

古代傳說中的龍，又名「蛟」，居深淵中。《楚辭・九歌・湘夫人》：「麋何食兮庭中？蛟何為兮水裔？」東漢王逸注：「蛟，龍類也。」《荀子・勸學》：「積土成山，風雨興焉；積水成淵，蛟龍生焉。」此類「蛟」、「蛟龍」又常於江中或水畔攻擊人畜。《呂氏春秋・知分》記載：「荊有次非者，得寶劍於干遂。還反涉江，至於中流，有兩蛟夾繞其船。次非謂舟人曰：『子嘗見兩蛟繞船能兩活者乎？』船人曰：『未之見也。』次非攘臂祛衣，拔寶劍曰：『此江中之腐肉朽骨也。棄劍以全己，余奚愛焉？』於是赴江刺蛟，殺之而復上船。舟中之人皆得活。荊王聞之，仕之執圭。」《論衡・龍虛篇》亦曰：「東海之上，有魯邱欣，勇而有力，出過神淵，使御者飲馬，馬飲因沒。欣怒，拔劍入淵追馬，見兩蛟方食其馬，手劍擊殺兩蛟。」若以《呂氏春秋》《論衡》所載為不足信，《漢書・武帝紀》載武帝「親射蛟江中，獲之」，可見還是實事。

又《世說新語・自新》：「周處年少時，凶強俠氣，為鄉里所患。又義興水中有蛟，山中有邅跡虎，並皆暴犯百姓，義興人謂為三橫，而處尤劇。或說處殺虎斬蛟，實冀三橫唯餘其一。處即刺殺虎，又入水擊蛟，蛟或浮或沒，行數十里，處與之俱。經三日三夜，鄉里皆謂已死，更相慶，竟殺蛟而出。」

這種嚴重危害人畜的「蛟」、「蛟龍」，實際即是鱷魚。韓愈在潮州刺史任內，聽說潮州有鱷魚，便在公事之暇，寫了一篇遊戲文字《祭鱷魚文》，說他令從官把一豬一羊，投入潭水，說鱷魚不可在此地與太守相處，危害人畜，

宜遷往大海。如果鱷魚冥頑不化，賴着不走，他就要「選材伎壯夫，操強弓毒矢，與鱷魚從事」！他本是寫着玩的，可是《舊唐書》的作者把這事當了真，在《韓愈列傳》中寫他真的嚇跑了鱷魚。連大文人蘇軾寫《潮州韓文公廟碑》也稱讚韓愈「能馴鱷魚之暴……約束蛟鱷如驅羊」。他前說「鱷魚」，後說「蛟鱷」，說明古人謂鱷魚為蛟，蛟即龍也。

我國江南水鄉之揚子鱷，俗名「豬婆龍」：豬婆者，母豬也，故又稱「母豬龍」——以鱷魚腹大如母豬也。可見我國民間古來就稱鱷魚為龍。

《文史知識》，2023 年第 12 期

後　記

　　此書為鄙人《訓詁散筆》之續集，己亥（2019）年末有裒集之舉，蕆事時已值庚子之初冬矣！憶余於東北師範大學古籍整理研究所初習訓詁之學，時維不惑之年，青絲滿頭，今已年近八旬，白髮飄零矣！人生易老，學問難成，良可歎也！此集不過此數十年研習思索之零散札記，若其中有一二可供學者之採擇者，余之願也。書成，待機出版。

　　2023 年夏，經劉中文教授介紹，得識臺灣花木蘭文化事業有限公司北京工作室的編輯諸同志，蒙允由該社出版，不勝歡幸，遂將近二年來所寫部分論文亦收入集中，一併求教於讀者。

富金壁識於哈爾濱道里區玫瑰灣瓏岸寓所

2023 年 8 月 3 日